König Arthur
und die Ritter der Tafelrunde

Dieser Band ist auf 100% Recyclingpapier gedruckt. Bei der Herstellung des Papiers wird keine Chlorbleiche verwendet.

Die Autorin:

Käthe Recheis wurde 1928 in Engelhartszell, Österreich, geboren. Für ihr schriftstellerisches Werk, das in alle gängigen europäischen Sprachen übersetzt wurde, erhielt sie zahlreiche in- und ausländische Preise, u.a. den Österreichischen Staatspreis und den Jugendbuchpreis der Stadt Wien. Ebenso standen ihre Bücher mehrfach in der Auswahlliste zum Deutschen Jugendliteraturpreis. 1995 erhielt sie den Großen Preis der Deutschen Akademie für Kinder- und Jugendliteratur. Das besondere Engagement der Autorin gilt den Indianervölkern. So entstanden Bücher wie ›Kleiner Bruder Watomi‹ und ›Kleiner Wolf und Wahki Waschbär‹. Weitere Titel von Käthe Recheis bei dtv junior: siehe Seite 4

König Arthur und die Ritter der Tafelrunde

Nacherzählt von Käthe Recheis

Mit Zeichnungen von Kurt Schmischke

Deutscher Taschenbuch Verlag

Zu diesem Band gibt es ein Unterrichtsmodell, enthalten in LESEN IN DER SCHULE (Historische Jugendromane), unter der Bestellnummer 8110 durch den Buchhandel oder den Verlag zu beziehen.

Von Käthe Recheis sind außerdem bei dtv junior lieferbar:
Kleiner Bruder Watomi, dtv junior Lesebär 7588
Der Weiße Wolf, dtv junior extra 70298
Wolfsaga, dtv junior extra 70469
Lena. Unser Dorf und der Krieg, dtv pocket 78035

(Hrsg.) Schlag zwölf beginnt die Geisterstunde, dtv junior 7467
(Übers.) Mark Twain, Prinz und Bettelknabe, dtv junior 70548

Bearbeitete Neuausgabe
nach den Regeln der Rechtschreibreform
15. Auflage September 1999

ISBN 3-7779-0180-6
Umschlaggestaltung: Jorge Schmidt und
Tabea Dietrich
Umschlagbild: Martin Irish
Gesetzt aus der Palatino 11/12,5'
Gesamtherstellung: Kösel, Kempten
Printed in Germany · ISBN 3-423-07361-6

Inhalt

Vorwort

König Arthur (oder Artus, wie er auch genannt wird) war ein Sagenheld der Briten. Ob er eine historische Gestalt ist, kann nicht mit Sicherheit gesagt werden, es gibt allerdings Grund zu der Annahme, dass sein Vorbild ein siegreicher britannischer Heerführer war, der im 5. Jahrhundert nach Christus sein Volk vor den eindringenden Sachsen beschützte. Die ›Historia Brittonum‹ des Nennius (826, Bearbeitung eines Originals von etwa 680) nennt ihn Dux Bellorum und Besieger der Sachsen. In der ›Historia regum Britanniae‹ des Galfred von Monmouth, 1136, erscheint Arthur als Sohn König Uthers und wird ebenfalls Sieger über die Sachsen genannt.

Um den Arthur der Sage schart sich ein Kreis legendärer tapferer Ritter – die Tafelrunde. Die spätere Arthur-Dichtung feiert den Hof des Königs als Vorbild des Rittertums. Viele Motive der Arthur-Sagen stammen aus alten keltischen Märchen, geschichtliche Erinnerungen klingen in ihnen nicht nach. Keltische Dichter in Britannien und in der Bretagne überlieferten sie in Prosaerzählungen oder Versdichtungen. Auf diesen Vorbildern beruhen die großen Versromane der französischen Dichter bis ins 12. und 13. Jahrhundert. Der berühmteste der französischen Arthur-Dichter ist Chrétien de Troyes, der das Motiv der Gralsuche einführte. In England wurden vielfach diese französischen Fassungen verwendet, der Schauplatz der Geschichte bleibt aber immer das keltische Britannien. Eine der bekanntesten Arthur-Nachdichtungen der späteren Zeit ist Sir Thomas Malorys ›Le Morte d'Arthur‹ (um 1470). Auch im Deutschen entstanden bedeutende Epen, angeregt durch den Arthur-Sagenkreis, der ›Parzival‹ des Wolfram von Eschenbach, ›Erek und Iwein‹ des Hartmann von Aue.

In den Arthursagen spiegelt sich die höfische Welt des Mittelalters wider. Liebe, Turnier und ritterlicher Kampf nehmen einen breiten Raum ein. Die Turniere waren Reiterkampfspiele, bei deren leichtester Art, dem Buhurt, die Ritter panzerlos mit Lanze und Schild bewaffnet gegeneinander galoppierten. Beim Tjost trugen die Kämpfer Harnische, es wurde ebenfalls im schärfsten Galopp aufeinander zugesprengt, jeder versuchte dabei mit der Lanze den anderen aus dem Sattel zu stechen. Darauf schloss sich meist ein Schwertkampf an.

Bis ins 14. Jahrhundert waren Schuppenpanzer üblich, lederne Röcke, die außen mit dachziegelartig sich überdeckenden Eisenplatten besetzt waren. Der so genannte Halsberg war ein aus Leder oder Tuch bestehendes Gewand, das mit Eisenringen oder Schuppen besetzt war. Darüber wurden kostbar verzierte Waffenhemden getragen. Die Brünne war ein kapuzenartiges Panzergeflecht, das Kopf, Hals und Schulter schützte und den Schuppenpanzer mit dem Helm verband.

Die vorliegende Fassung ist unter Verwendung alter Quellen wie Thomas Malory dem vierbändigen Werk von Howard Pyle nacherzählt. Bei der Parzivalsage wurde nicht jene von Wolfram von Eschenbach gewählt, sondern die in englischen Fassungen gebräuchliche, da sonst die Einheit der verschiedenen Sagenkreise gesprengt worden wäre.

Wie Arthur geboren wurde, wie sein Vater starb und England ohne König war

In alten Zeiten, so weit zurück, dass niemand mehr weiß, wann es war, lebte in England ein König, der Uther-Pendragon hieß. Er war ein gütiger und gerechter Herrscher, das Volk liebte ihn und während seiner Regierungszeit herrschten Friede und Wohlstand. Sein Ratgeber war ein alter Weiser namens Merlin, den viele für einen mächtigen Zauberer hielten. Man sagte ihm nach, dass er in die Zukunft sehen könne, jedermann kannte seinen Namen, aber niemand wusste, wer er in Wirklichkeit war und woher er kam. Er zog in vielerlei Gestalten durch das Land, war einmal da und einmal dort. Manchen erschien er als Bettler, anderen als Spielmann. Immer hielt er einen guten Rat bereit, und wer das Glück hatte, ihm zu begegnen, zögerte nicht diesen Rat auch zu befolgen.

Uther-Pendragons Frau war jung gestorben. Merlin riet ihm wieder zu heiraten, damit die Krone Englands nicht ohne Erben blieb. Der König konnte sich jedoch lange nicht entschließen, auf seinen treuen Ratgeber zu hören. Erst viele Jahre später, als er schon ein älterer Mann war, verliebte er sich in die schöne Igraine, die Witwe des Herzogs von Tintegal, und holte sie mit ihren drei Töchtern – Elaine, Margaise und Morgana – an seinen Hof. Morgana war noch ein Kind, die anderen zwei Töchter feierten gleichzeitig mit ihrer Mutter Hochzeit. Elaine heiratete König Lot von Orkney, Margaise heiratete König Urien von Gore.

Als Igraine einen Sohn gebar, erschien Merlin am Hof und prophezeite dem König, dass er nicht mehr lange zu leben habe. »Ein heftiges Fieber wird Euch befallen«, sagte er, »und nach Eurem Tod wird dieser Knabe hier in der Wiege, die Hoffnung des Reiches, in großer Gefahr sein. Mächtige Fürsten und Ritter werden die Herrschaft anstreben und sich gegen Euren Sohn erheben. Vertraut ihn daher mir an, Herr! Ich werde ihn an einen geheimen Platz bringen, wo er vor Verfolgung sicher ist, bis er für sich selber einstehen kann.«

Niemand hört gerne, dass seine Lebensfrist dem Ende zugeht. Der König runzelte die Stirn, antwortete aber dann gefasst: »Sterben müssen wir alle, das ist nun einmal das Los der Menschen. Mir war ein langes Leben vergönnt, ich will also nicht klagen. Mit meinem Sohn ist es etwas anderes. Außerdem ist er das wertvollste Erbe, das ich meinem Land hinterlassen kann. Tut also, was Ihr für richtig haltet, mein Freund.«

Noch in der gleichen Nacht verließ Merlin die Burg. Er trug den Knaben mit sich fort und niemand wusste, wohin er ihn brachte, nicht einmal die Königin selbst. Kurze Zeit danach trat alles ein, was Merlin prophezeit hatte. Uther-Pendragon starb an einem heimtückischen Fieber und nach seinem Tod kamen schwere Jahre für England. Die Fürsten und Herren kämpften untereinander um die Herrschaft, und da niemand mehr für Gerechtigkeit und Ordnung eintrat, verwüsteten habgierige Ritter und Barone das Land, überfielen friedliche Reisende, erschlugen und beraubten sie oder ließen sie nur gegen hohes Lösegeld frei. Damals war es kein ungewöhnlicher Anblick, einen Toten am Wegrand zu finden. Ganze Dörfer wurden niedergebrannt und geplündert.

Achtzehn Jahre vergingen. Als die Not immer größer wurde, rief der Erzbischof von Canterbury den weisen Merlin zu sich. »Wählt einen König«, bat er, »damit der Übermut der Herren gebrochen wird und England wieder Ruhe und Frieden findet!«

»Herr«, antwortete Merlin, »England wird bald einen König haben und er wird an Weisheit und Größe selbst Uther-Pendragon übertreffen. Mehr noch – er wird sein eigener Sohn sein.«

Der Erzbischof hatte mit steigendem Erstaunen zugehört. Kein Mensch in England glaubte mehr des Königs Sohn am Leben, viele erinnerten sich überhaupt nicht mehr daran, dass Igraine jemals einen Sohn geboren hatte. »Woran soll das Volk den rechten König erkennen?«, fragte der Erzbischof und erklärte dann, er habe seine Zweifel, ob sich die hohen Herren mir nichts, dir nichts einen Herrscher vor die Nase setzen ließen, von dem bislang niemand etwas gehört habe.

»Überlasst das nur mir!«, antwortete Merlin.

Nun war der Erzbischof nicht wenig neugierig und wollte wissen, was Merlin vorhabe. Merlin verriet kein Sterbenswörtchen. Zauberer und weise Männer lassen sich nicht gern in ihre Karten blicken, sie lieben es, sich geheimnisvoll zu geben, das erhöht ihr Ansehen. Kurze Zeit danach zauberte er einen großen Marmorblock vor das Tor der Kathedrale. Auf dem Marmorblock stand ein mächtiger Amboss, in dem ein Schwert bis zum Knauf steckte. Rund um den Knauf konnte man in goldenen Buchstaben lesen:

WER DIESES SCHWERT AUS DEM AMBOSS ZIEHT, IST DER RECHTMÄSSIGE KÖNIG VON ENGLAND.

Viele Menschen strömten herbei und bestaunten den Amboss. So mancher hohe Herr konnte nicht widerstehen und versuchte das Schwert herauszuziehen, aber keinem gelang es, die Waffe auch nur einen Fingerbreit zu bewegen.

Auf Merlins Rat rief der Erzbischof alle Vornehmen des Reiches zu einem Turnier nach London. Das Turnier sollte an den Weihnachtstagen stattfinden und der Erzbischof ließ verkünden, wem es während der ritterlichen Spiele gelänge, das Schwert aus dem Amboss zu ziehen, den würde er zum König von England krönen.

Als die Weihnachtstage herankamen, schien ganz England auf dem Weg nach London zu sein. Auf allen Straßen und Pfaden zogen sie daher: Könige, Fürsten und Ritter, vornehme Damen, Knappen und Waffenträger und einfaches Volk. Die Herbergen waren überfüllt. Jeder, der ein Haus in der Stadt besaß, nahm Freunde oder Fremde als Gäste auf und es grenzte fast ans Wunderbare, dass so viele Menschen in London Platz fanden. Überall standen Zelte, manche bescheiden, manche aus kostbaren Stoffen, je nach Rang und Würde des Besitzers.

Schwert und Amboss hatten zwar den Erzbischof beeindruckt, im Geheimen glaubte er aber nicht daran, dass Merlin sein Versprechen halten könnte. Einen Amboss mit Schwert herbeizuzaubern ist schließlich leichter als einen Königssohn aufzutreiben, den es – wie es den Anschein hatte – gar nicht gab. Als der Erzbischof jedoch sah, dass alle Vornehmen Englands seiner Einladung gefolgt waren, wurde er zuversichtlich. Es musste ja nicht unbedingt ein Königssohn sein. Ein anderer Herrscher, wenn er nur gerecht und stark war, genügte auch, um England zu retten. »Euer Rat war weise«, sagte er zu Merlin. »Unter all diesen edlen Herren werden wir wohl einen finden, der würdig ist König zu werden.«

Merlin lächelte nur und antwortete: »Wundert Euch nicht, Herr, wenn unter allen jenen, die Euch so würdig scheinen, nicht jener ist, der wirklich würdig ist. Unter denen, die Ihr nicht kennt, wird jener aufstehen, der einzig und allein in Wahrheit würdig ist.«

Wie der junge Arthur das Schwertwunder bestand, wie er seine Gegner besiegte und König von England wurde

Unter all den Edlen, die der Erzbischof in die Stadt London gerufen hatte, befand sich auch ein Ritter namens Ector von Bonmaison. Dieser Ritter wurde »Der Zuverlässige« genannt, weil er ein Versprechen, das er einem Mann gegeben hatte, mit unverbrüchlicher Treue hielt, ob dieser nun von hoher oder niedriger Geburt war. Auch verriet er niemals ein Geheimnis, das man ihm anvertraute. Herr Ector hatte zwei Söhne. Kay, der ältere, war ein junger und viel versprechender Ritter. Der zweite Sohn hieß Arthur, ein Bursche von achtzehn Jahren, der seinem Bruder als Knappe diente.

Ector hatte sein Zelt vor den Toren der Stadt auf einer Wiese aufgeschlagen, wo bereits viele Ritter kampierten. Es war ein prächtiger Anblick: die vielen Prunkzelte aus Seide oder anderen edlen Stoffen mit den farbenfrohen Bannern und Wimpeln, die im Wind flatterten und den Himmel verdeckten. Das Banner Ectors trug das

Wappen seines Hauses, einen schwarzen Greif auf grünem Grund.

Sobald sich alle, die geladen worden waren, in London eingefunden hatten, ließ der Erzbischof verkünden, dass am Morgen des Weihnachtstages die Ritter zur Kathedrale kommen sollten. Dort wolle er jenen zum König von England ernennen, der das Schwert aus dem Amboss zöge.

An den drei Tagen vor Weihnachten aber war ein großes Turnier festgesetzt. Kaum hörte Kay diese Neuigkeit, als er seinen Vater bestürmte ihn teilnehmen zu lassen. Herr Ector willigte ein und schon am ersten Morgen des Turniers ritt Kay mit seinem Bruder Arthur zu jenem Platz, wo die ritterlichen Kämpfe stattfanden. Die beiden jungen Burschen – denn auch Kay war noch nicht lange zum Ritter geschlagen worden – waren vor Freude ganz närrisch. Arthur trug Lanze und Wimpel, wie es sich für einen Knappen geziemt, nicht weniger stolz als sein größerer Bruder.

Ganz London strömte an diesem Morgen zum Turnierfeld. Alle Damen und Herren hatten sich eingefunden, darunter zwölf Könige mit ihrem Gefolge, König Lot von Orkney, König Urien von Gore, König Ban von Benwick, König Ryence und König Leodegranz und wie sie alle hießen. So dicht gedrängt waren die Bankreihen, dass man glauben konnte, ein lebender Wall aus Menschen umgäbe das Turnierfeld. Inmitten der Allervornehmsten befand sich der Thron des Erzbischofs unter einem purpurnen, mit silbernen Lilien bestickten Baldachin. Vor dem Thron hatte der Herold Aufstellung genommen, der mit einem Trompetenstoß die jeweiligen Kämpfe eröffnete.

Das Turnier begann mit einem Treffen von zwei Gruppen geharnischter Ritter, die auf ihren Pferden gegeneinander losstürmten. Dabei versuchte jeder seinen Gegner mit der Lanze vom Pferd zu stoßen. Kay brannte darauf, sich hervorzutun, und es gelang ihm, zwei Ritter aus dem Sattel zu heben. Als Nächstes fielen die Ritter mit gezogenen Schwertern übereinander her. Kay warf nicht weniger als fünf ins Gras. Einer aus der Gegenpartei war ein Kerl, der alle anderen um Haupteslänge überragte und so stark zu sein schien, dass die Zuschauer der Ansicht waren, er könne von niemandem besiegt werden. Diesem Ritter fiel der junge, unbekannte Bursche auf. »Ho, kleiner Ritter mit dem schwarzen Greifen«, rief er spöttisch, »willst du nicht dein Glück mit mir versuchen?«

Das ließ sich Kay nicht zweimal sagen. Später war er nicht mehr so begierig auf Kämpfe, und wenn es sich vermeiden ließ, ging er ihnen aus dem Weg. Damals war er jedoch noch jung und der unerwartete Erfolg stieg ihm zu Kopf. Er trieb sein Pferd an und raste gegen den riesenhaften Ritter los. Bevor sich der andere versah, hatte Kay zugeschlagen. Der Hieb war so kräftig, dass dem Herausforderer Hören und Sehen verging und er sich an das Sattelhorn klammern musste, um nicht vom Pferd zu fallen.

Zu Kays Unglück war aber der Schlag ein wenig zu heftig gewesen. Die Schwertklinge löste sich vom Schaft und flog in hohem Bogen über das Feld. Da saß nun Kay auf seinem Pferd und starrte den leeren Knauf an, einen Augenblick nicht weniger betäubt als sein Gegner. Er fasste sich aber gleich wieder, riss sein Pferd herum und ritt zur Barriere, wo Arthur stand. »Bruder«, rief er, »bring mir ein neues Schwert aus dem Zelt, damit ich weiterkämpfen kann. Heute ist mein Glückstag! Ich werfe sie noch alle aus dem Sattel!«, fügte er nicht allzu bescheiden hinzu.

Kaum hatte er ausgesprochen, sprang Arthur schon über die Barriere und lief flink wie ein Wiesel durch die Menschenmenge zum Zelt seines Vaters. Er durchstöberte es aber vergeblich nach einer Waffe. Ector und das ganze Gefolge waren zum Turnierfeld gegangen und jeder hatte sein eigenes Schwert mitgenommen. Arthur stand niedergeschlagen da und wusste nicht, was er tun sollte. Ohne Waffe zurückzugehen kam nicht in Frage. Er durfte doch seinen Bruder nicht im Stich lassen!

Plötzlich fiel ihm das Schwert ein, das im Amboss steckte. Es kann doch nichts Böses sein, wenn ich es für kurze Zeit wegnehme, dachte er bei sich und lief zur Kathedrale. Niemand war dort. Auch die Wächter des Schwertes, die der Erzbischof aufgestellt hatte, schauten dem Turnier zu. Arthur trat zum Amboss, beugte sich darüber, fasste das Schwert mit beiden Händen und wunderte sich, wie leicht es sich herausziehen ließ. In seiner Eile las er nicht einmal die

Inschrift. Die Klinge funkelte und blitzte im Sonnenlicht, er wickelte sie in seinen Mantel, damit sie ihn nicht verraten konnte, und rannte zurück, so schnell ihn seine Beine trugen.

»Da habe ich ein Schwert für dich!«, rief er noch ganz atemlos. »Wie gefällt es dir?«

Kay riss ihm die Waffe aus der Hand. Als sein Blick jedoch darauf fiel, wurde er weiß wie Wachs. »Wer hat dir dieses Schwert gegeben?«, fragte er mit seltsamer Stimme.

Arthur sah ihn erstaunt und bestürzt an. »Was hast du, Bruder? Habe ich etwas Unrechtes getan? Im Zelt war kein Schwert zu finden, da fiel mir das Schwert im Amboss ein. Glaube mir, es hat sich ganz leicht herausziehen lassen. Ich weiß wirklich nicht«, fügte er lachend hinzu, »warum man deswegen so viel Aufheben macht. Sicher kann es jeder herausziehen, der nur ein bisschen Kraft hat.«

Kay fand langsam seine Lebensgeister wieder. Arthur ist noch ein Kind, dachte er, er weiß nicht, was er getan hat und was dieses Schwert bedeutet. Ich aber weiß es! Er kann nicht König werden. Wer wird einem Knaben diese Würde geben? Bei mir wäre es etwas anderes. Schließlich bin ich schon ein Ritter!

Der arme Herr Kay! Zuerst war er bleich geworden, jetzt stieg es siedend heiß in ihm hoch, er sah sich im Geist schon als König und bekam großen Respekt vor sich selbst. Er befahl Arthur den Vater zu holen und eilte ins Zelt.

Als Ector das Zelt betrat, fand er dort seinen

Sohn Kay mit aschfahlem Gesicht und einem seltsamen Glanz in den Augen. Auf dem Tisch lag ein Schwert. Ein Schwert, das jedermann in London kannte und das nur ein unbekümmerter Junge wie Arthur so achtlos hatte handhaben können. Herr Ector brachte kein Wort heraus, es dauerte lange, bis er seiner Zunge wieder mächtig war. »Kay, was soll das bedeuten?«, rief er dann.

»Herr Vater, ich habe das Schwert aus dem Amboss gezogen.«

»Warum hast du es getan?«

Kay holte tief Atem. »Mein Schwert zerbrach im Kampf, da nahm ich es an seiner Stelle.«

Ritter Ector wusste nicht, ob er seinen Ohren trauen sollte. Bei aller Vaterliebe musste er sich eingestehen, dass sein Sohn Kay nicht gerade aus dem Holz geschnitzt war, das für Könige taugte. »Wenn du das Schwert wirklich aus dem Amboss gezogen hast«, sagte er schließlich streng, »bist du der rechtmäßige König von England. So steht es auf dem Griff des Schwertes geschrieben. Stoß jetzt das Schwert wieder in den Amboss! Hast du es herausgezogen, wird dir das nicht schwer fallen.«

»Ein Schwert in einen Amboss stoßen?«, rief Kay verwirrt aus. »Herr Vater, so ein Wunder bringt niemand zu Stande.«

»Es ist kein größeres Wunder, als ein Schwert aus einem eisernen Amboss herauszuziehen. Und das hast du getan, wie du sagst.«

Kay war nahe daran, die Wahrheit zu gestehen. Er tröstete sich aber mit dem Gedanken: ›Wenn mein kleiner Bruder Arthur, der noch nicht einmal ein Ritter ist, das Schwert herausziehen konnte, warum soll ich es nicht hineinstoßen können? Ich bin doch sicher nicht weniger stark als er!‹

Er wickelte das Schwert in den Mantel und ging mit seinem Vater und seinem Bruder zur Kathedrale. Sobald er vor dem Amboss stand und sah, dass die Oberfläche nicht einmal einen Kratzer aufwies, sank ihm wieder der Mut. Am liebsten hätte er alles auf der Stelle bekannt. Als er aber daran dachte, wie glorreich er an diesem Tag gekämpft hatte, wie die Damen und Fräulein ihm zugejubelt hatten, brachte er es nicht über sich, alle zukünftigen Ehren seinem jüngeren Bruder zu überlassen. Er nahm das Schwert, stieg auf den Marmorblock und wollte es mit aller Kraft in den Amboss stoßen, konnte es aber nicht einen Fingerbreit in das Eisen hineintreiben. »Herr«, rief er aufgebracht, »kein Mann auf dieser Welt bringt das zu Stande.«

»Wie war es dann möglich, dass du es herausgezogen hast?«, fragte Herr Ector. »Wenn ich deinen Worten glauben soll, dann stecke es nur wieder zurück in den Amboss.«

Als Kay keine Antwort gab, sagte Arthur: »Mein Vater, ich habe eine Bitte.«

»Nun, Arthur?«

»Erlaubt mir, dass ich es versuche.«

Ector runzelte die Stirn. »Mit welchem Recht bittest du mich darum?«

»Weil ich es war, der das Schwert für Kay aus dem Amboss zog. Es ging ganz leicht. Sicher kann ich es auch wieder hineinstoßen.«

Daraufhin sagte Ector kein Wort, sondern sah den Jungen nur mit einem sonderbaren Ausdruck im Gesicht an. Arthur wurde verlegen und fragte: »Herr, seid Ihr böse auf mich?«

»So wahr mir Gott helfe, mein Sohn, ich bin nicht böse auf dich. Nimm das Schwert und zeig uns das Wunder.«

Arthur nahm das Schwert, sprang auf den Marmorblock, setzte die Spitze auf das Eisen und fasste den Griff mit beiden Händen. Die Klinge glitt in den Amboss, als wäre er aus Wachs. »Seht, mein Vater, wie leicht es ist!«, rief er lachend, zog das Schwert wieder heraus und stieß es noch einmal hinein. Ector stand schweigend da. Als Arthur vom Block herunterstieg, kniete er vor ihm nieder.

»Vater, was tut Ihr?«, rief Arthur erschrocken.

»Ich bin nicht dein Vater! Ich weiß jetzt, dass du aus königlichem Blut sein musst, sonst hättest du nicht das Schwert aus dem Amboss lösen können.«

»Herr, ich verstehe Euch nicht. Steht doch auf, ich bitte Euch! Ich kann es nicht ertragen, wenn Ihr vor mir kniet.«

Kay aber stand die ganze Zeit daneben wie einer, der träumt, und fragte sich: ›Was soll das? Mein kleiner Bruder ein König?‹

Ector erhob sich. »Arthur, es ist Zeit, dass ich dir alles sage. Vor achtzehn Jahren kam Merlin mitten in der Nacht auf meine Burg und brachte einen neugeborenen Knaben. Das warst du, Arthur! Merlin befahl mir dich aufzuziehen und niemandem zu verraten, dass du nicht mein eigenes Kind bist. Bis jetzt ahnte ich nicht, wer dein wirklicher Vater war, nun vermute ich, dass es niemand anders war als unser König Uther-Pendragon. Wenn du nicht sein Sohn bist, wie könntest du sonst das Schwert aus dem Amboss ziehen?«

Als Arthur seinen Vater so sprechen hörte, brach er in Tränen aus.

»Warum weinst du?«, fragte Ector verwundert.

»Weil ich meinen Vater verloren habe! Ich will lieber Euch zum Vater haben, als ein König sein.«

Bevor Ector antworten konnte, trat Merlin herzu. Er war schon vor einer ganzen Weile zur Kathedrale gekommen, ohne dass ihn die drei bemerkt hatten. »Ich sehe, es gibt gute Neuigkeiten«, sagte er.

»Eine gute Neuigkeit kann man es wohl nennen. Hier ist das Kind, Merlin, das Ihr mir vor achtzehn Jahren gebracht habt. Wie Ihr seht, ist es zum Mann herangewachsen!«

»Noch dazu zu gar keinem üblen! Ihr braucht mir aber nicht zu sagen, wer er ist. In all diesen Jahren habe ich ihn nicht aus den Augen gelassen, obwohl Ihr davon nichts wusstet. Ihr habt recht vermutet, Herr Ector. Er ist der Sohn König Uther-Pendragons und wird Herr dieses Landes werden, das wahrhaft eines guten Herrn bedarf. Und nun befehle ich Euch mit diesem jungen Mann am Morgen des Weihnachtstages zur Kathedrale zu kommen, damit er vor allem Volk und allen Herren das Schwertwunder wiederholt.«

Ector versprach es. Nachher wandte er sich an Arthur und bat ihn ihm eine Gunst zu gewähren.

»Alles, was ich Euch tun kann, will ich gern tun«, antwortete Arthur.

»Dann bitte ich dich, deinen Bruder Kay zum Seneschall des Reiches zu machen, sobald du König bist.«

»Ja, Herr, das werde ich tun. Ihr selbst aber sollt mehr erhalten als nur eine Würde – Ihr sollt immer mein Vater bleiben.«

Kay wusste nicht, ob er sich himmelhoch freuen oder zu Tode betrübt sein sollte.

Am Morgen des Weihnachtstages kamen viele Tausende zur Kathedrale und versammelten sich dort. Zwölf Könige und sechzehn Herzöge waren erschienen. Jeder der Herren hoffte insgeheim an diesem Tag zum König von ganz England auserwählt zu werden und keiner zweifelte daran, dass er die Voraussetzungen für diese Würde besaß und besser dafür geeignet war als die anderen.

Sobald der Erzbischof Platz genommen hatte, verkündete der Herold mit einem Trompetenstoß, dass jeder vortreten sollte, der sich dazu berufen fühlte, das Schwert aus dem Amboss zu ziehen. Als Erster kam König Lot von Orkney. Sosehr er sich auch bemühte, er konnte das Schwert nicht um Haaresbreite bewegen. Nach ihm versuchten es die anderen Könige und nach den Königen versuchten es die Herzöge, aber das Schwert stak so fest im Amboss wie zuvor. Manche der hohen und mächtigen Herren waren wütend, andere schämten sich, weil sie sich lächerlich vorkamen.

Durch die Menge lief ein Gemurmel. Einer fragte den anderen, wieso keiner der Männer, die zum Herrscher auserwählt schienen, die Aufgabe hatte vollbringen können. War denn nicht einer unter ihnen würdig England zu regieren? Sechs der mächtigsten Fürsten aber traten vor den Erzbischof hin und verlangten unwillig, er solle einen aus ihrer Mitte zum König bestimmen. Es sei offensichtlich, dass der Zauberer Merlin den Amboss und das Schwert nur deshalb aufgestellt habe, um sie zu verhöhnen. Diese Fürsten waren König Lot, König Urien, König Pellinore, König Ban, König Ryence und der Herzog von Northumberland.

In diesem Augenblick kam Merlin selbst durch die Menge, die ihm ehrfurchtsvoll Platz machte. Neben ihm gingen Ector, Kay und der junge Arthur, der wie im Traum daherschritt. Merlin hatte Arthur in einen flammend roten, mit Silberfäden durchsponnenen Rock gekleidet und alle, die ihn sahen, wunderten sich, wer der schöne junge Mann sein könnte.

»Was führt Euch zu mir, Merlin?«, fragte der Erzbischof. »Und wer sind Eure Begleiter?«

Merlin legte seine Hand auf die Schulter des jungen Arthur. »Herr, hier steht jener, der das Schwertwunder vollbringen wird. Und er ist niemand anders als der rechtmäßige Sohn unseres toten Königs Uther-Pendragon.«

Auf dem Platz herrschte Totenstille. Die Fürsten starrten Arthur an, als hätte sie der Blitz getroffen. Auch der Erzbischof blickte auf den jungen Mann neben Merlin. Was er sah, gefiel ihm. Arthur hatte ein offenes, hübsches Gesicht, er erwiderte den Blick des Erzbischofs bescheiden, aber ohne jede Spur von Angst oder Verlegenheit.

»Herr«, sagte Arthur, »erlaubt Ihr mir das

Gleiche zu versuchen wie die Könige und Herzöge vor mir?«

»Ihr habt meine Erlaubnis«, antwortete der Erzbischof. »Und Gott sei mit Euch!«

Daraufhin trat Arthur zum Amboss, nahm den Knauf des Schwertes in die Hände und zog es mühelos heraus. Er schwang es dreimal über seinem Kopf und trieb es darauf wieder in das Eisen. Mit der gleichen spielerischen Leichtigkeit zog er es noch einmal heraus, während die Menge in atemlosem Schweigen verharrte.

Dann aber brach ein Tumult los, wie die Stadt London ihn noch nie erlebt hatte. Fremde Menschen fielen sich vor Glück weinend in die Arme und der Jubel und das Hochgeschrei ließen die Mauern der Kathedrale erzittern.

Die Könige und Fürsten wussten nicht, was sie sagen sollten. Einer, der fast noch ein Knabe war, hatte das Wunder vollbracht, das sie selbst vergeblich versucht hatten!

Einige von ihnen waren bereit Arthur anzuerkennen. Andere blieben abseits stehen und sagten zueinander: »Was, ein bartloser Knabe soll über uns zum Oberherren des ganzen Landes gesetzt werden? Nein! Wir werden ihn nie als unseren König anerkennen!«

Unter jenen, die am meisten erbittert waren, befanden sich König Lot und König Urien, die Schwager des jungen Arthur. Während die anderen Könige und Herren, als Erster Leodegranz von Cameliard, vor Arthur hintraten und ihm Treue schworen, verließen Lot und Urien, Pellinore und und einige andere Könige und Fürsten zornig den Platz vor der Kathedrale.

Inmitten des allgemeinen Jubels standen Ector und sein Sohn Kay abseits der anderen. Sie, die am meisten Grund zur Freude gehabt hätten, konnten sich am wenigsten darüber freuen. Ihnen schien, dass nun Arthur, da er zu solcher Würde erhoben worden war, sie vergessen und nicht mehr an sie denken werde. Er war König und sie waren nur einfache Ritter. Als Arthur sie mit niedergeschlagenen Augen dastehen sah, verließ er sofort die hohen Herren. Er ging zu seinem Vater und seinem Bruder, küsste sie, nahm sie an der Hand und führte sie zu seinem Platz, um ihnen vor allen Anwesenden Ehre zu erweisen.

Zu Ostern wurde Arthur in der Kathedrale mit großem Pomp und großer Feierlichkeit zum König gekrönt. Kaum war er König, musste er auch schon zum Kampf ausziehen und seine neue Würde verteidigen. Jene Herren, die am Weihnachtstag London verlassen hatten, wollten ihm nicht Treue schwören und erhoben sich gegen ihn. Arthur besiegte sie in einer großen Schlacht, unterwarf sie und nahm von jedem der Fürsten Söhne als Geiseln. So kamen Gawain und Gaheris, die Söhne König Lots, und Iwain, der Sohn König Uriens, an den Hof zu Arthur. Nur König Pellinore, einer der tapfersten Krieger Englands, der sich ebenfalls gegen ihn erhoben hatte, wollte sich nicht unterwerfen, sondern floh in die Wälder.

König Arthur ernannte Kay zum Seneschall, wie er es versprochen hatte, und feierte den Sieg mit einem prächtigen Fest auf seiner Burg Camelot.

Wie König Arthur mit dem Schwarzen Ritter kämpfte, wie er einen Feind zum Freund machte und das Schwert Excalibur fand

Eines Tages erfuhr König Arthur, dass mitten in den einsamsten Wäldern eine düstere Burg lag, deren Herr ein Ritter in schwarzer Rüstung war. Dieser Ritter forderte jeden, der sich zufällig dorthin verirrte, zum Kampf auf und hatte bisher noch immer gesiegt. Als Zeichen der Schande nahm er den Unterlegenen zuerst den Schild ab und jagte sie dann fort. Vor allem schien er es auf Gefolgsleute des Königs abgesehen zu haben. Arthur beschloss daher, der Sache selbst auf den Grund zu gehen, den Schwarzen Ritter aufzusuchen und ihn zum Zweikampf zu fordern. »Denn ich kann es nicht dulden«, so sagte sich der König, »dass ein einzelner Ritter meine Herren zum Gespött macht und das Ansehen des Reiches schädigt.«

Also machte sich Arthur auf den Weg. Als er schon tief drinnen in den Wäldern war, fernab von jeder menschlichen Behausung, kam er zu einer Lichtung und sah dort drei wüste Kerle mit langen Messern in den Händen, die einen alten Mann überfallen hatten und arg bedrängten. »Bei Gott«, rief der junge König, »hier ist jemand, der Hilfe braucht!« Er zog das Schwert, trieb sein Pferd an und sprengte auf die drei Kerle zu, die bei seinem Anblick sofort ins Dickicht flüchteten. Wie sehr staunte aber Arthur, als er in dem alten, weißbärtigen Mann seinen Ratgeber und Freund Merlin erkannte. »Meister, wo bleiben Eure Künste?«, fragte er mit einem Lächeln. »Wenn ich nicht gekommen wäre, hätten Euch die drei Strolche umgebracht.«

»Glaubt Ihr das wirklich?«, antwortete Merlin. »Ich hätte mich selbst leicht retten können, wäre es mein Wille gewesen. Aber ich wollte Euch warnen. Ihr habt mich in Gefahr gesehen, Euch erwartet eine noch größere! Und kein fahrender Ritter wird daherkommen, um Euch zu retten.«

»Was ein König beschlossen hat, gibt er nicht so leicht auf, vor allem, wenn es um die Ehre seiner Gefolgsleute geht. Das Abenteuer muss also bestanden werden, Merlin. Ich werde mir aber Euren Rat zu Herzen nehmen und Euch bitten mit mir zu kommen.«

»Ich sehe, dass auch ein König nicht davor gefeit ist, ein Dickkopf zu sein«, sagte Merlin. Er rief sein Pferd, das am Rand der Lichtung weidete, stieg auf und ritt mit Arthur weiter. Nach einiger Zeit kamen sie zu der einsamen Burg, die in der unzugänglichsten Wildnis lag, in einem Gebiet, in dem der König noch nie vorher gewesen war. Die Burg ragte düster und drohend auf, nichts regte sich rundum, nur das Schweigen der riesigen Wälder umgab den jungen König und Merlin. Vor der Burg, auf einem ebenen, grasbewachsenen Platz, stand ein mächtiger Baum, der mit unzähligen Schilden behangen war. Manche der Schilde bedeckte eingetrocknetes Blut, andere waren gespalten und zerhauen. Am Stamm war ein schwarzer Schild angebracht, der eine Inschrift in roter Farbe trug:

WER AUF DIESEN SCHILD SCHLÄGT,
DER WAGT SEIN LEBEN!

Daneben hing einladend ein Eisenhammer.

Unwillkürlich fiel Arthur die Warnung Merlins ein. Ein kalter Schauer lief ihm den Rücken hinab. Dann aber dachte er daran, dass ein König zwar nicht davor gefeit war, Angst zu haben, dass es aber sehr unköniglich wäre, aus Angst die königlichen Pflichten zu vergessen. Seine Pflicht war es nun einmal, dem Schwarzen Ritter das Handwerk zu legen. Er schloss sein Visier, ritt hin, nahm den Eisenhammer und schlug mit aller Macht auf den Schild. Das Echo brach sich in den Mauern der Burg und hallte unheimlich wider.

Die Antwort ließ nicht lange auf sich warten. Wenige Augenblicke danach rasselte die Zugbrücke herunter und ein Ritter in schwarzer Rüstung stürmte auf einem pechschwarzen Rappen heraus. Ein paar Schritte vor Arthur zügelte er sein Pferd. »Ha, unbekannter Herr Ritter«, begrüßte er den König hochmütig, »warum schlagt Ihr auf meinen Schild? Für diese Unhöflichkeit werde ich Euch Euren eigenen wegnehmen und auf diesen Baum hängen. Übergebt ihn mir daher oder bereitet Euch auf einen Kampf vor, aus dem Ihr nicht heil davonkommen werdet.«

»Tausend Dank für die Wahl, die Ihr mir anbietet«, antwortete Arthur. »Ich glaube aber, es wird so ausgehen, wie es des Himmels Wille ist und nicht Eurer. Ich bin hergekommen, um mit Euch zu kämpfen.«

»Wie Ihr wollt! Ich habe Euch gewarnt«, sagte der Schwarze Ritter düster.

Er wandte sein Pferd und ritt an den Rand der Wiese. Arthur nahm ihm gegenüber Aufstellung. Sein Pferd war in Dutzenden von Turnierkämpfen trainiert worden, er konnte sich darauf verlassen, dass es keinen falschen Tritt machte. Diesmal war es aber kein Spiel, kein ritterliches Tjosten, bei dem jener gewann, der fester im Sattel saß und die Lanze besser handhaben konnte. Es war ein Kampf, bei dem es um Leben und Tod gehen konnte.

Durch die schmalen Sehschlitze des Visiers ließ Arthur den Gegner nicht aus den Augen. Im gleichen Augenblick senkten sie angriffsbereit die Lanzen, im gleichen Augenblick trieben sie die Pferde an. Sie preschten in vollem Galopp aufeinander zu und trafen sich mitten auf der Wiese. Beide Spieße splitterten beim Zusammenprall, aber sowohl der Schwarze Ritter als auch

Arthur blieben im Sattel, wendeten die Pferde und sprengten wieder auf ihre Plätze zurück. Aus der Burg kamen Knappen mit zwei neuen Lanzen gerannt. Der Kampf ging weiter. Nochmals brachen die Lanzen, nochmals wurden zwei neue gebracht. Beim dritten Mal splitterte die Waffe des Königs, die Lanze des Schwarzen Ritters hielt und durchbohrte seinen Schild. Unter der Gewalt des Stoßes barst der Sattelgurt. Das Pferd stürzte, bevor es aber zu Boden ging, war Arthur geschickt aus dem Sattel gesprungen.

»Habe ich es Euch nicht gesagt?«, rief der Schwarze Ritter. »Ergebt Euch jetzt! Lasst mir Euren Schild da und dann geht Eurer Wege wie alle anderen bisher.«

»So weit ist es noch nicht!«, rief Arthur. Er riss das Pferd des Gegners heftig am Zügel, es bäumte sich auf und warf seinen Reiter ab. Der Schwarze Ritter war im Nu auf den Beinen und zog das Schwert. Auch Arthur zog. Hieb, Abwehr und Gegenhieb folgten blitzschnell aufeinander. König und Ritter wechselten die Plätze, umkreisten einander und nahmen jede Blöße wahr, die sich der andere gab. Die Schilde wurden schartig, die Rüstungen waren bald zerhauen.

Keiner konnte die Oberhand gewinnen. Schließlich bluteten beide aus vielen Wunden, und die Streiche, die sie führten, wurden schwächer. Arthur merkte, dass auch ein König bei einem Zweikampf in arge Bedrängnis kommen kann. Der Schmerz machte ihn halb rasend; er nahm seine ganze Kraft zusammen und versetzte dem Gegner einen fürchterlichen Hieb auf den Helm. Dabei brach ihm das Schwert am Griff ab. Er schleuderte die nutzlose Waffe fort, packte den Schwarzen Ritter von hinten und warf ihn zu Boden. Dann riss er ihm den Helm vom Kopf.

Es war König Pellinore, sein erbitterter Feind, der vor ihm in die Wälder geflohen war!

»Pellinore? Ihr seid es?«, rief Arthur erstaunt, zog seinen Dolch und setzte ihn dem Besiegten an die Kehle. »Bei Gott, ich habe nicht gewusst, dass Ihr so tapfer kämpfen könnt. Aber jetzt ergebt Euch! Ihr seid in meiner Gewalt.«

Der Schwarze Ritter – oder vielmehr König Pellinore – dachte nicht daran, sich zu ergeben. Er sah, dass sein Widersacher mehr tot als lebendig war, schlug ihm den Dolch aus der Hand und warf ihn seinerseits zu Boden. Als er ihm die Helmschnüre durchschneiden wollte, trat Merlin herzu, der unter den Bäumen am Waldrand unbemerkt stehen geblieben war. König Pellinore blickte erstaunt auf.

»Halt! Ihr wisst nicht, was Ihr tut!«, rief Merlin. »Wollt Ihr den König von England töten?«

Pellinore starrte ihn betroffen an. »Ist er der König?«, fragte er. »Wenn es wirklich so ist, alter Mann, dann haben ihn Eure Worte zum Tode verurteilt. Um seinetwillen habe ich mehr Leid erfahren, als ein Mensch ertragen kann. Er hat mich aus meinem Reich vertrieben. Er hat mir meine Würde genommen, meine Besitztümer und alles, was ich habe, bis auf diese Burg hier im Wald. Und hätte er das alles nicht getan, gibt es noch einen Grund, warum er sterben muss. Wenn ich ihn schone, wird er wiederkommen und sich rächen.«

»Von Eurer Hand wird er nicht sterben«, antwortete Merlin, hob seinen Stab und berührte Pellinore an der Schulter. Im nächsten Augenblick sank der Schwarze Ritter wie tot zu Boden.

König Arthur richtete sich mühsam auf dem Ellenbogen auf. »Merlin, was habt Ihr getan?«, rief er. »Mit Zauberei erschlagt Ihr den besten Ritter, den ich jemals getroffen habe.«

»Das habe ich nicht getan, mein gestrenger Herr und König. Pellinore schläft nur und wird bald wieder aufwachen. Ihr selbst seid jedenfalls dem Tod näher als er.«

»Mag sein! Aber wie soll ich je wieder meinen Rittern in Camelot gerade in die Augen blicken?«

»Gäbe es nicht einen gewissen Zauberer, so bräuchtet Ihr Euch diese Frage gar nicht mehr zu stellen. Euer Lebenslicht wäre ausgeblasen und England hätte wieder einmal keinen König mehr. England ist wichtiger als Euer gerader Blick. Kommt nun! Wenn sich nicht bald jemand Eurer Wunden annimmt, war es umsonst, dass ich Euren Stolz durch ein bisschen Zauberei gefährdete.«

Arthur schaute zuerst Merlin düster an, dann den schlafenden Pellinore, dann seinen leeren

Schwertgriff. Er seufzte und fügte sich ins Unvermeidliche. Ohne Merlins Hilfe wäre er aber nicht in den Sattel gekommen und ohne seine Hilfe sofort wieder heruntergefallen. Und hätte ihn sein alter Freund nicht zu einem Einsiedler im Wald gebracht, der ein geschickter Wundarzt war, hätte England nur zu bald wieder um seinen König trauern müssen.

Tagelang lag Arthur fiebernd und an der Grenze zwischen Leben und Tod in der Hütte des Einsiedlers. Es geschah aber, dass eine junge Dame mit ihrem Gefolge auf einer Pilgerfahrt dorthin kam. Der Anblick des verwundeten Ritters rührte sie. Sie blieb und wachte Tag und Nacht an seinem Lager. Diese Dame war Gwinever, die Tochter des Königs von Cameliard, der man nachsagte, eine der schönsten Frauen in ganz England zu sein. Wenn auch Arthur so schwach war, dass er den Kopf nicht vom Kissen heben konnte, und sein trüber Blick alles nur wie durch eine Schicht Wasser aufnahm, die Schönheit seiner Pflegerin sah er doch. Als für sein Leben keine Gefahr mehr bestand und Gwinever ihn verließ, war er fest entschlossen sie oder keine zu seiner Königin zu machen. Vorerst hatte er aber noch andere Dinge im Kopf: Er wollte den Kampf mit Pellinore fortsetzen. Dass ihn nur Merlins Zauberkunst vor einer Niederlage bewahrt hatte, war eine Kränkung, die er nicht vergessen konnte. Er musste diese Scharte auswetzen, komme, was da wolle. Leider hatte er keine Waffen mehr. Sein Schwert und seine

Lanze waren zerbrochen, und wenn er nicht gerade an Gwinever dachte, befand sich der königliche Held in düsterer Stimmung.

»Ich habe kein Schwert«, beklagte er sich bei Merlin. »Und woher soll ich in dieser Wildnis hier eines nehmen?«

»Müsst Ihr unbedingt mit Pellinore kämpfen?«, fragte Merlin.

»Bei meinem Leben! Ich muss es!«

»Schön! Ich werde Euch ein Schwert beschaffen, und ein besseres noch dazu, als es der geschickteste Waffenschmied in ganz England anfertigen könnte.«

»So ein Schwert sollte es wirklich hier geben?«, fragte Arthur misstrauisch.

»Ich kann Euch zu ihm hinführen«, antwortete Merlin.

Am nächsten Morgen brachen sie auf. Je weiter sie ritten, desto einsamer und wegloser wurde das Dickicht. Merlin hielt kein einziges Mal an. Arthur folgte ihm schweigend. Ihm schien, als hätte noch keines Menschen Fuß diesen wilden Wald betreten.

»Wo sind wir?«, fragte er schließlich mit gedämpfter Stimme. Die unheimliche Stille bedrückte ihn.

»Im Wald der Abenteuer, mein König! Er hat seinen Namen mit gutem Recht erhalten. Wer ihn betritt, erlebt ein Abenteuer, das er nicht so schnell vergisst.«

»Welches Abenteuer werde ich erleben?«

»Ihr werdet es schon sehen!«

Und wieder ritten sie weiter. Nach vielen Stunden lichtete sich plötzlich der Wald. Durch die Stämme blitzte es hell.

»Wir sind da«, sagte Merlin.

Arthur blickte staunend um sich. Vor ihm lag ein See, wunderbarer als alle anderen Seen Englands. Obwohl Sommer war, standen alle Bäume ringsum in Blüte. An den Ufern blühten Blumen, die es sonst nirgendwo zu finden gab. Hunderte von farbenprächtigen Vögeln huschten und flatterten umher und sangen so betörend, dass Arthur glaubte in einer anderen Welt zu sein. Der Spiegel des Sees glänzte wie eine Platte aus reinem Silber und mitten aus dem Wasser ragte ein weißer Arm heraus, reglos, ohne sich zu bewegen, in der Hand ein Schwert. Die Scheide glitzerte von Edelsteinen und der Knauf war aus Gold.

»Merlin, träume ich?«, flüsterte Arthur. Er wagte kaum zu sprechen und konnte sich an dem verzauberten See und an dem wunderbaren Schwert nicht satt sehen. Bevor er sich von seinem Staunen erholt hatte, sah er eine Frau durch die Blumen am Ufer auf sich zukommen. Wenn er auch noch so verwirrt sein mochte, vergaß er doch nicht die Höflichkeit, die jeder Dame gebührt. Er stieg vom Pferd und ging ihr entgegen. Als er der Fremden gegenüberstand, war er betroffen von ihrer Schönheit. Ihr Gesicht war makellos wie Elfenbein, die schwarzen Augen strahlten wie Sterne in der Nacht. Seidenes, schwarz glänzendes Haar hing wie ein Mantel zur Erde herunter. Gekleidet war die Dame in ein weich fließendes grünes Gewand und um den Hals hing eine goldene, mit Smaragden besetzte Kette, von der ein solcher Glanz ausging, dass der König geblendet wurde.

»Lady«, stammelte er und sank auf die Knie, »Ihr seid keine Sterbliche!«

»Ihr sagt es, König Arthur«, antwortete die Frau. »Ich komme aus Faery, aus dem Anderen Land, dem Reich der Feen. Mein Name ist Nymue und man nennt mich die Dame vom See. Meine Schwestern und ich haben diesen See geschaffen, damit unser Reich vor den Augen Sterblicher verborgen bleibt. Jetzt wisst Ihr alles über mich. Nun möchte ich wissen, was Euch zu mir führt.«

»Herrin, mein Schwert ist zerbrochen und ein König mit zerbrochenem Schwert ist ein seltsamer König. Ich bitte Euch, gebt mir das Eure.«

Die Dame vom See lächelte. »Eine große Bitte! Jedem anderen würde ich sie abschlagen. Aber um die Wahrheit zu sagen, so ist dieses Schwert – es heißt Excalibur – von Anfang an nur für Euch bestimmt gewesen. Steigt ein und holt es Euch!«

Sie zeigte zum Ufer und Arthur wollte seinen Augen nicht trauen. Plötzlich lag in den Binsen ein Boot, das vorhin nicht da gewesen war.

»Worauf wartet Ihr noch?«, fragte die Dame vom See lächelnd.

Im nächsten Augenblick war sie verschwunden. Arthur stieg mit klopfendem Herzen in das Boot, es glitt von selbst zur Mitte des Sees und blieb neben dem Arm stehen. Arthur nahm das Schwert und der weiße Arm versank im Wasser, das glatt und unbewegt blieb, als wäre nichts geschehen.

Der König wusste sich vor Freude über die prächtige Waffe kaum zu fassen, machte sich unverzüglich auf und ritt mit seinem Freund zur Burg Pellinores. Als sie dort angekommen waren, verbot er Merlin in aller Strenge sich irgendwie in den nun folgenden Kampf einzumischen oder seine Zauberkraft zu gebrauchen. Dann rief er den Schwarzen Ritter aus der Burg und sprach zu ihm: »Herr Pellinore, Ihr wisst nun, wer ich bin, und ich weiß, wer Ihr seid. Wir beide glauben guten Grund zum Streit zu haben. Ihr klagt mich an, dass ich – obwohl aus Gründen, die mir gerecht schienen – Euch aus Eurem Land vertrieben habe. Ich klage Euch an, dass Ihr meinen Rittern und Herren und somit meinem Königreich Schande und Verderben zugefügt habt. Daher fordere ich Euch zum Zweikampf auf, der über diese Sache entscheiden soll.«

Pellinore war einverstanden. Diesmal nützte ihm jedoch alle Tapferkeit nichts, er kämpfte gegen einen Mann, der eine Waffe aus Faery hatte, und gegen ein solches Schwert ist auch das beste Schwert, das von einem Menschen gehämmert wurde, nicht mehr wert als eine Gerte. Bald blutete er aus vielen Wunden, während Arthur noch nicht einmal den kleinsten Kratzer abbekommen hatte. Pellinore sank erschöpft in die Knie und bat um Gnade.

»Ich gewähre sie Euch gerne«, antwortete Arthur. »Und ich will noch mehr tun. Ihr sollt wieder in alle Ehren eingesetzt werden. Ich wünschte Euch nie Böses, nur konnte ich um des Friedens meines Reiches willen nicht dulden, dass Ihr Euch gegen mich erhoben habt. Schickt mir Eure Söhne Aglaval und Donar nach Camelot und lasst uns unsere Feindschaft vergessen.«

Das war ein Angebot, das Pellinore nicht ablehnen konnte. Die beiden bisherigen Feinde schlossen Freundschaft, Pellinore schwor dem König Treue und lud ihn auf seine Burg ein. Am nächsten Tag brachen Arthur und Merlin auf, um nach Camelot zurückzukehren. Als sie durch den Wald ritten, fragte Merlin: »Herr, was gefällt Euch besser – das Schwert oder die Scheide?«

»Natürlich das Schwert!«

»Da irrt Ihr Euch! Excalibur mag vielleicht die beste Waffe in ganz England sein, aber die Scheide ist hundertmal besser. Wer sie trägt, empfängt keine Wunde und verliert keinen Tropfen Blut. Ihr wollt mir nicht glauben? Denkt an den Kampf mit Pellinore! Soviel ich sehe, kann ich nicht einmal einen einzigen Ritzer an Euch entdecken.«

»Ist das wahr?«, stieß Arthur hervor.

»Habe ich Euch jemals nicht die Wahrheit gesagt?«

»Dann«, sagte Arthur grimmig und entschlossen, »werde ich dieses Schwert sofort wieder der Dame vom See zurückgeben. Ein Ritter soll durch eigene Kraft siegen und nicht durch Zauberkunst.«

»Recht gesprochen, mein Herr! Nur seid Ihr kein gewöhnlicher fahrender Ritter, der auf Abenteuer auszieht, sondern ein König. Euer Leben gehört nicht Euch, sondern Eurem Volk. Behaltet Excalibur, damit Ihr England erhalten bleibt.«

Arthur versank in Nachdenken. Ob er wollte oder nicht, er musste seinem Freund Recht geben und die Weisheit seines Rates anerkennen. Solange er aber lebte, nahm er das Schwert Excalibur nie zum ritterlichen Zweikampf, sondern gürtete sich nur dann damit, wenn er auszog, um Feinde seines Volkes zu bekämpfen oder Übeltäter zu bestrafen.

Wie König Arthur sich als Gärtnerjunge verkleidete, um Gwinever freite und wie die Tafelrunde gegründet wurde

Als König Arthur nach Camelot zurückgekehrt war, hätte er allen Grund gehabt, glücklich zu sein. Er hatte das beste Schwert Englands – wenn nicht der ganzen Welt – errungen und einen Feind zum Freund gemacht. Trotzdem war es ihm, als hätte ihn eine rätselhafte Krankheit befallen, die ihn tagsüber ruhelos umherwandeln ließ und ihm nachts den Schlaf raubte. Die Ursache dieser Krankheit war Lady Gwinever, jene Dame, die ihn in der Hütte des Einsiedlers gepflegt hatte. Nun hätte man glauben können, für einen König sei es ein Leichtes, die Erwählte seines Herzens zu gewinnen. Welches Fräulein sagt schon Nein, wenn ihr in Aussicht gestellt wird, die höchste Herrin des Landes zu werden? Der arme König hielt sich aber der Gunst Gwinevers nicht wert, wurde wie alle Verliebten von Zweifeln geplagt und kränkte sich lieber halb zu Tode statt nach Cameliard zu reiten und um Gwinever zu werben.

An der Grenze von König Leodegranzes Land lag Tintagalon, eine der Burgen, die Arthur von Zeit zu Zeit mit seinem Gefolge aufsuchte. Als er sich wieder einmal dort befand, überfiel ihn die Krankheit ärger als zuvor. Mit ihm waren Merlin, seine beiden Neffen Gawain und Iwain und zwei andere Ritter, Pellias und Erek, nach Tintagalon gekommen.

»Merlin, ich sterbe vor Sehnsucht nach Gwinever«, gestand Arthur seinem Freund.

»Dagegen gibt es ein gutes Mittel, Herr. Geht nach Cameliard und bittet Leodegranz um die Hand seiner Tochter.«

»Und wenn sie mich nicht haben will? Ich könnte es nicht ertragen, von ihr abgewiesen zu werden. Aber ich muss sie sehen! Ich will ihr nahe sein, Tag für Tag, doch nicht als ihr König, sondern als Unbekannter. Merlin, Ihr habt schon viele wunderbare Dinge vollbracht, die keinem anderen Menschen möglich sind. Verleiht mir durch Eure Zauberkunst eine andere Gestalt. Dann werde ich nach Cameliard gehen, und wenn ich weiß, dass Gwinever meine Liebe erwidert, sie fragen, ob sie meine Frau werden will.«

Merlin lächelte insgeheim über die Verliebtheit des Königs. Am nächsten Tag brachte er ihm eine kleine Kappe. Es war eine Zauberkappe, und als Arthur sie aufgesetzt hatte, sah er aus wie ein einfacher Bauernbursche. Statt der königlichen Kleider trug er einen einfachen Leinenkittel und seine Füße steckten in derben

Schuhen. Nicht einmal seine besten Freunde hätten ihn wieder erkannt.

Ohne dass seine Ritter davon wussten, verließ er heimlich Tintagalon und ging nach Cameliard. Dort verdingte er sich als Gärtnerbursche, und obwohl er schwere und ganz unkönigliche Arbeiten verrichten musste, nannte er sich glücklich, denn Gwinever pflegte mit ihren Fräulein jeden Tag in den Garten zu kommen. Er war ihr viele Stunden am Tage nahe, wie er es sich gewünscht hatte, freilich nur als armer Gärtnerbursche, den sie kaum beachtete.

Es war Sommer, die Tage waren schwül und heiß. Eines Morgens, als die Luft noch kühl und frisch war, erwachte eines der Fräulein Gwinevers früher als sonst, stahl sich aus der Kammer, um ihre Herrin nicht zu wecken, trat an ein Erkerfenster im Vorraum und öffnete es. Unterhalb des Erkers lag Gwinevers Rosengarten, den kein Ritter ohne ihre Erlaubnis betreten durfte. Im Schatten einer Linde, versteckt hinter einer Rosenhecke, war ein Brunnen, an dem Gwinever tagsüber gerne mit ihren Gefährtinnen saß.

Das Fräulein wollte seinen Augen nicht trauen. Im Garten war ein junger, unbekannter Ritter und wusch sich an diesem Brunnen Gesicht und Brust. Um seinen Hals hing eine prächtige Kette, Haar und Bart glänzten in der Morgensonne wie Gold.

Nachdem das Fräulein sich von seinem Schrecken erholt hatte, eilte es entrüstet in den Garten. Arthur hörte jemanden kommen, streifte schnell den Leinenkittel über und setzte die Kappe auf. Das Fräulein fand beim Brunnen nur den Gärtnerburschen, fragte nach dem jungen Ritter und wollte wissen, wohin er gegangen sei.

»Hier war niemand anders als ich«, antwortete Arthur.

»Bursche, du lügst«, sagte das Fräulein. »Ich habe mit meinen eigenen Augen einen Ritter gesehen, der sich am Brunnen wusch.«

»Ich habe die Wahrheit gesagt«, verteidigte sich der Gärtnerjunge. »An diesem Morgen war nur ich selbst hier am Brunnen.«

Das Fräulein war so verwirrt, dass es nichts zu antworten wusste. Es ließ den Gärtnerjungen stehen, ging zu Gwinever und berichtete ihr alles. Gwinever lachte ihre Gefährtin aus und sagte, sie habe gewiss geträumt. Am nächsten Morgen trat sie aber selbst in aller Frühe an das Erkerfenster und sah ebenfalls den jungen Ritter am Brunnen. Diesmal hatte er seine Halskette abgelegt, sie lag glitzernd und funkelnd auf der Brunneneinfassung. Gwinever eilte – nicht weniger neugierig als ihr Fräulein – in den Garten. Als sie zum Brunnen kam, war wieder kein Ritter da, sondern nur der einfache Gärtnerjunge. »Lady, hier beim Brunnen war niemand anders als ich«, antwortete er auf ihre Frage.

Nun hatte aber Arthur, als er sich in aller Eile die Kappe aufsetzte, seine goldene Kette vergessen. Gwinever sah sie am Brunnenrand liegen. »Was soll das heißen?«, rief sie zornig. »Sag mir einmal, Bursche, tragen Gärtnerjungen in dem

Land, aus dem du kommst, goldene Ketten um den Hals? Wenn ich dich auspeitschen ließe, würdest du nur erhalten, was dir gebührt. Aber nimm den Tand, gib ihn jenem zurück, dem er gehört, und sage ihm, dass es einem Ritter schlecht ansteht, sich im Garten einer Dame zu verbergen.«

Darauf ließ sie den Gärtnerjungen stehen und kehrte in ihre Gemächer zurück. Das Rätsel, wie ein Ritter sich in bloße Luft auflösen konnte und stattdessen ein Bauernbursche dastand, ließ ihr keine Ruhe. Sie zerbrach sich den Kopf, dachte dies und jenes, grübelte stundenlang und war

nachher nicht klüger als zuvor. Schließlich ging sie wieder in den Garten, suchte den Gärtnerjungen und fragte ihn, ob er die Kette dem Besitzer zurückgegeben habe.

»Lady, ich habe es schon gesagt«, antwortete der Gärtnerjunge, »nur ich war am Morgen beim Brunnen.«

»Das glaube ich dir nicht«, sagte Gwinever zornig. »Du weißt recht gut, wer jener ist, der sich in den Garten einer fremden Dame einschleicht. Vermutlich ist er ein ebenso ungehobelter Kerl wie du. Nimm wenigstens die Kappe ab, wenn du mit der Tochter eines Königs sprichst.«

»Ich nehme meine Kappe vor niemandem ab, auch nicht vor Euch, Herrin.«

»Flegel, dann werde ich sie dir selbst abnehmen!«, rief Gwinever und riss ihm die Kappe vom Kopf. Im nächsten Augenblick stand vor ihr nicht mehr der Gärtnerbursche, sondern ein stattlicher, junger Ritter.

Gwinever glaubte zu träumen und wusste doch, dass sie wach war. Sie hörte die Vögel singen, hörte die vertrauten, alltäglichen Geräusche aus der Burg. Alles war wie vorher, nichts hatte sich verändert. Nur der Gärtnerbursche war verschwunden und statt seiner stand der Ritter da. Gwinever schaute ihn an und erkannte, dass es jener war, den sie in der Hütte des Einsiedlers gepflegt hatte.

Sie warf ihm die Kappe zu. »Geh deines Weges, du eigensinniger Gärtnerjunge!«

Dann verließ sie ihn. Ihr war so seltsam zu Mute, dass sie am liebsten zugleich geweint und gelacht hätte. Sie verriet niemandem das Geheimnis des Gärtnerburschen, fand aber immer einen Vorwand, ihn zu sich zu rufen. War er bei ihr, so verspottete sie ihn, weil er seine Kappe nicht abnehmen wollte.

Es geschah aber, dass zu jener Zeit König Leodegranz in große Bedrängnis geriet. Von Nordwales kam König Ryence mit einer großen Heerschar nach Cameliard gezogen und verlangte, Leodegranz sollte Gwinever seinem Vetter, dem Herzog Mordaunt von Northumberland, zur Frau geben. Als Leodegranz sich weigerte die Werbung Mordaunts anzunehmen, schlug Ryence vor den Mauern der Burg sein Heerlager auf. Die Bewohner von Cameliard waren auf einen Kampf nicht vorbereitet und der Anblick der vielen Zelte und der großen Schar von Bewaffneten trug nicht dazu bei, Leodegranz und seinen paar Getreuen viel Hoffnung auf einen guten Ausgang der Sache zu lassen.

Schon am nächsten Morgen erschien Herzog Mordaunt in voller Rüstung vor dem Tor und forderte mit prahlerischen Worten einen Ritter zum Zweikampf auf. Herzog Mordaunt war von riesiger Gestalt und bekannt wegen seiner Stärke und des schrecklichen Jähzorns, der ihn bei jedem Kampf überfiel und unüberwindlich machte. Da sich kein Ritter von Ruf und Namen in Cameliard befand, wagte niemand die Herausforderung anzunehmen. Herzog Mordaunt verspottete die

Gefolgsleute Leodegranzes, nannte sie Schwächlinge und feige Burschen und fragte höhnisch, wie sie der Heerschar Ryences Widerstand leisten wollten, wenn ihnen schon der Anblick eines einzigen gewappneten Ritters solche Angst einjage. Gwinever glaubte vor Scham zu sterben. Noch dazu war Mordaunt ein hässlicher Kerl mit schlechten Sitten. Die Aussicht, ihn als Gatten zu erhalten, war wenig erfreulich.

Inzwischen hatte Arthur heimlich die Burg verlassen und war zu dem Haus eines reichen Kaufmanns gegangen, der in Cameliard wohnte und ihm aus früheren Zeiten wegen eines erwiesenen Dienstes Dank schuldig war. Arthur gab sich zu erkennen und bat um Rüstung und Pferd, einen Wunsch, den der Kaufmann gerne erfüllte. So kam es, dass nicht lange danach vor der Burg ein unbekannter Ritter in weißer Rüstung und auf einem weißen Pferd erschien, der mit heruntergelassenem Visier Lady Gwinever zu sprechen verlangte. Als Gwinever sich in einem Erker zeigte, bat er sie um ein Unterpfand und um die Erlaubnis, als ihr Ritter gegen Herzog Mordaunt zu kämpfen.

Gwinever wunderte sich, wer der Fremde sein könnte, denn er trug weder auf dem Schild noch auf dem Helm ein Wappen. Dann aber dachte sie an den Gärtnerjungen, der in Wirklichkeit kein Gärtnerjunge war, und warf dem Weißen Ritter als Zeichen ihrer Gunst ihre Perlenkette zu.

Arthur fing die Perlenkette auf, verbeugte sich und ritt zu der Wiese, wo Mordaunt auf seinen

Gegner wartete. Die beiden Herren begrüßten sich, wie es Brauch vor einem Zweikampf war. Der Herzog von Northumberland konnte es nicht lassen, danach wie üblich zu prahlen. »Herr Ritter ohne Wappen«, spottete er, »es wird klug sein, wenn Ihr gleich jetzt Euer Gebet sprecht. Ich werde Euch nämlich aus dem Sattel werfen, dass Euch Hören und Sehen vergeht und Ihr das Aufstehen vergesst.«

»Mit großen Worten ist noch kein Kampf gewonnen worden«, antwortete Arthur ruhig.

Dann ritt er auf den ihm zugewiesenen Platz, während Mordaunt auf der anderen Seite der Wiese Aufstellung nahm. Beide feuerten gleichzeitig ihre Pferde an und stürmten in vollem Galopp mit gesenkten Spießen aufeinander los und so gewaltig war der Anprall, dass es wie Donnergetöse klang. Dem Herzog verging das Prahlen. Seine Lanze splitterte bis zum Schaft, er selbst flog in hohem Bogen aus dem Sattel, überschlug sich dreimal und blieb dann bewusstlos im Gras liegen.

Auf den Mauern der Burg hatte sich halb Cameliard eingefunden. Während die Menge in ein Jubelgeschrei ausbrach, wandte Arthur sein Pferd, kehrte aber nicht in die Burg zurück, sondern ritt in den Wald. Dort wollte er Pferd und Rüstung einem Köhler in die Obhut geben, an dessen Hütte er bei seiner Wanderung nach Cameliard vorbeigekommen war. Bevor er sie erreichte, sah er auf einer Lichtung vier Ritter daherkommen. Es waren Gawain, Iwain, Erek und Pellias, die er auf Tintagalon zurückgelassen hatte. Nach dem erfolgreichen Zweikampf vor den Augen seiner Angebeteten fühlte Arthur sich so ausgelassen, dass es ihn danach gelüstete, mit seinen Rittern einen kleinen Scherz zu treiben. Er beschloss sich nicht zu erkennen zu geben, ritt mit geschlossenem Visier auf sie zu und forderte sie zum Tjosten auf. Als Bedingung stellte er, dass jeder, den er aus dem Sattel warf, sieben Tage lang seiner Herrin dienen müsste.

»Unbekannter Ritter«, antwortete Gawain für seine Gefährten, »wir sind gerne bereit Eure Forderung anzunehmen, wenn auch Ihr Euch bereit erklärt an den Hof König Arthurs, unseres Herrn, zu reiten und ihm sieben Tage lang zu dienen, falls einer von uns Euch aus dem Sattel sticht.«

Arthur gab lachend sein Einverständnis. Er ritt zuerst gegen Erek an, dann gegen Iwain, Pellias und Gawain und warf sie der Reihe nach aus dem Sattel. Nachher trug er ihnen auf, sich in Cameliard bei Lady Gwinever zu melden und ihr zu sagen, dass der Ritter mit der Perlenkette sie im Kampf besiegt habe. Auf sein Gebot müssten sie ihr nun sieben Tage lang dienen.

»Wir werden Eurer Dame sieben Tage lang dienen«, antwortete Gawain. »Aber nachher treffen wir uns wieder, Herr! Es ist leicht, einen Ritter aus dem Sattel zu werfen, aber schwerer, ihn im Schwertkampf zu besiegen. Dann erst werden wir sehen, wie diese Sache endet.«

»Wie Ihr wollt!«, antwortete Arthur. »Nur glaube ich, dass keiner von Euch nach diesen sieben Tagen große Lust hat, mich zum Kampf aufzufordern.«

Als die vier ziemlich beschämt davongezogen waren, ritt Arthur vergnügt weiter und stellte sich vor, welche Gesichter seine Helden machen würden, sobald er sich zu erkennen gab. Nicht lange danach kam er zu der Hütte des Köhlers. Er verbrachte die Nacht dort, übergab am Morgen dem Köhler Pferd und Rüstung und wanderte wieder als einfacher Gärtnerjunge nach Cameliard zurück.

Inzwischen hatten sich Gawain, Iwain, Erek und Pellias bei Gwinever gemeldet. Gwinever freute sich über alle Maßen, dass ihr Ritter sich als so großer Held erwies. Da der Gärtnerjunge den ganzen Tag verschwunden gewesen war, stellte sie die seltsamsten Vermutungen an.

Als Arthur am nächsten Morgen auf die Burg kam, wartete der Gärtner mit einer Birkenrute und wollte ihn tüchtig verprügeln, weil er die Arbeit im Stich gelassen hatte. Sobald der Mann aber den vermeintlichen Gärtnerjungen am Gürtel gepackt hatte und die Rute zum Streich erhob, wurde er im nächsten Augenblick mit solcher Gewalt zu Boden geschleudert, dass ihm Hören und Sehen verging. Voller Wut lief er zu Gwinever und beklagte sich über den Gärtnerjungen. »Herrin, dieser Bube verschwindet zwei Tage lang, und wenn ich ihn dafür züchtigen will, wie er es verdient, fällt er wie ein Wilder über mich her. Ich bitte Euch, bestraft ihn und jagt ihn dann fort!«

Gwinever lachte fröhlich. »Lass ihn in Ruhe«, antwortete sie, »und kümmere dich nicht darum, ob er seiner Arbeit nachkommt oder nicht.«

Der arme Mann wusste nicht, ob er selbst verrückt geworden war oder ob seine Herrin plötzlich den Verstand verloren hatte. Gwinever aber war so guter Laune wie schon lange nicht mehr.

Noch am gleichen Tag sandte Mordaunt einen Herold zu König Leodegranz. »Mein Herr, der Herzog von Northumberland, schickt mich zu Euch«, verkündete der Herold hochmütig und beugte nicht einmal sein Knie vor dem König. »Niemand kann ihn daran hindern Eure Tochter mit Gewalt zu nehmen. Trotzdem will er Euch seine Großmut zeigen und Euch dieses Angebot machen: Morgen früh, bei Sonnenaufgang, wird er mit sechs seiner Ritter vor den Mauern der Burg erscheinen. Er ist bereit gegen eine ebenso große Anzahl von Rittern aus Camellard zu kämpfen. Sollte er besiegt werden, gibt er alle Ansprüche auf Lady Gwinever auf. Wenn sich aber bis Sonnenuntergang keine Ritter zum Kampf stellen, wird er mit König Ryence von Nordwales Burg und Stadt im Sturm nehmen, Euch gefangen setzen und Lady Gwinever zwingen ihn zum Gatten zu nehmen.«

Diese Nachricht versetzte Leodegranz in tiefe Niedergeschlagenheit, denn er wusste nur zu gut, dass in seiner Burg keine sieben Ritter waren, die es mit Herzog Mordaunt aufnehmen konnten. Er fragte nach dem Weißen Ritter und ließ ihn überall suchen. Der Weiße Ritter aber war verschwunden und niemand konnte sagen, wo er zu finden war.

»Diesen Herzog werde ich nicht heiraten«, sagte Gwinever zornig. »Lieber sterbe ich! Man sagt, seine Tischmanieren seien so gräulich, dass jedem anderen an der Tafel der Appetit vergehe. Einen prächtigeren Gatten findet man in ganz England nicht!«

»Liebe Tochter«, stöhnte Leodegranz, »ich gäbe mein Königreich her, um dir das zu ersparen. Nur fürchte ich, dass er mir mein Reich auf jeden Fall nehmen wird, ohne mich zu fragen, und dich dazu!«

»Noch hat er mich nicht!«, versicherte Gwinever.

Sie ließ die vier Ritter aus Camelot zu sich rufen, empfing sie mit dem bezauberndsten Lächeln und bat sie um Hilfe. »Gute Herren«, sagte sie, »Ihr habt Euer Wort gegeben, mir sieben Tage zu dienen. Jetzt trage ich Euch auf, für mich gegen Herzog Mordaunt zu streiten. Ich habe von Eurem Ruhm gehört und glaube, dass Ihr mich gegen meine Feinde verteidigen könnt.«

»Nein, Herrin, diesen Dienst können wir Euch nicht erweisen«, antwortete Gawain. »Wir haben versprochen Euch zu dienen, nicht aber König Leodegranz, Eurem Vater. Ohne Befehl unseres Herrn, König Arthur, dürfen wir keinen Kampf mit einem anderen Fürsten aufnehmen.«

Diese Antwort hatte Gwinever nicht erwartet. Sie presste die Lippen aufeinander, schaute die

Ritter mit blitzenden Augen an und rief schließlich heftig: »Entweder seid Ihr ein sehr treuer Ritter Eures Königs, Herr Gawain, oder Ihr habt sehr große Angst vor diesem Herzog von Northumberland.«

»Wäret Ihr ein Mann und nicht eine Frau, Lady Gwinever«, antwortete Gawain aufgebracht, »Ihr überlegtet es Euch zweimal, bevor Ihr genug Mut fändet, mir solche Worte zu sagen.« Er stapfte mit zornrotem Gesicht aus Gwinevers Zimmer und ließ sie nicht weniger zornig zurück.

Was die Herren und Damen betrifft, bleibt niemals vor dem Gesinde verborgen. Arthur erfuhr, was geschehen war, ging zum Gärtner und befahl ihm, Gwinever die Perlenkette zu überbringen.

»Das werde ich bestimmt nicht tun«, schnappte der Mann.

»Genau das wirst du tun! Bitte sie die vier Ritter aus Camelot aus ihrem Dienst zu entlassen und ihnen zu sagen, dass sie von nun an mir Gehorsam schuldig seien. Als Erstes verlange ich, dass sie mir Brot und Wein von der königlichen Tafel in den Garten bringen und mich hier bedienen wie einen hohen Herren.«

Jetzt ist er wahnsinnig geworden!, dachte der Gärtner bei sich. Wenn ich tue, was er mir sagt, wird ihn meine Herrin für seine Unverschämtheit streng bestrafen und es juckt mich, dass er eine Lehre erhält, die er lange nicht vergessen wird.

Er willigte also ein und suchte Gwinever auf, wurde aber ebenso enttäuscht wie das erste Mal. Sobald Gwinever die Perlenkette sah, wusste sie, dass der Weiße Ritter und der Gärtnerjunge tatsächlich ein und derselbe waren. Sie konnte ihre Freude kaum verbergen, eilte zu den Rittern aus Camelot und sagte: »Als ich in meiner Not um Eure Hilfe bat, habt Ihr sie mir verweigert. Und Ihr, Herr Gawain, gabt mir noch dazu böse Worte, die ein Ritter nicht zu einer Dame sprechen soll. Es ist mir daher in den Sinn gekommen Euch eine Aufgabe zu stellen, von der ich weiß, dass sie Euch nicht gefallen wird. Ich befehle Euch Brot und Wein und Fleisch von der Tafel meines Vaters zu holen, damit in den Garten zu gehen und meinen Gärtnerjungen zu bedienen, als wäre er ein königlicher Ritter. Ferner sollt Ihr alle Befehle ausführen, die er Euch geben wird, Ihr steht nicht länger in meinen Diensten, sondern in seinen. Dies trage ich Euch als Buße auf, da Ihr nicht wie wahre Ritter einer Dame beigestanden seid, als sie Hilfe brauchte.«

Sie wandte sich hoheitsvoll ab und ließ die verdutzten Ritter stehen, die nicht wussten, ob sie wach waren oder träumten. Es dauerte eine ganze Weile, bis sie wieder zu sich kamen, und dann konnten sie vor Scham einander nicht in die Augen schauen und glaubten vor Zorn umzukommen. »Wir wollen tun, was die Dame uns aufträgt«, sagte Gawain, »und ihren Gärtnerjungen bedienen, wie sie es befiehlt. Aber da sie uns entlassen hat und wir im Dienst dieses Burschen stehen, werden wir ihn bedienen, wie es ihm zusteht, sobald er gegessen und getrunken hat. Ich schwöre ihn mit eigener Hand zu erschlagen und seinen Kopf der Dame vor die Füße zu werfen als Antwort auf ihre Beleidigung.«

So holten denn die vier Herren Essen von der königlichen Tafel und gingen in den Garten. Dort, an einem Tisch in einer Laube, warteten sie dem Gärtnerjungen auf, zähneknirschend und ohne zu wissen, dass es ihr König war.

Der Gärtnerjunge ließ sich seine Mahlzeit schmecken. Schließlich hielt es Iwain nicht mehr länger aus. »Bursche«, sagte er wütend, »willst du nicht deine Kappe abnehmen, wenn vier Herren von hoher Geburt vor dir stehen?«

»Lass ihm nur die Kappe auf! Was macht das schon noch aus?«, rief Gawain bitter. »Iss, Bursche! Du wirst wahrscheinlich keine andere Mahlzeit mehr auf Erden erhalten.«

»Herr Ritter«, antwortete der Gärtnerjunge ruhig, »es liegt in einer anderen Hand als in Eurer, wie lange ich noch zu leben habe. Vielleicht werde ich mich noch oft zu einer Mahlzeit niederlassen und vielleicht werdet Ihr mich noch oft dabei bedienen.«

Diese kühne Sprache erstaunte die vier nicht wenig.

Nachdem Arthur gegessen und getrunken hatte, befahl er ihnen Lady Gwinevers Pferd zu holen und ihn am Burgtor gewappnet und in voller Rüstung zu erwarten.

»Gut, wir werden es tun«, antwortete Gawain. »Aber ich warne dich! Wenn wir aus der Burg reiten, wird es eine traurige Reise für dich!«

»Das glaube ich nicht, Herr Gawain«, antwortete der Gärtnerjunge.

Als die Ritter mit dem Gärtnerjungen die Burg verließen, duldete er nicht, dass sie vor ihm oder neben ihm ritten, nein, sie mussten hinter ihm herreiten, als wären sie seine Diener. Gawain geriet vollends aus der Fassung. Sobald sie sich dem Wald genähert hatten, trieb er sein Pferd an die Seite seines Quälgeistes und sagte: »Gärtnerjunge, sprich dein Gebet! Bei dem Wald dort wirst du sterben, und zwar durch ein Schwert, das noch niemals mit niedrigem Blut befleckt wurde.«

»Ich denke nicht, dass du dein Schwert gegen mich erheben wirst, Gawain«, antwortete der Gärtnerjunge und nahm seine Kappe ab.

Die Ritter rissen Augen und Münder auf und standen stumm wie Fische da. König Arthur lächelte. »Wie, meine Herren, habt Ihr kein Wort des Grußes für mich? Ihr habt mir heute nicht sehr gnädig gedient und noch dazu gedroht mich zu erschlagen, und jetzt gebt Ihr mir nicht einmal Antwort?«

Da kam Leben in die Herren. Sie sprangen von ihren Pferden, beugten die Knie vor ihrem König und wollten um Vergebung bitten. Er ließ sie nicht zu Wort kommen, stieg ebenfalls ab, umarmte sie und bat seinerseits um Vergebung für den Scherz, den er mit ihnen getrieben hatte.

Gleichzeitig konnte er es sich nicht verkneifen, ihnen eine kleine Lehre zu geben. »Als Ihr dem niedrigen Gärtnerburschen Speise und Trank reichtet, habt Ihr Euren König bedient«, sagte er. »Das solltet Ihr nie vergessen. Ein Ritter zu sein heißt den Schwachen und Schutzlosen beizustehen, es heißt aber nicht, sich über jene erhaben zu fühlen, die in einer einfachen Hütte geboren wurden.«

Gemeinsam ritten sie in den Wald zur Köhlerhütte und holten das Pferd und die Rüstung. Am nächsten Morgen, als Herzog Mordaunt mit seinen sechs Rittern vor der Burg Cameliard erschien, kamen König Arthur und die Ritter aus Camelot und stellten sich ihnen. Ein erbitterter Kampf folgte, in dem Arthur den Herzog tötete. Seine Ritter ergriffen daraufhin die Flucht, die Belagerer erfasste Panik und König Ryence zog mit seiner ganzen Heerschar Hals über Kopf ab.

Als bekannt wurde, wer der Weiße Ritter war, herrschte großer Jubel in Cameliard. Arthur bat Leodegranz um die Hand seiner Tochter. Seine Bitte wurde nicht abgeschlagen, Leodegranz hätte sich keinen besseren Mann für Gwinever wünschen können. Und Lady Gwinever? Man erzählt, sie sei sehr bleich geworden, als der unbekannte Ritter, den sie in der Einsiedelei gepflegt und dann in dem Gärtnerburschen wieder erkannt hatte, plötzlich als König vor sie hintrat. »Herr, Euer hoher Rang erschreckt mich«, sagte sie.

»Nicht an Euch ist es, zu erschrecken«, antwortete Arthur. »Wenn Ihr mich Eurer wert haltet und mir gut seid, so bitte ich Euch meine Frau zu werden.«

»Ich bin Euch gut«, antwortete Gwinever und glaubte die Wahrheit zu sprechen, obwohl später einmal eine Zeit kam, da sie besser über sich selbst Bescheid wusste und wünschte, nicht Königin geworden zu sein.

Die Hochzeit wurde in Camelot gefeiert, das man heute Winchester nennt. Auf den Rat Merlins erbat sich König Arthur als Brautgabe von Leodegranz den »Runden Tisch«. Diesen Tisch hatte Merlin einst für König Uther-Pendragon und die fünfzig besten Ritter des Reiches anfertigen lassen. Er war rund, damit es keinen Ehrenplatz gab. Niemand, der daran saß, konnte sich für würdiger halten als die anderen.

Merlin wählte zweiunddreißig Ritter für die Tafelrunde aus und prophezeite, dass die fehlenden zu ihrer Zeit nach Camelot kommen würden, bis die Zahl fünfzig erreicht sei. Nachdem die zweiunddreißig Ritter versammelt waren – unter ihnen Gawain, Iwain, Erek und Pellias, der Seneschall Kay und König Pellinore –, wies Merlin ihnen ihre Plätze am Runden Tisch an. Als sie sich setzten, erschien der Name eines jeden in goldenen Buchstaben auf der Rückseite der Stühle.

Einen der Sitze, der noch frei war, nannte Merlin den »Gefährlichen Sitz«. »Wer diesen Sitz einnimmt ohne dazu berufen zu sein«, sagte er,

»der verliert sein Leben. Er gebührt einem allein, der kommen wird, wenn seine Zeit reif ist. Sein Kommen aber wird das Ende der Tafelrunde anzeigen.«

Wie Arthur die Scheide Excaliburs verlor und Merlin verzaubert wurde

Es gab keinen Menschen in England, der weiser war als Merlin. Alle Künste der Zauberei standen ihm zur Verfügung, er verwendete sie aber selten zum eigenen Vorteil und nie zum Schaden anderer. Neben vielen wunderbaren und außerordentlichen Eigenschaften besaß er die Gabe der Weissagung; die Zukunft der Menschen erschloss sich ihm, doch in seine eigene konnte er nicht sehen. Das sollte ihm zum Verhängnis werden.

Morgana, die Halbschwester Arthurs, die viele für eine Fee hielten, war in ihrer Jugend seine Schülerin gewesen. Er hatte sie viel gelehrt, sie aber nicht in die letzten Geheimnisse eingeweiht. Ihr Heim war Avalon, eine verzauberte Insel, die auf dem Wasser schwamm und einmal hier und einmal dort auftauchte. Nur selten wurde sie von einem Sterblichen erblickt, und dann wie im Traum, als wäre es eine Vision des Paradieses.

Es geschah, dass die Fee Morgana an einem

jungen Mädchen von großer Schönheit Gefallen fand, es mit auf die Insel nahm und in der Zauberei unterwies. Dieses Mädchen, das Vivien hieß, war noch nicht fünfzehn Jahre alt. Niemand konnte sie ansehen ohne von ihrer Schönheit bezaubert zu sein, aber sie war kalt und herzlos und liebte nur sich selbst und sonst keinen Menschen. Sie hasste Morgana, verstand es aber geschickt, sich einzuschmeicheln.

Jeder, der seine eigene Kunst beherrscht, ist glücklich, wenn er gelehrige Schüler findet, die seiner wert sind. Morgana hätte sich keine bessere Schülerin als Vivien wünschen können. Vivien gab sich aber mit Morganas Unterricht nicht zufrieden, sie war darauf versessen, die größte und mächtigste Zauberin in ganz England zu werden. »Merlin ist hundertmal größer als Morgana«, sagte sie sich. »Also muss auch er mein Lehrmeister sein!«

Eines Tages, als Morgana und Vivien am Ufer der Insel Avalon saßen, gestand Vivien ihren Herzenswunsch ein. Das Blau des Himmels spiegelte sich auf dem Wasser, das jenseitige Ufer verlor sich in silbrigem Dunst.

»Ich habe dich alles gelehrt, was ich dich lehren kann, Vivien«, sagte Morgana. »Genügt dir das nicht?«

»Herrin, habt Ihr Euch nie danach gesehnt, so viel zu wissen wie Merlin? Niemand ist weiser als er. Aber er ist ein alter Mann. Soll sein Wissen der Welt verloren gehen, wenn er stirbt? Helft mir seine Schülerin zu werden!«

Morgana stützte ihr Gesicht in die Hände und schaute über das Wasser. »Er wird niemals dazu bereit sein«, sagte sie.

»Ihr könnt ihn dazu bringen! Schlagt mir diesen einen Wunsch nicht ab, Herrin! Mit Eurer Hilfe wird es mir gelingen.«

Morgana schüttelte den Kopf. Vivien war zu klug, um an diesem Tag weiter in sie zu dringen. In den nächsten Wochen stellte sie sich schwermütig und traurig, bis Morgana nachgab, weil sie es nicht ertragen konnte, ihren Liebling leiden zu sehen. Sie schuf einen Zauberring und schickte Vivien damit nach Camelot. Der Zauberring besaß die wunderbare Eigenschaft, dass er nur an den Finger Merlins passte und dass Merlin, solange er ihn trug, Vivien über alles in der Welt lieben musste.

Vivien verlor keine Zeit. Am Pfingstfest erschien sie in Camelot, prächtig gekleidet und so schön, dass die Herzen aller Herren schneller schlugen. Ihr Haar glich rotem gesponnenem Gold, ihr Gesicht und ihr Nacken waren weiß wie Alabaster. Sie sah aus wie ein Engel, der aus dem Paradies zur Erde heruntergestiegen ist.

Zu Pfingsten war es Brauch in Camelot, dass jeder an König Arthur einen Wunsch richten durfte. Vivien trat vor ihn hin, verneigte sich und sagte, sie habe einen Wunsch.

Arthur betrachtete sie wohlgefällig. »Und welcher Wunsch wäre das?«, fragte er.

»Herr, ich habe hier einen Ring. Er besitzt wunderbare Eigenschaften und passt nur jenem an Eurem Hof, der seiner am würdigsten ist. Ich bitte Euch, lasst ihn Eure Ritter anprobieren.«

Arthur versuchte als Erster den Ring an den Finger zu stecken, aber der Ring schien einzuschrumpfen und passte nie und nimmer. »Es scheint, ich bin seiner nicht würdig«, sagte Arthur.

Ein Ritter nach dem anderen wollte den Ring anstecken. Keinem gelang es. Schließlich war noch Merlin übrig, der in Gedanken versunken auf seinem Platz saß. Vivien kniete vor ihm nieder und bot ihm den Ring an.

»Kind, für solche Spielereien bin ich nicht der rechte Mann«, sagte er.

»Ich glaube, Ihr seid es«, antwortete sie. »In ganz Camelot ist niemand weiser als Ihr. Tut mir den Gefallen und steckt den Ring an den Finger.«

Merlin schaute sie an und sah, dass sie schön war. Es ging ihm wie vielen alten Männern, die hübschen jungen Mädchen nichts abschlagen können. Also steckte er den Ring an den Finger. Der Ring passte und saß so fest, dass er ihn nicht mehr herunterbrachte. Im gleichen Augenblick fing der Zauber zu wirken an, Merlin konnte den Blick nicht mehr von Vivien abwenden. Ihm war, als hätte er noch nie Augen gesehen, die so blau waren, Haar, das so seidig glänzte, und Lippen, die so sehr zum Küssen einluden. Die neben ihm saßen, stießen sich an und flüsterten sich lächelnd zu: »Schaut nur, wie Merlin von der Schönheit des Fräuleins verzaubert ist!«

Verzaubert war er, und das gründlich. Er wollte immer dort sein, wo Vivien gerade war. Verlor er sie aus den Augen, erschien ihm die Welt schwarz und düster und wurde erst wieder hell, wenn er seine rothaarige Schönheit erblickte. Ging Vivien in den Garten, musste er auch dort sein. War sie in der Halle, so litt es ihn nirgendwo anders, und spielte sie auf der Wiese vor dem Schloss, dann saß Merlin bestimmt im Gras und schaute ihr zu. Es gab keinen Menschen in Camelot, der nicht bemerkt hätte, dass Merlin verliebt war wie ein junger Ritter, der zum ersten Mal der Dame seiner Träume nachseufzt. Manche lachten über die Torheit des alten Mannes, andere betrübte es, ihn in diesem unwürdigen Zustand zu sehen. Am meisten kränkte sich Arthur darüber. »Seine Liebe ist wie eine Krankheit«, sagte er sich jedoch, »sie kann nicht lange dauern und wird wieder vorübergehen.«

Die Krankheit Merlins ging aber nicht vorüber. Eines Tages verschwanden er und Vivien aus Camelot und niemals wieder sollte Merlin, der Weise, dort gesehen werden.

Er hatte sich mit Vivien in ein Tal zurückgezogen, das fern jeder menschlichen Behausung lag, nur wenigen bekannt war und »Tal der Freude« genannt wurde. Von öder Wildnis umgeben, war es selbst jedoch lieblicher als jeder andere Fleck in ganz England. Dort zauberte Merlin eine prächtige Burg für sich und Vivien, dort lebten sie lange Zeit und Merlin meinte noch nie so glücklich gewesen zu sein. Er glaubte sich von Vivien geliebt, in Wirklichkeit hasste sie ihn von Tag zu Tag mehr. Sie konnte seinen Anblick kaum ertragen und hätte ihm nur zu gerne die Augen ausgekratzt, wenn er sie anschaute. Doch sie verstellte sich, erwies ihm nichts als lächelnde Freundlichkeit und Huld und entlockte ihm ein Geheimnis nach dem anderen, selbst Dinge, die er Morgana nicht gelehrt hatte. Er wusste nur zu gut, dass es gefährlich sein kann, wenn ein Mensch zu große Macht erhält, es sei denn, er wäre vor aller Verführung dieser Macht sicher. Aber auch das vergaß er, wenn Vivien ihn mit lockender Stimme bat sie noch dieses und jenes zu lehren.

Endlich kam der Tag, an dem es kein Geheimnis mehr gab, das Merlin seiner Schülerin noch hätte anvertrauen können. Es ist Zeit, dass du verschwindest, du alter lästiger Mann, dachte Vivien. Auf dieser Welt ist kein Platz für dich und mich.

Am Abend mischte sie ihm einen Schlaftrunk in den Wein, und als er schlief, sprach sie den mächtigsten Zauber, den er sie gelehrt hatte. Im nächsten Augenblick verschwand die Burg. Das Tal der Freude war nicht wieder zu erkennen. Steintrümmer übersäten es, keine Blume blühte mehr, kein Baum breitete seine schattigen Äste aus. Es war zum ödesten Platz unter Gottes weitem Himmel geworden, den Vögel und alle anderen Tiere mieden. Inmitten des Tales erhob sich ein mächtiger Felsblock. Unter diesem Felsblock lag Merlin gefangen, durch Viviens Zauber in hilflosen Schlaf gebannt, aus dem er nur alle sechs Jahre für kurze Zeit erwachen sollte.

Als ihr Werk getan war, lachte Vivien böse, verhöhnte Merlin und kehrte nach Avalon zurück. Morgana nahm sie freundlich auf. Niemand schöpfte Verdacht oder wunderte sich über Merlins Verschwinden, da er sich oft für lange Zeit in die Einsamkeit zurückzog. Vivien war fest entschlossen nun auch Morgana zu verderben, obwohl sie dank Merlins Belehrung von ihr nichts mehr zu fürchten hatte. Aber so war eben dieses Fräulein! Nichts auf der Welt bereitete ihr so großes Vergnügen, wie anderen Schaden zuzufügen. Ihre ganze Zauberkunst sollte sie zeit ihres Lebens nur dazu verwenden, Unheil zu stiften, bald diesen und bald jenen zu verführen und ins Verderben zu stürzen.

Nicht lange danach zog Morgana mit ihrem Gefolge nach Camelot. Bei der Tafelrunde war gerade ein Platz frei geworden; Morgana wollte Arthur bitten ihren Sohn aufzunehmen. Er war ein viel versprechender junger Mann, aber es gab einen anderen Ritter in Camelot, der bereits viele tapfere Taten vollbracht hatte und mehr Anrecht auf einen Sitz an der Tafelrunde hatte. Um der Gerechtigkeit willen musste Arthur ihn wählen. Morgana kränkte sich bitterlich.

Jener neue Ritter der Tafelrunde war der Sohn eines Viehhirten und einer Magd. Einer enttäuschten Mutter kann man leicht etwas einreden; Vivien verstand es, die Kränkung Morganas zu Hass aufzustacheln.

»Arthur liebt eben einen Kuhhirten mehr als Euren Sohn«, sagte sie einmal.

Ein andermal: »Ah, mich würde nicht wundern, wenn er diesen nach dem Stall riechenden Bauernjungen nur deshalb erwählte, um Euch, liebe Herrin, zu demütigen.«

Sie sagte noch viele Dinge und nichts davon war dazu angetan, Morgana zu besänftigen.

»Ihr dürft es nicht ungerächt hinnehmen!«, drängte sie.

»Er ist mein Bruder«, antwortete Morgana.

»Ach, Euer Bruder! Ein schöner Bruder! Aber ich sehe, Ihr habt ein schwaches und kleinmütiges Herz. Ihr lasst lieber Euren Sohn beleidigen, als diesem feinen König eins auszuwischen.«

»Was soll ich tun?«, fragte Morgana.

»Nehmt ihm das Liebste weg, das er besitzt – sein Schwert! Man sagt, er sei unverwundbar, solange er es im Kampf trägt. Nun, wir werden sehen, ob er unverwundbar ist, wenn er es nicht mehr hat.«

Als der König schlief, ging Morgana in seine Kammer. Sie blieb an seinem Lager stehen und blickte auf ihn nieder. Neben ihm, auf dem Ruhebett, lag das Schwert Excalibur. Wie Morgana ihren Halbbruder anschaute, war ihr, als verflögen die bösen Gedanken, dann aber fielen ihr Viviens Worte ein und ihr Herz verhärtete sich. Schon wollte sie sich bücken und Excalibur an sich nehmen, da bewegte sich der König im

Schlaf. Morgana erschrak und ergriff rasch die Schwertscheide, die am Bett lehnte. Sie verbarg sie unter ihrem Mantel, verließ eilends die Kammer und floh aus Camelot. Dabei musste sie Vivien zurücklassen, die sich versteckt hatte und nicht aufzufinden war.

Als Arthur erwachte, vermisste er die Scheide, suchte nach ihr und wollte wissen, wer bei ihm gewesen war.

»Niemand, Herr, nur Eure Schwester, die Königin Morgana«, antworteten seine Diener.

Arthur dachte nichts Böses und meinte, Morgana habe die Scheide aus Neugierde mitgenommen. »Eine Frau weiß eben nicht«, sagte er sich, »was dem Mann eine Waffe bedeutet, von der so oft sein Leben abhängt.«

Aber auch einer Schwester gebührte es nicht, ohne zu fragen so etwas Unersetzliches wie die Scheide Excaliburs an sich zu nehmen. Arthur nahm sich vor Morgana auszuschelten und schickte nach ihr. Als er von Vivien erfuhr, dass sie mit ihrem Gefolge Camelot verlassen hatte, verdusterte sich sein Gesicht. Auf diesen Augenblick hatte Vivien gewartet.

»Herr«, sagte sie mit einem unschuldigen Blick, »Morgana hasst Euch!«

»Ihr wisst nicht, was Ihr redet, Fräulein«, antwortete Arthur unwillig.

»Ich weiß es sehr wohl. Warum hätte sie Euch sonst die Scheide weggenommen? Sie wird nicht eher ruhen, bis sie auch das Schwert hat.«

Von solchen Anschuldigungen wollte Arthur

nichts hören. Vivien fragte, ob er die Sache mit Morganas Sohn und dem Sohn des Kuhhirten vergessen habe.

»Ein König darf den Sohn seiner Schwester nicht ungebührlich einem anderen vorziehen«, erwiderte Arthur streng.

»Alle loben Euch«, pflichtete Vivien ihm bei. »Es gibt aber eine, die deswegen Euer Verderben will.«

Es geschah, wie es geschehen musste. Vivien redete so lange, bis Arthur mit zornblitzenden Augen nach seinen Rittern rief und die Verfolgung der ungetreuen Schwester aufnahm. Vivien ließ es sich nicht nehmen, dabei zu sein.

Morgana hatte wohl einen Vorsprung, aber er war nicht sehr groß. Nach einiger Zeit sah sie zu ihrem Schrecken hinter sich eine Staubwolke aufsteigen. Die Staubwolke wurde zu einer Reiterschar und bald stand es außer Zweifel, dass Arthur sie einholen werde. Es mag sein, dass ihr in diesem Augenblick alle Freundlichkeiten einfielen, die Arthur ihr in der Vergangenheit erwiesen hatte. Sie hielt ihr Pferd an, als wollte sie ihn erwarten, aber dann erinnerte sie sich der Schmach, die man ihrem Sohn angetan hatte; sie nahm die Scheide in die Hand, schaute sie an und murmelte: »Du sollst sie nie wieder bekommen!«

Zu diesem Zeitpunkt hielten Morgana und ihr Gefolge am Ufer eines Sees. Morgana packte die Scheide, wirbelte sie über ihren Kopf und warf sie weit hinaus in den See.

Und siehe da! Aus dem klaren blauen Wasser tauchte ein weißer Frauenarm auf, fing die Scheide mit der Hand auf und verschwand im See. Niemals wieder sah ein lebendes Wesen die Scheide des Schwertes Excalibur.

Morgana ritt noch ein kurzes Stück weiter, bis sie in ein Tal kam, wo Ginster und Heidekraut zwischen mächtigen Steinblöcken wucherten. Dort verwandelte sie sich, ihre Diener und Dienerinnen und die Pferde in runde Steine von verschiedener Größe.

Es dauerte nicht lange, bis auch Arthur mit seinen Rittern dieses Tal erreichte. Er hatte aus der Ferne hilflos mit ansehen müssen, wie Morgana die Scheide in den See schleuderte, und raste vor Zorn und Wut. Gleichzeitig fühlte er einen dumpfen Schmerz und glaubte, ihm würde erst dann wieder leichter, wenn er Morgana auf der Stelle erschlüge.

Aber sie war fort! Sie war verschwunden ohne die geringste Spur zu hinterlassen. Nichts als Stille! Nichts als Ginster, Heidekraut, Steintrümmer und ein stahlgrauer Himmel darüber. Arthur zügelte keuchend sein schweißnasses Pferd, dem die Schaumflocken vom Maul troffen.

»Herr, seht Ihr die vielen runden Steine?«, fragte Vivien.

»Ja.«

»Diese Steine sind Morgana und ihr Gefolge. Ich kenne den Zauber und weiß, wie man ihn auflösen kann. Versprecht mir diese schlechte

Frau für ihren Verrat und ihre Treulosigkeit zu töten, dann werde ich sie Euch im Nu zurückverwandeln.«

Es ist etwas anderes, selbst böse Gedanken zu haben, als diese gleichen Gedanken wie in einem Spiegel im Gesicht eines anderen zu lesen. Vivien sprach nur aus, was er sich selbst gewünscht hatte, aber gerade deshalb zürnte er ihr. »Fräulein, Ihr seid mir zu grausam!«, rief er. »Morgana hat Euch kein Leid zugefügt. Warum wollt Ihr, dass ich sie töte? Habt Ihr vergessen, dass ihre Mutter auch meine war? Ich werde niemals meine Hand gegen sie erheben.« Gleichsam um sich selbst rein zu waschen fuhr er fort: »Ich vergebe ihr alles, was sie getan hat! Und ich würde ihr – wenn es sein muss – dreimal hintereinander vergeben!«

»Ihr seid ein Narr!«, antwortete Vivien und lachte verächtlich. »Nur zu! Euer Edelmut kleidet Euch vortrefflich. Schade nur, dass Ihr keine Belohnung dafür erhaltet. Eure Schwertscheide bekommt Ihr jedenfalls nie wieder zurück.«

Im nächsten Augenblick war sie unsichtbar geworden. Arthur saß auf seinem Pferd, blinzelte in die Sonne und glaubte, seine Augen täuschten ihn. Gerade vorhin hatte die rothaarige Schöne noch vor ihm gestanden und jetzt war nichts mehr da als Luft.

Morgana hatte Viviens Worte gehört. Sie begann das Spiel des Fräuleins zu durchschauen, nahm ihre menschliche Gestalt wieder an, fiel vor Arthur nieder und bat ihn weinend um Verzeihung. Arthur hob sie auf und vergab ihr, wenn auch nicht mit leichtem Herzen. Morganas Reue konnte die Scheide Excaliburs nicht wieder zurückbringen.

Bisher hatte man sich in Camelot keine Gedanken über Merlins Verschwinden gemacht, nun aber wurde Arthur misstrauisch. Er ließ Nachforschungen anstellen und schließlich fand Morgana heraus, was geschehen war, aber auch ihre Künste konnten Merlin nicht aus seiner Verzauberung befreien.

Solange Arthur lebte, trauerte er um Merlin, seinen weisen Ratgeber.

Wie Ritter Pellias auszog, um für Gwinever zu kämpfen, wie er durch ein Zauberhalsband in Liebe verfiel und Schande erleiden musste

An einem schönen Morgen im Frühling verließ Gwinever mit einigen Damen und Herren des Hofes die Burg Camelot, um draußen im Grünen das Maifest zu feiern. In ihrer Begleitung befanden sich angesehene Ritter wie Erek und Constantine von Cornwall, Agrawain, einer der Brüder Gawains, und Pellias, den alle in Camelot den Freundlichen Ritter nannten, denn er war von sanfter Gemütsart und von jedermann wohl gelitten. Als die Königin und ihr Hof durch die blühenden Wiesen schritten, gewahrten sie ein Fräulein auf einem weißen Pferd, dem ein blau gekleideter Page folgte. Auf Geheiß der Königin brachte Pellias das Fräulein zu ihr. Gwinever wollte wissen, wer sie sei und was sie nach Camelot führe.

»Herrin«, antwortete die Fremde, »mein Name ist Parcenet. Ich bin Edelfräulein am Hof der Dame Ettard von Grantmesnle. Meine Gebieterin wird von allen, die sie kennen, als die schönste Dame in ganz England angesehen. Bevor aber nicht auch Ihr, die Königin, meiner Herrin bestätigt, dass sie in Wahrheit die Schönste ist, kann sie sich ihres Ruhmes nicht erfreuen.«

Dieses Ansinnen schien Gwinever ziemlich unverschämt. Die Röte stieg ihr ins Gesicht. »Ich habe die Dame Ettard nie im Leben gesehen«, erwiderte sie, »und der Ruf ihrer Schönheit ist nicht nach Camelot gedrungen. Daher kann ich ihre Bitte nicht erfüllen. Die ganze Sache kommt mir lächerlich vor. Ich bedaure Euch, Fräulein Parcenet, eine so weite Reise wegen einer solchen Nichtigkeit unternommen zu haben.«

»Verzeiht, hohe Herrin«, antwortete Parcenet, »aber wenn Ihr meiner Gebieterin eine Antwort verweigert, fordert Herr Engamore von Malverat, der geschworen hat Lady Ettard zu dienen, einen Eurer Ritter heraus, damit die Frage durch einen Zweikampf entschieden wird.«

Pellias hatte bemerkt, wie verärgert Gwinever war, und erklärte sich sofort bereit für seine

Königin zu kämpfen. Er nahm sich nicht einmal Zeit, in Camelot eine Rüstung zu holen, sondern machte sich in der leichten Festtagskleidung auf, Fräulein Parcenet nach Grantmesnle zu begleiten.

Nach einer Weile, als die beiden und der Page schon ein ganzes Stück Weges hinter sich hatten, fragte Parcenet: »Herr Pellias, wie wollt Ihr ohne Rüstung einem so starken Mann wie Ritter Engamore gegenübertreten?«

»Fräulein, zur gegebenen Zeit werde ich mir schon eine Rüstung verschaffen«, antwortete Pellias. »Mir scheint es kein großes Heldentum, sich vom Kopf bis zu den Füßen gewappnet auf Abenteuer zu begeben. Ein rechter Mann sollte auf sich selbst vertrauen und nicht auf seine Rüstung.«

Parcenet war sehr erstaunt über diese Antwort. »Herr, es gibt nicht viele Frauen, die einen so tapferen Ritter wie Euch in Diensten haben«, sagte sie nach einer kurzen Pause.

»Die Welt ist voll tapferer Männer, die sich gegenseitig die Köpfe einschlagen um zu beweisen, wie tapfer sie sind«, antwortete Pellias lachend. »Tapferkeit ist nicht alles, es gibt auch andere Tugenden.«

»Trotzdem wollte ich, ich hätte einen solchen Ritter wie Euch, der mir diente.«

»Wirklich? Da werde ich Euch den ersten Ritter geben, den ich einfangen kann. Sagt mir, ob Ihr ihn blond oder dunkel wollt, groß oder klein. Wenn Ihr Kleine und Hellhaarige vorzieht, werde ich die großen Dunklen laufen lassen. Wollt Ihr Euren Ritter aber groß und dunkel, lasse ich die Blonden laufen.«

Parcenet schaute Pellias lange an und sagte dann: »Ich möchte einen, der so aussieht wie Ihr.«

»Warum habt Ihr mir das nicht schon früher gesagt? Von dieser Sorte gibt es in Camelot so viele, dass man sie kostenlos geschenkt bekommt.«

»Das glaube ich nicht«, antwortete Parcenet.

Am nächsten Tag kamen die drei auf ihrer Reise durch einen Wald. Es war der Wald der Abenteuer, den keiner betritt, ohne dass nicht irgendein seltsames Erlebnis auf ihn wartet. Weder Pellias noch Parcenet wussten es, sie wunderten sich nur, wie dunkel und still dieser Wald war. Sie ritten unter dem Dach der mächtigen Bäume dahin. Die ineinander verflochtenen Äste hielten das Licht der Sonne ab. Kein Vogel sang, kein Laut war zu hören. Parcenet warf ängstliche Blicke in das Dickicht ringsum.

Schließlich kamen sie zu einem breiten, reißenden Fluss. Am Ufer, neben einem knorrigen Dornbusch, saß ein uraltes, hässliches Weib. Ihr Rücken war krumm und bucklig, ihr Gesicht faltig und mit Warzen bedeckt. Noch dazu war sie triefäugig. Sobald die Alte den jungen Ritter sah, stand sie mühsam auf und rief: »Herr, bringt mich auf Eurem Pferd über diesen Fluss! Ich bin alt und schwach und kann unmöglich allein hinüberkommen.«

»Sei still, Weib!«, rief Parcenet unwillig. »Wer bist du denn, dass du einen vornehmen Herrn um einen solchen Dienst bitten darfst?«

»Fräulein, es steht Euch nicht an, so etwas zu sagen«, wies sie Pellias zurecht. »Ein Ritter soll niemandem Hilfe verweigern, vor allem nicht den Schwachen.« Er stieg vom Pferd ab, hob das alte Weib in den Sattel, sprang hinter ihm auf und brachte es sicher ans andere Ufer. Parcenet folgte. Obwohl er sie zurechtgewiesen hatte, schätzte sie ihn noch mehr als zuvor.

Am anderen Ufer stieg Pellias wieder ab und wollte dem Weib aus dem Sattel helfen, aber es sprang ohne seine Hilfe leichtfüßig herunter. Statt einer runzligen Alten stand plötzlich eine junge Frau von außerordentlicher Schönheit vor ihm. Sie trug ein weich fließendes grünes Kleid, ihre schwarzen Haare reichten bis zum Boden und um ihren Nacken hing eine goldene, mit Smaragden besetzte Kette.

»Wer seid Ihr?«, stammelte Pellias, vergaß alle gute Sitte und starrte die Erscheinung entgeistert an.

»Ich bin Nymue, die Dame vom See«, antwortete sie lächelnd. »Ich wollte wissen, ob die Ritter der Tafelrunde, von denen man sagt, sie seien die edelsten Herren von England, ihrem Ruf auch wirklich entsprechen. Ihr habt die Prüfung bestanden, Ritter Pellias. Man hat Euch Euren Namen ›der Freundliche‹ nicht zu Unrecht gegeben.«

Da fand Pellias endlich den Verstand wieder, erinnerte sich an Anstand und gute Sitte, beugte die Knie und sagte: »Herrin, Ihr habt mir eine große Gunst erwiesen.«

»Ich will Euch eine noch größere erweisen«, antwortete sie, löste ihre Kette vom Hals und hängte sie ihm um. »Tragt sie zur Erinnerung an mich und hütet sie gut.«

Sie hatte kaum ausgesprochen, als sie sich in Luft auflöste und nicht mehr zu sehen war.

»Herr«, sagte Parcenet nach einer Weile, »das war die wunderlichste Sache, die mir je begegnet ist.«

»Ja, Mädchen«, antwortete Pellias. Mehr sagte er nicht. Wenn es eine wunderliche Sache gewesen war, so gingen ihm nun die wunderlichsten Gedanken durch den Kopf. Auf einmal kam es ihm töricht vor, mit einem anderen Ritter darum zu kämpfen, ob die oder jene Frau schöner sei. Wenigstens ihre Kette habe ich, dachte er, um gleich darauf schwermütig zu werden, dass er nur die Kette hatte und Nymue selbst fort war.

Eine Kette, die einer Dame aus Faery, dem Reich der Feen, gehört, ist jedoch niemals eine gewöhnliche Kette. Nymues Halsband war mit einem besonderen Zauber behaftet. Wer sie trug, musste von allen anderen geliebt werden, ob sie wollten oder nicht. Nicht immer aber hat es für einen Mann die angenehmsten Folgen, wenn ihn alle Frauen unwiderstehlich finden. Das Feenhalsband sollte Ritter Pellias noch genug Kummer bereiten.

Am Nachmittag dieses Tages begegnete er einer Frau, die weinend und mit aufgelösten Haaren auf ihrem Pferd saß. Ihr Kleid war von den Dornen des Waldes zerrissen. Hinter ihr ritt ein Knappe, der nicht weniger mitgenommen aussah als seine Herrin. Pellias fragte die Frau nach der Ursache ihres Kummers. Sie berichtete ihm, dass sie mit ihrem Gatten, dem Ritter Brandemere, zur Jagd ausgeritten sei. Dabei verirrten sie sich und kamen zu einer Burg mit sieben Türmen. Dort forderte ein Ritter in roter Rüstung Herrn Brandemere zum Kampf auf, obwohl dieser ungewappnet war und nur leichte Jagdkleidung trug. Brandemere wurde schwer verwundet. Ohne sich um die Frau und den Knappen zu kümmern hatte ihn darauf der Rote Ritter in die Burg geschleppt.

Pellias hörte voll Anteilnahme zu, tröstete die Frau und versprach ihr zur Burg des Roten Ritters zu reiten und Herrn Brandemere zu befreien. Sowohl die Frau als auch Parcenet versuchten ihn von diesem Vorhaben abzuhalten, da er selbst keine Rüstung trug und es ihm nicht viel anders ergehen konnte als dem unglücklichen Brandemere. Pellias aber war guten Mutes und sagte, ein Ritter, der nur gepanzert und gewappnet bereit sei, anderen beizustehen, sei ein trauriger Ritter. So ritten sie alle zur Burg mit den sieben Türmen. Als sie dort angekommen waren, wurden die Fallgitter hochgezogen, die Zugbrücke heruntergelassen und ein Ritter in roter Rüstung sprengte heraus. Pellias stellte sich ihm in den Weg und verlangte zu Herrn Brandemere geführt zu werden.

»Es wird nicht lange dauern, bis auch du dort bist, wo dieser Brandemere ist«, antwortete der Rote Ritter. »Ich werde mit dir nicht anders als mit ihm verfahren. Aber da du ohne Waffen bist, will ich dir nicht ans Leben gehen. Ergib dich, sonst wirst du es bereuen.«

»Was? Ihr wollt einen Mann angreifen, der ohne Waffen ist?«, fragte Pellias.

»Das werde ich tun, wenn du mir nicht als Gefangener in die Burg folgst.«

»Steht es so? Dann seid Ihr nicht wert, wie ein Ritter behandelt zu werden«, antwortete Pellias gelassen. »Ihr taugt auch nicht dazu, dass man Euch mit den Waffen eines Ritters angreift.«

Auf der Mauer der Brücke lag ein großer

Stein, der lose geworden war. Pellias hob ihn hoch und schleuderte ihn mit aller Gewalt auf seinen Gegner. Der Rote Ritter konnte auf der engen Brücke nicht rechtzeitig ausweichen, stürzte aus dem Sattel und blieb reglos liegen. Pellias kniete nieder und löste ihm die Helmschnüre. Als er den Helm abnahm, sah er, dass sein Gegner tot war. Er hatte sich beim Sturz den Hals gebrochen. Obwohl der Rote Ritter sein Schicksal verdient hatte, konnte Pellias seines Sieges nicht froh sein. Ein Menschenleben zu vernichten schien ihm nun einmal keine leichte Sache. Am liebsten wäre er aufs Pferd gestiegen und fortgeritten, dann aber erinnerte er sich, dass er eine Rüstung brauchte und außerdem Herrn Brandemere aus der Burg holen musste. Er rief den Knappen, sie zogen dem Toten die Rüstung aus und Pellias wappnete sich. Daraufhin begab er sich in die Burg. Niemand leistete Widerstand, denn alle hatte große Furcht erfasst.

In der Burg drinnen erfuhr Pellias so manches über den Roten Ritter, einen Herrn Adresack von den Sieben Türmen, was ihn im Nachhinein nicht mehr bereuen ließ, dass dieser den Hals gebrochen hatte. Adresack war einer jener Ritter, die ihre Bauern bis aufs Blut aussaugten und die Schwachen unterdrückten und ausraubten. Fahrende Ritter, die in seine Hände gefallen waren, hatte er gefangen gesetzt und nur gegen hohes Lösegeld freigelassen. In den Verliesen der Burg befanden sich außer Brandemere noch einundzwanzig Ritter, darunter zwei vom Hofe König

Arthurs, Brandiles und Mador de la Porte. Viele der Gefangenen hatten schon lange in den feuchten, dunklen Kellern gelegen und sahen jämmerlich aus. Pellias hielt es für angebracht, sie für ihre Leiden zu entschädigen, und da sich in den Kammern des toten Burgherrn vierzehn Truhen voll Gold, Silber und Edelsteinen fanden, verteilte er diese Schätze. Für sich selbst aber behielt er nicht ein einziges Goldstück zurück.

Brandiles und Mador de la Porte ließen es sich nicht nehmen, ihn nach Grantmesnle zu begleiten. Am nächsten Tag erreichten sie die Grenze des Waldes. Vor ihnen lag ein fruchtbares Hügelland. Mitten in Kornfeldern und blühenden Wiesen stand die Burg Grantmesnle, die ganz aus rotem Stein erbaut war. Nach den Tagen in der Düsternis der Wälder erschien dieser Fleck Erde Herrn Pellias besonders schön. Er beschloss mit seinen zwei Gefährten in einem hübschen Birkenwäldchen zu lagern, das nicht fern von der Burg lag. Parcenet aber trug er auf, ihrer Herrin Ettard zu sagen, dass ein Ritter vom Hofe Arthurs bereit sei, gegen Herrn Engamore im Zweikampf anzutreten.

»Herr Pellias, ich wünsche Euch den Sieg«, antwortete Parcenet, »obwohl ich es nicht tun dürfte. Aber Ihr seid nicht nur tapfer, sondern auch gut, und ich bin Euch in Freundschaft zugetan.«

»Parcenet, Ihr gebt mir ein Lob, das ich nicht verdiene«, antwortete Pellias lachend.

»Ihr verdient dieses Lob und noch mehr«, sagte sie und verließ ihn.

Kurze Zeit danach erschien Engamore in grünem Panzer vor der Burg. Auch der Rossharnisch war grün. Nachdem sich die beiden Herren höflich begrüßt hatten, sagte Engamore, er habe seit elf Monaten Lady Ettard gedient und noch jeden besiegt, der Zweifel an der Schönheit seiner Herrin geäußert hätte. Da ihm Ettard versprochen habe nach zwölf Monaten seine Frau zu werden, wenn er jeden Kampf siegreich bestünde, sei er entschlossen diese Gunst auch zu verteidigen.

Die beiden Ritter sprengten aufeinander los. Schon im ersten Gang splitterte Engamores Lanze, er selbst wurde aus dem Sattel gestochen. Pellias stieg sofort ab, kniete neben seinem Gegner nieder und löste die Helmriemen. Er hatte sich kaum vergewissert, dass Engamore nur bewusstlos war, als auch schon Ettard klagend aus der Burg geeilt kam, weil sie glaubte, ihrem Ritter wäre ein Leid geschehen. Nun war Ettard tatsächlich sehr schön, und obwohl sie sich natürlich nicht mit einer Fee wie Nymue vergleichen konnte, müsste der Mann, der sie nicht bewunderte, erst geboren werden. Pellias nahm den Helm ab, verbeugte sich und bat um Verzeihung, dass er gegen sie gestritten hatte. »Wäre ich nicht meiner Königin verpflichtet, ich diente lieber Euch als jeder anderen Dame«, schloss er.

Zu seinem Unglück trug Pellias das Feenhalsband. Sobald Ettards Blick darauf fiel, vergaß sie Engamore und meinte, es gäbe keine größere Liebe auf der Welt als jene, die sie diesem unbekannten Ritter entgegenbrachte. Sie lud ihn und seine Gefährten auf die Burg ein, bewirtete sie festlich und wollte keinen Augenblick von Pellias' Seite weichen. Engamore schlich umher wie ein geprügelter Hund und glaubte vor Scham zu sterben. Zuerst hatte ihn der Ritter aus Camelot besiegt und jetzt gönnte ihm Ettard nicht einmal mehr einen Blick.

Am Abend kehrten Brandiles und Mador de la Porte in das Birkenwäldchen zurück, wo sie ihre Zelte aufgeschlagen hatten, Ettard aber bat Pellias ihr noch eine Weile Gesellschaft zu leisten. Fräulein spielten auf Lauten und sangen dazu, Wein wurde in goldenen Bechern gebracht und die besten Speisen wurden aufgetragen. Eine bezauberndere Gastgeberin als Ettard konnte sich niemand wünschen.

»Lady, Ihr seid zu gut!«, sagte Pellias schließlich. »Ich wollte, ich könnte Euch zum Dank einen kleinen Dienst erweisen.«

»Das könnt Ihr, Herr!«

»Sagt es und ich will es tun!«

»Noch nie sah ich eine schönere Kette als Eure. Schenkt sie mir zum Zeichen Eurer Gunst.«

Nun hätte Pellias der Dame jeden Wunsch erfüllt, nur nicht diesen einen.

»Dann lasst sie mich wenigstens heute Abend tragen«, bettelte Ettard und schaute ihn so verführerisch an, dass er die Kette vom Hals nahm und sie ihr reichte.

Kaum hing die Kette um den weißen Hals der Dame, wurden die Rollen vertauscht. Es war

Pellias, der sich – wie er glaubte – unsterblich in Ettard verliebte, während sie plötzlich feststellte, dass ihr an dem Ritter nichts lag.

Wie konnte ich ihn nur so hoch einschätzen?, dachte sie. Er hat meine Ehre beleidigt. Ich muss meinen Verstand verloren haben. Jetzt ist er in meiner Hand. Ich werde mich für alles rächen, was er mir angetan hat.

Sie plauderte weiterhin liebenswürdig mit ihrem Gast. Bei der ersten Gelegenheit aber winkte sie einem ihrer Diener und befahl ihm einen starken Schlaftrunk zu mischen und heimlich in den Becher des Ritters zu schütten. Zufällig hörte Parcenet, was Ettard dem Diener zuflüsterte. Als Pellias nach dem Becher mit dem Schlaftrunk griff, gab sie ihm verzweifelt Zeichen. Pellias merkte nichts, leerte den Becher und fiel in einen totenähnlichen Schlaf. Darauf befahl Ettard den Dienern, ihm die Kleider wegzunehmen, ihm nur das Hemd zu lassen und ihn auf die Wiese vor der Burg zu tragen und dort auf ein Bündel Stroh zu betten.

»Herrin, es ist nicht recht, was Ihr tut!«, rief Parcenet.

»Schweig, Mädchen, oder ich lasse es dich büßen«, antwortete Ettard zornig. »Dieser Ritter soll auf derselben Wiese erniedrigt werden, auf der er Herrn Engamore aus dem Sattel warf.«

Parcenet lief weinend in ihre Kammer. Die Diener trugen den schlafenden Ritter aus der Burg, wie ihnen ihre Herrin befohlen hatte.

Am nächsten Morgen wachte Pellias auf, weil

ihm die Sonne ins Gesicht schien. Zuerst erfasste er nicht, was geschehen war, da die Wirkung des Schlaftrunkes noch immer anhielt und er nicht klar denken konnte. Als er sich auf seinem Strohlager aufrichtete und ihm plötzlich bewusst wurde, dass er nur sein Hemd anhatte, hörte er Gelächter. Auf den Mauern der Burg standen dicht gedrängt Leute und verspotteten ihn. Am lautesten lachte Ettard.

»Das muss ein schändlicher Traum sein«, flüsterte er. Im nächsten Augenblick öffnete sich das Tor der Burg und Parcenet kam mit einem roten Mantel über dem Arm heraus. Sie lief herzu und legte ihm den Mantel über die Schultern. »Guter und ehrenhafter Ritter«, sagte sie, »nehmt diesen Mantel, um Eure Blöße zu bedecken.«

»Mädchen, ich danke dir«, antwortete Pellias. Dann versagte ihm die Stimme und er brachte kein Wort mehr heraus. Er wankte wie ein Betrunkener zu dem Birkenwäldchen. Parcenet ging in die Burg zurück, wo sie mit bösen Worten empfangen wurde. Trotzdem war sie froh über das, was sie getan hatte.

Pellias flüchtete in sein Zelt und warf sich mit dem Gesicht auf das Lager nieder. Brandiles und Mador de la Porte wussten sich vor Zorn kaum zu fassen. Sie schworen nach Camelot zu ziehen, Hilfe zu holen, die Burg zu berennen und Ettard vor Pellias zu schleppen, damit sie ihm Abbitte leiste.

Pellias hob nicht einmal den Kopf, er stöhnte

nur und sagte: »Lasst es gut sein! Ich würde es niemals dulden. Ich liebe sie so leidenschaftlich, dass ich nicht weiß, ob ich verhext bin oder ob ich an einer unbekannten Krankheit leide.«

Noch am gleichen Nachmittag, nachdem er viele Stunden unbeweglich dagelegen hatte, erhob er sich und legte die Rüstung an. Als Brandiles und Mador wissen wollten, was er vorhätte, antwortete er: »Ich will zu Ettard gehen. Ich kann nicht leben, wenn ich sie nicht sehe.«

»Ihr seid verrückt geworden!«, rief Mador de la Porte.

»Vielleicht!«, antwortete Pellias, ließ sich nicht abhalten und ritt zur Wiese vor der Burg. Sobald ihn Ettard erblickte, befahl sie sechs ihrer besten Ritter ihn zu verjagen. Pellias warf sich ihnen mit solcher Wut entgegen, dass schon nach kurzer Zeit vier im Gras lagen und die restlichen zwei die Flucht ergreifen wollten.

Bevor sie ihre Pferde wenden konnten, rief Pellias: »Ihr Herren, ich ergebe mich Euch!« Denn er dachte: ›Wenn sie mich gefangen nehmen, werden sie mich vor Ettard bringen.‹

Die zwei Ritter nahmen ihm Schwert und Lanze ab, obwohl sie solche Angst hatten, dass ihnen dabei die Knie schlotterten. Dann wollten sie ihn in die Burg bringen, aber Ettard rief ihnen von einem Fenster aus zu: »Bindet ihm die Hände auf den Rücken, fesselt ihn auf sein Pferd und jagt ihn zu seinen Gefährten zurück. Der Anblick dieses Burschen ist mir so verhasst, dass ich ihn nicht mehr sehen will.«

»Herrin, ich habe mich Euch ergeben und nicht diesen unwürdigen Rittern!«, rief Pellias.

Ettard zuckte nur die Achseln. Ihre Ritter fesselten Pellias auf sein Pferd. Als er in diesem Zustand das Birkenwäldchen erreichte, eilten ihm seine Freunde bestürzt entgegen und banden ihn los. »Seid Ihr nicht beschämt, Herr Pellias«, sagte Brandiles, »weil man Euch solche Schmach zugefügt hat?«

»Es kümmert mich nicht, was mit mir geschieht«, antwortete er.

»Aber Ihr bringt nicht nur über Euch Schande, sondern auch über König Arthur und die Ritter der Tafelrunde«, rief Mador de la Porte.

Darauf antwortete Pellias nur: »Auch das kümmert mich nicht.«

Wie Gawain von Königin Gwinever aus Camelot verbannt wurde und wie Pellias der Dame vom See nach Faery folgte

So sehr die Königin Pellias schätzte, so wenig konnte sie einen anderen Ritter in Camelot leiden, und das war Gawain, der Neffe des Königs. Stand ihm der Sinn danach, gab es keinen höflicheren Mann als Gawain, und viele nannten ihn daher den Ritter mit der Silberzunge. Er konnte aber auch stolz, abweisend und hochmütig sein. Vor allem ertrug er es nicht, wenn ihm ein anderer seinen Willen aufzwingen wollte. Und da Gwinever gelegentlich die Ritter ihres Hofes herumkommandierte, bestand zwischen diesen beiden keine große Liebe. Wenn Gwinever ihren Willen haben wollte, so wollte Gawain nicht weniger den seinen. Auch hatte ihm die Königin nicht vergessen, dass er ihr damals in Cameliard nicht beigestanden war, als sie seine Hilfe brauchte.

Zu jener Zeit, als Pellias in Grantmesnle war, saßen an einem schönen milden Frühlingsabend einige Fräulein und Herren im Garten unter dem Fenster der Königin und vergnügten sich mit Scherzen, Späßen und Liedern. Gawain saß mitten unter ihnen, er trug ein schönes blaues Gewand, das mit Silberfäden bestickt war. Als er gerade auf seiner Laute eine Ballade spielte und dazu sang, kam ein junger Hund der Königin in den Garten gelaufen und sprang verspielt und tollpatschig an ihm hoch. Die schmutzigen Pfoten hinterließen dabei nur zu deutliche Spuren auf dem feinen blauen Gewand. Gawain wurde zornig und versetzte dem Hund einen derben Faustschlag.

»Warum schlagt Ihr meinen Hund?«, rief Gwinever zornig vom Fenster herab, als sie ihren Liebling jämmerlich winseln hörte.

»Euer Hund hat mich beleidigt, Herrin, und wer mich beleidigt, den schlage ich«, antwortete Gawain.

»Diese Sprache ist mir zu kühn, mein Herr!«

»Nur kühn genug, um meine Rechte zu verteidigen.«

»Ihr vergesst, mit wem Ihr sprecht, Herr Gawain«, antwortete Gwinever, flammend rot im Gesicht und mit funkelnden Augen. Worauf Gawain bitter lächelte und sagte, Lady Gwinever vergesse, dass sie mit dem Sohn eines Königs spreche, der so mächtig sei, dass er nicht auf die Hilfe anderer Fürsten angewiesen sei, um sein Reich zu verteidigen.

Gwinever verschlug es die Rede. Sie brauchte einige Zeit, bis sie wieder sprechen konnte, und dann nur mit vor Wut bebender Stimme. »Herr Gawain, Ihr seid über alle Maßen hochmütig. Niemand außer Euch würde wagen, so mit seiner Königin zu sprechen. Aber dies ist mein Hof und hier gilt mein Wille! Ich verbanne Euch aus Camelot und will Euch erst dann wieder hier sehen, wenn Ihr mich für diese Beleidigung um Verzeihung gebeten habt.«

Gawain stand auf und verbeugte sich. »Ich gehe, Herrin«, sagte er. »Und ich werde erst dann zurückkehren, wenn es Euch reut, so unhöflich mit mir verfahren zu sein.«

Sprach es und ging fort, ohne sich ein einziges Mal umzusehen. Er ließ sein Pferd satteln und legte die Rüstung an. Als er aus der Burg reiten wollte, eilte Iwain auf ihn zu. »Wir sind Vettern und Freunde«, sagte er. »Ich lasse dich nicht im Stich. Wenn du verbannt bist, gehe ich mit dir. Obwohl mir scheint, du könntest die Königin um Verzeihung bitten. Was wäre schon dabei? Du weißt doch, wie Frauen sind!«

»Schweig!«, schrie ihn Gawain so böse an, dass Iwain verstummte.

Gawain hätte sich zwar lieber die Zunge abgebissen als Gwinever um Verzeihung zu bitten, aber er hätte viel darum gegeben, nicht aus Camelot verbannt zu sein. Er befand sich in der trübseligsten Stimmung und war in Wirklichkeit nur zu froh, dass Iwain ihn begleitete und er nicht allein fortmusste.

Gwinevers Stimmung war nicht viel besser als seine. Sie bereute längst ihren Zorn, vor allem, weil sie wusste, wie sehr Arthur seinem Neffen zugetan war, und daher fürchtete, er würde ihr Gawains Verbannung übel nehmen. Was auch stimmte. Arthur war ärgerlich auf beide. Er hielt aber Gawain nicht zurück. Es wird ihm nicht schaden, wenn er die Folgen seines Hochmuts einige Zeit zu spüren bekommt, dachte er. Und auch meiner Königin wird es eine Lehre sein, wenn sie einige Zeit unter Gewissensbissen leidet, weil sie mir ohne triftigen Grund den besten meiner Ritter vertrieben hat. Er beschloss die zwei stolzen Hitzköpfe im eigenen Saft schmoren zu lassen, bis sie klein beigaben.

Gawain und Iwain verließen also die Burg Camelot und ritten, nur von ihren Knappen begleitet, in die Wälder. Gawain schämte sich seiner Verbannung so sehr, dass er keine Lust hatte, sich unter Menschen zu zeigen. Am zweiten Tag ihrer Fahrt gerieten sie, wie Pellias zuvor, in den Wald der Abenteuer. Das Moos dämpfte den Hufschlag ihrer Pferde und unter den uralten

Bäumen war es so düster, als dämmerte der Abend. Die unheimliche Stille bedrückte die beiden Ritter. Nachdem sie eine Weile schweigend dahingeritten waren, öffnete sich zwischen den Bäumen ein schmaler Pfad, auf dem ein milchweißes Rehkitz mit einem goldenen Halsband reglos dastand und sie zu erwarten schien. Als sie näher kamen, wandte es sich um und lief vor ihnen her. Gawain schlug vor dem Rehkitz zu folgen. Ihm wäre alles recht gewesen, was ihn ablenkte und auf andere Gedanken brachte.

Schon nach kurzer Zeit kamen die Ritter zu einer kleinen Lichtung im Wald, die mit Gras und Blumen bedeckt war und im hellen Sonnenschein dalag. Im ersten Augenblick blendete sie das ungewohnte Licht. Als sie die Augen wieder öffneten, war das Rehkitz verschwunden, aber mitten auf der Wiese neben einer klaren Quelle saß eine schöne Frau in einem grünen Gewand und kämmte ihr langes schwarzes Haar mit einem goldenen Kamm. Es war keine andere als Nymue, die Dame vom See. Gawain und Iwain erging es wie den meisten anderen Sterblichen, wenn sie plötzlich jemanden aus Faery sehen. Zuerst waren sie sprachlos und starrten die Erscheinung an, bis sie wieder zu sich kamen, vom Pferd sprangen und die Knie beugten.

»Herrin, wer seid Ihr?«, stammelte Gawain.

»Ich bin Nymue, die Dame vom See. Und da ich Eure Frage beantwortet habe, stelle auch ich eine. Wer seid Ihr und was wollt Ihr in diesem Wald?«

Gawain senkte den Kopf. Er schämte sich seinen Namen zu nennen und antwortete: »Herrin, wir sind fahrende Ritter und wir kamen hierher auf der Suche nach Abenteuern.«

»Ich kenne Euch wohl, Herr Gawain«, antwortete Nymue lächelnd. »Wenn Ihr Abenteuer sucht, so könnt Ihr eines haben. Nehmt mich vor Euch aufs Pferd, dann will ich Euch hinführen.«

Gawain nahm die Dame vom See vor sich aufs Pferd und war dabei recht verlegen, weil er sich durchschaut fühlte. Sie sagte aber kein Wort über Camelot oder über den wahren Grund, der Gawain in den Wald der Abenteuer gebracht hatte, sondern führte die Ritter auf vielerlei Wegen und verschlungenen Pfaden aus der Wildnis ins offene Land. Dort erblickten sie inmitten freundlicher Wiesen und Äcker eine Burg aus rotem Stein. Vor der Burg lag eine Wiese, auf der ein Ritter in roter Rüstung gegen zehn schwer gewappnete Gegner kämpfte, während eine Dame von der Burgmauer aus dem Kampf zuschaute.

Man hätte meinen können, ein einzelner Ritter wäre gegen eine solche Übermacht von vornherein so gut wie verloren, aber schon nach kurzer Zeit kamen die zehn in arge Bedrängnis. Vier lagen im Gras, bevor sie recht wussten, wie ihnen geschah. Die restlichen stoben davon wie Schafe, unter die der Wolf gefahren ist. Der Rote Ritter verfolgte sie, stach den einen vom Pferd und dann noch einen und wieder einen, bis nur noch zwei übrig blieben.

»Bei Gott, so einen Kampf habe ich noch nie gesehen!«, rief Gawain begeistert.

»Wartet, was weiter geschieht«, antwortete die Dame vom See.

Der Rote Ritter fiel die letzten seiner Gegner mit dem blanken Schwert an. Er trieb sie hierhin und dorthin, ließ jedoch plötzlich ohne jeden Grund das Schwert in die Scheide gleiten und ergab sich. Die zwei Ritter brachten ihn zur Burg, die Frau auf der Mauer verhöhnte und schmähte ihn mit vielen bitteren Worten. Daraufhin banden die Ritter ihrem Gefangenen die Hände auf den Rücken, fesselten ihn auf sein Pferd und jagten ihn fort. Das Pferd trabte zu einem kleinen Birkenwäldchen nahe der Burg.

»Herr Gawain, dort findet Ihr Euer Abenteuer«, sagte die Dame vom See, zeigte auf das Wäldchen und verschwand.

Gawain und Iwain wussten nicht, ob sie ihren Augen trauen sollten oder ob sie irgendeinem Zauber verfallen waren, der ihnen etwas vorgaukelte, das es in Wirklichkeit nicht gab. Sie schauten die Burg an, schauten die Wiese an, das Wäldchen und schließlich sich gegenseitig.

»Iwain, hast du gesehen, was ich gesehen habe?«, fragte Gawain.

»Da du mich fragst, scheint es so zu sein«, antwortete Iwain.

Gawain schüttelte den Kopf. »Noch nie habe ich einen Ritter gesehen, der so tapfer kämpfte wie jener in der roten Rüstung. Aber ich habe auch wiederum keinen gesehen, der sich so feige ergab. Dahinter steckt ein Geheimnis, Iwain. Komm! Wir müssen der Sache auf den Grund gehen.«

Die beiden ritten mit ihren Knappen zu dem Birkenwäldchen und fanden dort zwei Zelte, ein rotes und ein weißes. Als sie ihre Pferde anhielten, trat aus dem weißen Zelt ein Ritter, in dem sie zu ihrem Erstaunen Mador de la Porte erkannten. Sie sprangen ab und begrüßten ihn freudig. Mador führte sie in sein Zelt und bewirtete sie mit Brot und Wein. Nachdem sie gegessen hatten, fragte Gawain, ob Herr Mador ihnen das seltsame Erlebnis erklären könne, dessen Zeugen sie gerade vorhin gewesen waren.

Mador de la Porte gab keine Antwort, wandte den Blick ab und wurde so verlegen, dass Gawain erst recht in ihn drang. Schließlich wusste Mador keinen Ausweg mehr. Er brachte es aber nicht über sich, Pellias' Schande zu erzählen, sondern sagte nur: »Kommt mit mir und fragt ihn selbst!«

Er führte Gawain zu dem roten Zelt. Gawain trat ein. Auf einem Lager aus Zweigen saß ein Mann, hielt den Kopf gesenkt und brütete reglos vor sich hin.

Er war Pellias.

Er schaute nicht einmal auf, als jemand eintrat. Erst als Gawain seinen Namen rief, hob er den Kopf, sah seinen Freund, stöhnte verzweifelt und wandte sich ab.

»Das verstehe ich nicht!«, stieß Gawain hervor. »Wie kommst du hierher, Pellias? Und wie kommt es, dass du, ein Ritter der Tafelrunde, dich so unehrenhaft benimmst, wie ich es gerade mit eigenen Augen gesehen habe? Ein Ritter von deinem Rang und Ansehen lässt sich von zwei armseligen Kerlen gefangen nehmen und fesseln? Wenn es mir ein anderer erzählte, schlüge ich ihn deswegen nieder. Antworte mir! Was hat das alles zu bedeuten?«

Pellias schwieg.

»Bei Gott, ich liebe dich wie einen Bruder und wir waren immer Freunde, aber wenn du jetzt nicht den Mund aufmachst und mir alles erklärst, werde ich mit dir kämpfen, bis du liegen bleibst und nicht wieder aufstehst. Ich kann es nicht dulden, dass ein Ritter die Tafelrunde und den König zum Gespött macht.«

Daraufhin erzählte Pellias wie einer, der außer sich ist und nahe daran, den Verstand zu verlieren, was sich alles zugetragen hatte, seitdem er Camelot verlassen hatte. Gawain hörte mit wachsendem Erstaunen zu.

»Das ist eine unglaubliche Geschichte«, sagte er, als Pellias zu Ende war. »Diese Frau muss dich mit einem mächtigen Zauber verhext haben, sonst wäre es nicht möglich, dass du ihr so verfallen bist.«

»Sie hat mich verhext«, antwortete Pellias. »Ich liebe sie bis zum Wahnsinn und kenne mich selbst nicht mehr.«

Gawain versank in Nachdenken. Je mehr er nachdachte, desto weniger konnte er sich einen Reim auf diese Geschichte machen. Er verstand nicht, wie eine Frau so grausam sein konnte; er war sicher, dass sie eine böse Zauberin sein musste, und fest entschlossen den Zauber zu brechen und sie zu bestrafen. Wie er das tun konnte, wusste er freilich nicht, aber er gehörte nicht zu jenen, die sich durch langes Nachdenken von einer Tat abhalten lassen. Im richtigen Augenblick würde ihm schon etwas einfallen. Vor allem war es wichtig, dass ihn Ettard in die Burg einließ. Er fasste daher den Plan, sich von Pellias Panzer und Schild auszuleihen, zur Burg zu reiten und dort zu behaupten, er habe Pellias im Kampf besiegt. Sie wird mich bestimmt freudig aufnehmen, dachte er, und dann soll sie sich vorsehen!

So kam es, dass Gawain in der Rüstung seines Freundes zur Burg ritt und meldete, er habe Pellias im Kampf besiegt. Ettard war hoch erfreut und ließ den fremden Ritter sofort zu sich führen. Da sie oft genug mit angesehen hatte, wie vortrefflich Pellias zu kämpfen verstand, dachte sie, der Unbekannte müsste einer der besten Streiter von ganz England sein. Sie war nicht wenig neugierig auf diesen Helden. Als Gawain vor sie hintrat, den Helm in der Hand, gefiel er ihr sofort, kein Wunder, denn er war einer der hübschesten jungen Männer in ganz Camelot. Er besaß eine gerade Nase, seine Augen waren blau, Haare und Bart dicht und dunkel. Ettard wollte seinen Namen und Rang wissen, worauf er behauptete, dies dürfe er derzeit nicht verraten. Er habe geschworen, als unbekannter

Ritter durch das Land zu ziehen – was ihn geheimnisvoller und damit noch begehrenswerter machte.

Wie das Unglück es wollte, trug Ettard die Feenhalskette. Sobald Gawain den Schmuck um ihren Hals sah, begann der Zauber auf ihn zu wirken. Vergessen war der Schwur, die Dame zu bestrafen. Er verlor den Verstand wie zuvor Pellias und glaubte sich unsterblich verliebt. Ettard blieb es nicht verborgen, welche Wirkung sie auf ihn ausübte. Sie ermunterte ihn auf jegliche Weise, erwies ihm eine Aufmerksamkeit nach der anderen und war stolz den besten Ritter Englands für sich gewonnen zu haben. Engamore verstand sich und die Welt nicht mehr. Er schlich wieder einmal umher wie ein geprügelter Hund und konnte nicht begreifen, warum die Dame seines Herzens zweimal innerhalb so kurzer Zeit einen anderen ihm vorzog.

Ettard ließ von ihren Dienern ein Fest vorbereiten. Als es Abend wurde, saß sie mit Gawain in der Halle. Die Tafel war prächtig gedeckt, Pagen spielten auf Lauten und hübsche junge Mädchen sangen dazu. Gawain glaubte, dies sei der schönste Tag in seinem Leben. »Ich werde niemals wieder von hier weggehen«, sagte er zu sich. »Aus Camelot hat man mich verjagt. Warum soll ich nicht hier meinen eigenen Hof errichten und warum sollte er nicht ebenso berühmt werden wie Camelot?«

Während Gawain selig war, wartete Pellias auf die Rückkehr seines Gefährten. Die Zeit wollte nicht vergehen, die Stunden schlichen qualvoll langsam dahin. Schließlich hielt er es nicht länger aus. Er musste Gewissheit haben. Diese Dame besitzt einen mächtigen Zauber, dachte er, wer weiß, ob sie nicht Gawain verhext hat, so dass er seine Ritterehre vergisst und mich verrät.

Pellias beschloss sich in die Burg einzuschleichen. Er sandte seinen Knappen zu einem Einsiedler, der nicht weit entfernt im Wald lebte, und lieh sich für diesen Abend die schwarze Mönchskutte aus.

Es war schon spät nachts und sehr dunkel, als Pellias verkleidet in die Burg ging und dort behauptete, er hätte eine dringende Botschaft für den fremden Ritter. Die Diener führten ihn in den Vorraum der Halle. Dort verbarg er sich hinter einem Vorhang, er wollte sehen, ob ihm sein Freund treu geblieben war. Die Halle war vom Licht vieler Kerzen hell erleuchtet. Gawain und Ettard saßen nebeneinander an der Tafel, sie lachten, tranken Wein aus einem Becher und waren – das konnte jeder sehen – sehr ineinander verliebt.

Pellias hielt es nicht mehr aus hinter dem Vorhang. Er schlug die Kapuze zurück und trat in die Halle. Als Ettard ihn sah, schrie sie auf. »Ich bin betrogen worden!«

Gawain aber sagte kein Wort.

Pellias riss Ettard die Kette vom Hals. »Ihr habt kein Recht, sie zu tragen. Diese Kette ist mein Eigentum!« Dann wandte er sich an Gawain und fuhr fort: »Und du? Du hast mich und deine Ritterehre verraten!« Er schlug ihm so heftig ins Gesicht, dass sich die Male seiner Finger rot abzeichneten.

Gawain war aschfahl geworden. »Ja, ich habe dich verraten«, stieß er hervor. »Aber die Beleidigung, die du mir jetzt angetan hast, ist nicht weniger groß. Die Schuld ist ausgeglichen.«

»Nein«, antwortete Pellias. »Du trägst die Spuren nur im Gesicht, ich aber trage sie im Herzen. Für den Schlag, den ich dir gegeben habe, will ich dir jedoch Genugtuung leisten. Ich erwarte dich morgen früh zum Kampf.«

Mit diesen Worten verließ er die Halle. Gawain blieb zurück und glaubte vor Scham zu sterben. Noch dazu hatte Ettard, da sie die Kette nicht mehr trug, allen Zauber verloren. Er konnte nicht mehr verstehen, was er getan hatte, und die Dame war ihm nun so verhasst, wie er sie vorher angebetet hatte. Ohne Ettard auch nur einen Blick zu gönnen flüchtete er aus der Halle, bestieg sein Pferd und ritt fort.

Je näher er dem Birkenwäldchen kam, desto trostloser fühlte er sich. Er ertrug den Gedanken nicht, dass Iwain und die beiden anderen Ritter die roten Male in seinem Gesicht sahen, und war froh, dass kein Mond am Himmel stand und die Sterne nur schwaches Licht gaben. In der Schwärze der Nacht, so schien es ihm, konnte er seine Schande besser verbergen. Er verkroch sich im Dickicht und blieb die ganze Nacht dort.

Am nächsten Morgen, als der Tau noch im Gras glitzerte und die Vögel gerade zu singen begonnen hatten, trafen sich die beiden Freunde auf der Wiese vor Grantmesnle zum Zweikampf. Die Bewohner der Burg drängten sich neugierig auf der Mauer. Ettard stand in ihrem Erker. Auch Parcenet war da, aber während die anderen Fräulein aufgeregt miteinander plauderten und das Schauspiel kaum erwarten konnten, hielt sie sich still im Hintergrund und sagte kein Wort.

Die Ritter aus Camelot und ihre Knappen hatten sich am Rand der Wiese aufgestellt. Es war ihnen, als hätten sie noch nie bei einem traurigeren Kampf dabei sein müssen. Sie hatten vergeblich versucht die beiden umzustimmen und verstanden nicht, warum sich zwei Freunde gegenseitig ans Leben wollten.

Gawain und Pellias senkten die Lanzen und trieben die Pferde an. Die Hufe stampften den Rasen. Mitten auf der Wiese trafen sie aufeinander. Gawains Lanze splitterte bis zum Schaft, er wurde aus dem Sattel geschleudert, überschlug sich ein paar Mal und blieb dann reglos liegen. Seine Gefährten liefen sofort zu ihm. Sie öffneten den Helm; Gawains Gesicht war weiß wie der Tod und sein Atem war nicht mehr zu spüren.

Iwain blickte zu Pellias auf. »Du hast ihn getötet!«, rief er.

»Dann hat er nicht mehr erhalten, als er verdiente.«

»Er war dein Freund!«, sagte Iwain.

Pellias gab keine Antwort, wandte sein Pferd und ritt davon. Die anderen trugen Gawain ins

Zelt und betteten ihn dort auf ein Lager. Nach Stunden der Ungewissheit gab er das erste Lebenszeichen, war aber so schwach, dass die Ritter noch immer das Schlimmste befürchteten.

Weder Iwain noch Brandiles und Mador hatten bemerkt, dass es um Pellias viel ärger stand als um seinen Freund. Gawains Lanzenspitze war durch den Panzer gedrungen, abgebrochen und eine Handbreit tief im Körper stecken geblieben. Während Pellias mit Iwain gesprochen hatte, war ihm das Blut unter dem Harnisch heruntergeronnen und er hatte sich nur mit größter Mühe auf dem Pferd gehalten. Sobald er allein im Wald war, konnte er die Schmerzen nicht länger ertragen. Er stützte sich auf die Lanze, um nicht vom Pferd zu fallen, und stöhnte laut.

Nun hatte sich aber Parcenet unbemerkt aus der Burg gestohlen und war ihm nachgeeilt. Als sie ihn stöhnen hörte, lief sie auf ihn zu und rief: »Herr Pellias, was fehlt Euch?«

»Ich muss sterben, Mädchen«, antwortete er mit schwacher Stimme. »Gawains Lanzenspitze steckt in meiner Seite und ich spüre, wie die Lebenskraft mich verlässt.«

Parcenet wurde bleich und fing zu klagen an. Dann dachte sie jedoch daran, dass Klagen wenig nütze und dass sie irgendetwas tun müsse, wollte sie nicht Pellias einsam und ohne Hilfe hier im Wald umkommen lassen. Nicht weit entfernt von der Stelle, wo sie den Ritter gefunden hatte, lag die Hütte des Einsiedlers, in dessen

Kutte Pellias am Abend zuvor auf die Burg gegangen war. Parcenet beschloss den Verwundeten dorthin zu bringen.

Ohne lange zu fragen nahm sie das Pferd am Zügel. Schon nach wenigen Metern verlor Pellias das Bewusstsein und sank ohnmächtig im Sattel zusammen. Parcenet hielt ihn fest, so gut sie konnte, und führte gleichzeitig das Pferd weiter, kam aber nur langsam vorwärts. Als Pellias endlich in der Hütte des Einsiedlers lag, war er von jener tiefen Ohnmacht umfangen, die dem Tod vorausgeht. Parcenet wusste, dass nur noch ein Wunder ihn retten konnte. So schnell sie konnte, lief sie zu den Zelten der anderen Ritter, um seine Freunde zu holen.

Nachdem Parcenet fort war, untersuchte der Einsiedler die Wunde und sah, dass jede Hilfe zu spät kam und der Ritter im Sterben lag. Er kniete nieder und wollte gerade die Sterbegebete zu sprechen anfangen, als sich die Tür der Hütte öffnete und die Dame vom See hereinkam. Sie trat an das Lager des Ritters, beugte sich über ihn, küsste ihn und löste die goldene Kette von seinem Nacken. »Herrin, was tut Ihr?«, fragte der Einsiedler. »Warum nehmt Ihr einem sterbenden Mann seine Kette weg?«

»Ich habe sie ihm gegeben«, antwortete Nymue gelassen, »und ich nehme sie wieder zurück. Was aber das Sterben betrifft, so ist es noch nicht so weit.«

»Wollt Ihr ihn durch Zauber heilen?«, fragte der Einsiedler misstrauisch.

»Durch keinen bösen! Ihr braucht keine Furcht zu haben. Lasst mich jetzt allein!«

Als der Einsiedler die Hütte verlassen hatte, zog Nymue die abgebrochene Lanzenspitze heraus und hielt ihre Hand auf die Wunde. Das Blut hörte sofort zu fließen auf. Dann holte sie ein Fläschchen mit einer kristallklaren Flüssigkeit aus ihrem Gewand und ließ ein paar Tropfen auf die erkalteten Lippen des Ritters fließen. Im gleichen Augenblick öffnete er die Augen und schaute die Dame vom See mit einem seltsamen, entrückten Blick an.

»Bin ich tot?«, flüsterte er.

»Nein, du bist nicht tot.«

»Herrin, ich weiß nicht, wie mir ist – mir ist, als wäre ich ein anderer und nicht mehr der, der ich früher war.«

»Da hast du nicht Unrecht«, antwortete Nymue und lächelte. »Du bist nur noch zur Hälfte sterblich, zur anderen Hälfte gehörst du nach Faery.«

Pellias schaute die Dame vom See lange an. Und während er sie anschaute, wurde ihm bewusst, dass er sie seit damals liebte, als er sie mit dem Pferd über den Fluss gebracht hatte. Diese Liebe war anders als jene zu Ettard, es war eine Liebe, die nicht quälte und nicht den Verstand raubte.

»Wenn ich schon halb in die Andere Welt gehöre«, fragte er, »darf ich dann in deiner Nähe bleiben, Herrin?«

»Ja, Ritter Pellias! Ich habe es mir schon immer gewünscht. Nur darum ließ ich es zu, dass du in Not kamst und beinahe dein Leben verlorst.«

»Es gehört nun dir!«, antwortete Pellias. Er stand auf und merkte, wie alle Schwere von ihm abfiel und wie sein Körper leicht wurde. Er legte die Arme um die Dame vom See und küsste sie.

»Wirst du es nicht bedauern, Pellias, dass du deine Welt verlassen musst, die Welt der Ritter und Könige, der Kämpfe und Ehren?«

»Nein, Herrin. Es ist auch eine Welt, in der einer dem anderen Leid zufügt und tötet.«

»Dann komm mit mir!«, antwortete Nymue.

Inzwischen war Parcenet zum Lager der Ritter gekommen, gerade als Gawain aus seiner Ohnmacht aufwachte. Als Parcenet weinend berichtete, dass sie Pellias sterbend in der Hütte des Einsiedlers zurückgelassen habe, schlug Gawain die Hände vor das Gesicht. »Was habe ich getan!«, rief er. »Zuerst verriet ich meinen Freund und dann verwundete ich ihn zu Tode. Ich will zu ihm gehen und ihn um Verzeihung bitten, bevor er stirbt.«

Er war noch so geschwächt, dass ihn seine Gefährten nicht fortlassen wollten. Gawain hörte nicht auf sie. Sein Knappe musste ihm das Pferd bringen, er stieg mühsam auf und ritt in den Wald zur Hütte des Einsiedlers. Die Sonne war im Untergehen, der Himmel glühte rot durch das Laub der Bäume. Gawain kam zu spät. Der Einsiedler berichtete ihm, der fremde Ritter sei mit einer Dame, die ihn auf wunderbare Weise geheilt habe, nach Westen fortgeritten.

Ohne Zögern setzte Gawain die Suche fort. Die Dämmerung fiel ein. Allmählich wurde es ganz dunkel. Als er in der Finsternis nicht mehr wusste, wie er weiterkommen sollte, leuchtete plötzlich zwischen den schwarzen Stämmen ein blasses, blaues Licht auf, das vor ihm herzog und ihm den Weg zeigte.

Nach vielen Stunden hörte der Wald auf. Wie in der Nacht zuvor stand kein Mond am Himmel, trotzdem konnte Gawain alles so deutlich erkennen, als wäre es Tag. Blumenbedeckte Wiesen und blühende Bäume umgaben einen See, über dem ein seltsamer silbriger Glanz lag. Da wusste Gawain, dass er das Reich der Menschen verlassen hatte und in Faery war, der Welt der Geister und Feen. Wie im Traum ritt er ans Ufer des Sees, und als er dort war, sah er eine Frau und einen Ritter. Der Ritter war Pellias und die Frau an seiner Seite war die Dame vom See.

Zuerst fürchtete sich Gawain, weil er glaubte, den Geist eines Toten vor sich zu sehen. Sobald er aber merkte, dass Pellias noch lebte, wusste er sich vor Freude kaum zu fassen, sprang vom Pferd und lief auf seinen Freund zu. »Kannst du mir vergeben?«, rief er und wollte ihn in die Arme schließen.

Pellias wies ihn sanft zurück. »Rühre mich nicht an«, sagte er mit einer Stimme, die von weit her zu kommen schien. »Ich bin nicht mehr ganz Mensch, zur Hälfte gehöre ich nach Faery. Was unseren Streit betrifft, so verzeihe ich dir, und ich bitte dich auch mir zu verzeihen. Jetzt muss ich dich verlassen, du aber gehe nach Camelot, versöhne dich mit Gwinever und erzähle dem König alles.«

»Wohin willst du?«, fragte Gawain traurig.

»Nach Faery, in die Andere Welt! Leb wohl!«

Bevor Gawain antworten konnte, wandten Nymue und Pellias ihre Pferde. Sobald die Hufe das Wasser berührten, waren die beiden verschwunden. Gawain stand allein am Ufer. Lange Zeit schaute er auf den See, dessen Spiegel glatt und unbewegt war und wie Silber glänzte.

Als Gawain wieder in Camelot war, bat er Gwinever um Verzeihung, wie es ihm sein Freund aufgetragen hatte. Gwinever entschuldigte sich ihrerseits, und wenn es zwischen den beiden auch keine große Liebe gab, so herrschte doch für einige Zeit Friede. Dem König aber erzählte Gawain, was er erlebt hatte, und alle in Camelot wunderten sich sehr.

Engamore heiratete Ettard und wurde Herr auf Grantmesnle.

Wie Lanzelot in Faery aufgezogen wurde und wie er nach Camelot kam und zum Ritter geschlagen wurde

In jenen Tagen, als König Arthur zu Beginn seiner Herrschaft mit den aufständischen Fürsten kämpfte, geschah es, dass der König von Schottland in England einfiel und die Burg König Bans von Benwick berannte und eroberte. König Ban konnte mit seiner Frau und seinem jüngsten Sohn, der Lanzelot hieß, nur mit knapper Not entfliehen, war aber so schwer verwundet, dass er auf der Flucht starb. Während die Königin um ihn klagte, erschien plötzlich Nymue, die Dame vom See, und nahm den Knaben Lanzelot in die Arme.

»Was tut Ihr?«, fragte die Königin. »Gebt mir sofort mein Kind wieder!«

»Nein, Königin«, antwortete die Dame vom See mit einem seltsamen Lächeln, »ich werde Euch den Knaben nicht zurückgeben. Er hat keinen Vater mehr, der ihn beschützen kann. Ich nehme ihn mit mir, denn er soll einst der größte und edelste Ritter Englands werden, so dass man bis zum Ende der Tage vom Ruhm des Hauses Ban sprechen wird.«

Im nächsten Augenblick war Nymue mit dem Kind verschwunden. Die Königin sah nur einen weiten, klaren See vor sich, dessen Oberfläche sich ganz leicht bewegte, als striche der Wind darüber. So kam es, dass Lanzelot in der Anderen Welt aufwuchs, in Faery, wo es kein Leid und keine Tränen gibt, wo die Blumen immer blühen, die Quellen rein wie ungetrübtes Glas sind, Winter und Frost die Blüten nicht erstarren lassen und das Böse unbekannt ist. Wenn auch Lanzelot später, als er in die Welt der Menschen zurückkehrte, nicht immer recht tat und fehlte wie jeder andere Sterbliche, so vergaß er doch nie die Andere Welt. Die Sehnsucht danach blieb ihm, und vielleicht war es deshalb sein Sohn, der einst den Heiligen Gral finden sollte.

Als Lanzelot achtzehn Jahre alt geworden war, brachte ihn die Dame vom See zu König Arthur.

Es war am Abend vor dem Fest des heiligen Johannes, jenem Abend, an dem die Bewohner von Faery ihr Reich verlassen und sich in die Welt der Menschen begeben. König Arthur war mit seinen Neffen Gawain und Iwain zur Jagd ausgeritten. In ihrer Begleitung befand sich ein junger Mann namens Ektor de Maris, der erst vor kurzem zum Ritter geschlagen worden war. Ektor war der älteste Sohn König Bans. Als damals die Burg seines Vaters überfallen worden war, hatte er als Knappe in Camelot gelebt. Wie alle anderen wusste er nicht, was mit seinem Bruder Lanzelot geschehen war, nachdem ihn die Dame vom See geholt hatte.

König Arthur und seine Herren verspäteten sich auf der Jagd und waren noch weit von Camelot entfernt, als die Nacht anbrach. Ein runder, gelber Mond stieg über die Wipfel der

Bäume empor und tauchte alles in geheimnisvolles Licht.

»Heute ist Sommersonnenwende«, sagte Gawain. »Es sollte mich nicht wundern, wenn irgendetwas Außergewöhnliches geschieht. Mir ist sehr sonderbar zu Mute.«

Das Außergewöhnliche ließ nicht lange auf sich warten. Als der König und seine Begleiter zu einer Lichtung kamen, sahen sie dort eine grün gekleidete Frau, deren Gesicht mit einem Schleier verhüllt war. Neben ihr standen ein Ritter und ein hübscher junger Mann. Der Ritter trug eine silberglänzende Rüstung und hatte das Visier herabgezogen. Dem jungen Mann spross der erste Flaum auf der Oberlippe. Seine schwarzen Locken fielen bis auf die Schultern herab. Arthur und seine Herren stiegen höflich ab. Die fremde Frau schlug ihren Schleier zurück und der Ritter öffnete sein Visier. Es waren Nymue und Pellias, der Freundliche Ritter. Gawain stieß einen Freudenschrei aus, lief auf Pellias zu und umarmte ihn. Sein Freund wies ihn nicht zurück wie damals am See. Wenn die Bewohner der Anderen Welt es auch sonst nicht duldeten, dass Menschen sie berührten, so galt dieses Verbot doch nicht für die Nacht der Sommersonnenwende. Nachdem Gawain den so lange Vermissten umarmt hatte, wollten auch Iwain und die anderen nicht zurückstehen, und daher dauerte es ziemlich lange, bis die Begrüßung vorbei war.

Dann sagte Nymue zu König Arthur: »Herr, ich bin Euch heute Nacht aus einem besonderen

Grund erschienen. Ich bitte Euch, schlagt diesen jungen Mann zum Ritter. Seinen Namen darf ich Euch jetzt noch nicht verraten, aber ich verspreche Euch, dass er Camelot Ehre machen wird. Sobald er bewiesen hat, dass er würdig ist ein Ritter der Tafelrunde zu sein, wird auch sein Name am Runden Tisch erscheinen. Nennt ihn bis dahin den Namenlosen Ritter vom See.«

»Herrin, ich werde Eure Bitte nur zu gerne erfüllen«, antwortete König Arthur, der sich vom ersten Augenblick an zu dem hübschen jungen Burschen hingezogen fühlte.

Die Dame vom See lächelte und lud den König und die Ritter ein diese Nacht ihre Gäste zu sein. Wie durch ein Wunder stand plötzlich mitten auf der Waldwiese eine reich gedeckte Tafel. Pagen und Fräulein erschienen. Musik ertönte, süßer als jede andere Musik, die der König und seine Freunde bisher gehört hatten. Sie aßen und tranken und waren fröhlich. Als sie müde geworden waren, führte Nymue sie zu einem weißen Zelt, das unter den Bäumen stand.

Am nächsten Morgen war alles verschwunden – das Zelt, die Tafel, Pellias und die Dame vom See. Nur der namenlose Jüngling war noch da. Auf der Wiese weidete ein weißes Pferd und eine weiße Rüstung und ein weißer Schild mit drei roten Schrägbalken lagen für ihn bereit.

König Arthur brachte den jungen Mann nach Camelot, um ihn dort zum Ritter zu schlagen, wie er es der Dame vom See versprochen hatte. Ektor half dem Fremden, als dieser sich für die feierliche Zeremonie einkleidete. Dabei bemerkte er auf der Schulter ein Muttermal, das einem goldenen Stern glich, und wunderte sich, denn sein verschollener Bruder Lanzelot hatte solch ein Muttermal auf der Schulter gehabt.

Der Ritterschlag fand im Münster von Camelot statt. Als der junge Mann sich nach der Weihe von den Knien erhob, ließ er in der Aufregung sein Schwert auf den Steinfliesen liegen. Gwinever sah es, hob die Waffe auf und verbarg sie in den Falten ihres Gewandes. Sobald die Messe zu Ende war und dem jungen Ritter das Schwert umgegürtet werden sollte, entdeckte er, dass er keines mehr hatte. Er fürchtete schon den Spott der Versammelten, da steckte ihm jemand verstohlen das Schwert zu.

Er blickte auf und sah die Königin neben sich. Einen Augenblick vergaß er alles ringsum. Gwinever erschien ihm schöner als selbst Nymue. Ihr Lächeln verzauberte ihn und er schwor sich nur ihr und keiner anderen Frau jemals zu dienen.

Der Namenlose blieb noch einige Tage in Camelot. Er ging wie im Traum umher. Seitdem ihn Nymue nach Faery gebracht hatte, war es das erste Mal, dass er sich unter Menschen befand. Manchmal wusste er nicht, ob alles, was er sah, auch wirklich war oder nur irgendein Zauberbild. Es gefiel ihm aber sehr. Obwohl das Reich der Feen unvergleichlich schöner war, fühlte er sich doch von dieser unbekannten neuen Welt mächtig angezogen; sie war die Welt der Menschen und er selbst war ein Mensch.

Kurze Zeit danach verließ er Camelot und vollbrachte gleich am Anfang so viele ritterliche Taten, dass bald ganz England von ihm sprach. Sein erstes Abenteuer bestand er in einer verzauberten Burg, die Dolorsgard hieß, der Turm des Leides. Zwanzig mächtige Zauberer lebten dort und brachten Leid über das ganze Land, und noch kein Ritter, der die Burg zu erobern versucht hatte, war bisher mit dem Leben davongekommen. Der Namenlose besiegte alle zwanzig Zauberer und befreite die Gefangenen aus dem Turm. (Später schenkte ihm König Arthur die Burg; sie wurde nicht mehr Dolorsgard genannt, sondern Joyousgard, die Burg der Freude.) Auf seiner Ritterfahrt erschlug der junge Mann noch zwei Riesen, die eine ganze Stadt in Schrecken versetzt hatten. Nachher kehrte er an den Hof des Königs zurück. Als er in die Halle vor Arthur trat, leuchtete auf dem Stuhl neben dem Gefährlichen Sitz in goldenen Buchstaben der Name auf:

LANZELOT VOM SEE

Niemand hatte Nymue kommen sehen, aber plötzlich stand die Dame aus Faery mitten unter den versammelten Rittern. Sie teilte ihnen mit, dass Lanzelot der jüngste Sohn König Bans von Benwick sei, und berichtete, wie er in Faery aufgewachsen sei und Herr Pellias ihn in allen Waffenkünsten eines Ritters unterrichtet habe. »Ihm ist es bestimmt, der edelste Ritter Englands zu sein, bis einer kommen wird, der größer ist als er«, sagte sie.

Dann küsste sie Lanzelot auf die Stirn und verschwand.

So kam es, dass Lanzelot nur wenige Monate, nachdem er zum Ritter geschlagen worden war, schon zur Tafelrunde gehörte. Noch dazu hatte er einen Bruder bekommen und viele Freunde, denn er war bei allen am Hof wohl gelitten. Besonders die Königin schien Gefallen an dem Ritter vom See gefunden zu haben. Trotzdem blieb er nicht lange in Camelot. Die Welt erschien ihm riesengroß und voll wunderbarer Dinge. Er dachte, sich nur aufs Pferd setzen zu müssen und schon würde an der nächsten Wegkreuzung ein Abenteuer auf ihn warten. Und weil er so jung war, erschienen ihm auch die Abenteuer wunderbar, am liebsten hätte er es wieder mit Riesen aufgenommen oder mit anderem schrecklichem Volk.

Bauern arbeiteten auf den Feldern, die Vögel sangen. Wie er dahinritt, bedauerte er, dass alles ringsum so friedlich war. Er glaubte noch, es gäbe nur darum das Böse auf der Welt, damit ein junger Ritter beweisen könne, wie tapfer und edel und ohne Furcht er sei. Er hielt Lanze und Schild bereit, aber kein fremder Ritter tauchte auf, der ihn zum Kampf forderte, keine Räuber waren weit und breit zu sehen. Der Held mochte noch so fleißig Ausschau halten, es sah aus, als müsse er diesmal ohne große Taten nach Camelot zurückkehren.

Schließlich begegnete er einem Fräulein, das auf einem weißen Pferd saß. Er grüßte höflich und wollte dann wissen, ob man hier irgendwo in diesem Teil des Landes ein Abenteuer bestehen könne.

Das Fräulein betrachtete ihn neugierig, musterte seinen weißen Schild mit den roten Schrägbalken und sagte: »Herr Ritter, Ihr müsst Lanzelot vom See sein!«

»Woher wisst Ihr das?«, rief Lanzelot erstaunt.

Das Fräulein lachte. »Nun, Herr, woran erkennt man einen Ritter? An seinem Schild! Und man erzählt schon genug Geschichten von Euch. Ihr sucht also ein Abenteuer? Da kann ich Euch helfen. Mein Name ist Croisette von Dale. Nicht weit von hier liegt die Burg meines Bruders, da müsstet Ihr nach rechts reiten. Reitet Ihr aber nach links, so kommt Ihr in einen Wald und dort steht die Burg des Herrn Turquine. Er ist der ärgste Bösewicht in ganz England und nicht wert ein Ritter genannt zu werden. Seine Bauern unterdrückt und misshandelt er, die Kaufleute raubt er aus und fahrende Ritter wirft er in den Turm seiner Burg. Noch nie im Leben habe ich einen Mann gesehen, der so groß und ungeschlacht ist. Bisher hat ihn auch niemand besiegt. Wagt Ihr es trotzdem, mit ihm zu kämpfen?«

»Was die Größe anbelangt«, antwortete Lanzelot, »so habe ich es schließlich schon mit zwei Riesen aufgenommen. Nach allem, was Ihr mir da erzählt, Fräulein Croisette, verdient es dieser

Kerl, dass man ihm das Handwerk legt. Ich werde hinreiten und mit ihm kämpfen, und wenn Gott will, werde ich siegen.«

»Gut!«, antwortete Croisette. »Dann folgt mir!«

Sie ließen die Felder und Wiesen hinter sich und ritten durch einen Wald, der licht und freundlich war. Weiches Moos bedeckte den Boden und das Sonnenlicht fiel durch die Zweige.

»Herr Lanzelot, habt Ihr keine Frau, der Ihr Euren Dienst geschworen habt wie jeder Ritter?«, fragte Croisette.

Lanzelot schwieg eine Weile. »Fräulein Croisette«, antwortete er endlich, »ich stehe im Dienst einer Dame, mit der sich keine andere vergleichen kann, aber sie ist für mich so unerreichbar wie der Morgenstern, den wir nur ansehen und bewundern, aber nicht herunterholen können.«

»Hei, es gäbe genug Damen, Herr Ritter, die ein bisschen näher bei der Hand wären. An Eurer Stelle wählte ich mir eine, die ich nicht nur aus der Ferne verehren darf. Habt Ihr nie daran gedacht, dass es auch eine andere Frau sein könnte?«

»Nein, Fräulein Croisette.«

»Dann tut es mir jetzt schon Leid um die Eine – ich weiß nicht, wer sie ist, aber ganz gewiss wird es sie geben –, die Euch eines Tages lieben wird.«

»Ich werde keiner anderen dienen als jener, der ich jetzt diene«, antwortete Lanzelot.

Sie ritten weiter, immer tiefer in den Wald hinein, der dichter und düster wurde, bis sie endlich zu einer Burg kamen, die neben einem kleinen Fluss mitten in der Wildnis lag. Lanzelot lenkte sein Pferd zum Tor, klopfte an und verlangte Einlass. Niemand öffnete ihm. Er klopfte noch einmal, wieder vergeblich. Als er sich ungeduldig umwandte, sah er einen Ritter, der auf die Burg zugetrabt kam. Der Ritter war von riesiger Gestalt, steckte vom Kopf bis zum Fuß in einer schwarzen Rüstung und trug einen feuerroten Schild. Neben sich führte er ein zweites Pferd am Zügel. Über dem Sattel lag ein verwundeter Ritter, wie ein Bündel zusammengeschnürt. Lanzelot erkannte am Schild, dass es Gaheris war, der jüngere Bruder Gawains.

Da wurde Lanzelot so zornig, dass ihm war, als hätte sich der blaue Himmel auf einmal rot verfärbt. Er gab seinem Pferd die Sporen und verstellte dem ungeschlachten Kerl den Weg. »Man hat mir nicht zu viel von Euch erzählt, Herr Turquine«, rief er. »Ihr scheint tatsächlich das Muster eines edlen und höflichen Ritters zu sein! Wisst Ihr nicht, dass es eine Schande ist, einen Verwundeten so zu behandeln wie Euren Gefangenen? Noch dazu ist er ein Ritter der Tafelrunde. Bindet ihn sofort vom Pferd und kämpft mit mir. Ich bin eigens von Camelot hergekommen, um Euch ein wenig Unterricht in gutem Benehmen zu geben.«

»Ah, Herr Großsprecher«, antwortete Turquine, »wie diesen Ritter hier behandele ich jeden, der zu dieser läppischen Tafelrunde gehört. Falls Ihr auch einer von denen seid, wird es Euch bald nicht anders ergehen.«

»Das werden wir ja sehen! Ich bin Lanzelot vom See, gehöre zur Tafelrunde und fordere Euch zum Kampf auf!«

»Holla«, rief Turquine, »das nenne ich Jagdglück! Ich habe geschworen Euch unter die Erde zu bringen, denn Ihr habt meinen Bruder in Dolorsgard umgebracht. Wenn es einen Mann auf der Welt gibt, den ich nicht leiden kann, so seid Ihr es! Ich werde nun diesen armseligen, kleinen Ritter vom Pferd binden. Ihr seht, ich kann auch höflich sein und Euren Wünschen nachkommen. Aber nur deshalb, weil es nicht lange dauern wird, bis ich Euch an seiner statt wie einen Sack hinaufwerfe.«

Er hob seinen Gefangenen aus dem Sattel. Gaheris war von seinen Wunden so geschwächt, dass er nicht stehen konnte. Turquine setzte ihn auf einen Stein und machte sich dann zum Kampf bereit.

Beide Herren legten die Lanzen ein und galoppierten aufeinander zu. Schon beim ersten Gang stürzten die Pferde. Sowohl Lanzelot als auch Turquine sprangen geschickt aus dem Sattel, bevor sie selbst zu Fall kamen, und fochten zu Fuß mit den Schwertern weiter. So wütend droschen sie aufeinander ein, dass die Funken aus den Helmen stoben, die Schilde bald zerhauen waren und die Rüstungen sich rot färbten. Es war aber ein heißer Sommertag, die Sonne stand hoch am

Himmel und vor Hitze war es kaum auszuhalten. Schließlich rief Turquine: »Herr Lanzelot, haltet einen Augenblick ein. Ich bitte Euch um eine Gunst.«

»Gut«, antwortete Lanzelot und senkte das Schwert. »Was wollt Ihr?«

»Ich bin durstig. Lasst mich einen Schluck trinken.«

»Dann geht und trinkt! Ich hindere Euch nicht.«

Turquine stapfte zu dem kleinen Fluss, watete ins Wasser und trank gierig. Als er mit frischer Kraft auf seinen Gegner einhieb, hatte Lanzelot Mühe, die Streiche abzuwehren. So ging es eine

Weile weiter, bis Lanzelot immer schwächer wurde und seinerseits ausrief: »Herr Turquine, jetzt ist es an mir, Euch um eine Gunst zu bitten.«

»Und das wäre?«

»Lasst mich trinken gehen!«

»Nein, mein Freund! Ihr sollt so lange nicht trinken, bis Ihr Euren Durst im Paradies stillen könnt.«

»Bei Gott!«, schrie Lanzelot. »Steht es so? Ihr seid ein elender Schuft und kein Ritter. Ich habe Euch trinken lassen und mir wollt Ihr es verwehren? Seht Euch vor, dass Ihr nicht bald selbst im Paradies seid!«

Der Zorn gab ihm neue Kraft. Er warf den Schild fort, fasste das Schwert mit beiden Händen und drang wütend auf seinen Gegner ein. Wieder und wieder schlug er zu. Turquine wich zurück, kam zu keinem Gegenschlag und konnte schließlich vor Erschöpfung den Schild nicht mehr hoch halten. Lanzelot packte ihn am Visier und zwang ihn auf die Knie. Dann riss er dem riesenhaften Kerl den Helm herunter und schlug ihm den Kopf ab.

Eine Weile stand Lanzelot keuchend da, auf sein Schwert gestützt, und starrte den Toten an. Endlich blickte er auf, schien aber weder Gaheris zu sehen noch Croisette, die am Waldrand auf ihrem Pferd saß. Er wankte wie ein Betrunkener zum Fluss, watete ins Wasser und trank.

Dann erst befreite er Gaheris von seinen Fesseln. Als der Ritter ihm danken wollte, als Croisette herbeieilte und seine Tapferkeit zu preisen anfing, schüttelte er den Kopf und wollte weder Lob noch Dank hören.

Nachdem Gaheris wieder etwas zu Kräften gekommen war, drangen sie gemeinsam in die Burg ein. Niemand hinderte sie daran. Alle Knechte waren Hals über Kopf geflohen oder hatten sich versteckt. In einem düsteren Verlies fanden Lanzelot und Gaheris vierundzwanzig Ritter, darunter Herrn Kay und Lionel, einen Vetter Lanzelots. Die Gefangenen sahen elend aus, waren bis auf die Knochen abgemagert, Haare und Bart wucherten wild und ungepflegt. Turquine hatte sie schändlich behandelt und fast verhungern lassen. Lanzelot verteilte die kostbaren Schätze, die Turquine zusammengeraubt hatte, um die Ritter für ihre ausgestandenen Leiden zu entschädigen. Er gab auch Fräulein Croisette einen Teil, selbst wollte er nichts davon haben.

Croisette ließ es sich nicht nehmen, ihn und seine Freunde auf die Burg ihres Bruders einzuladen. Als Lanzelots Wunden aus dem Kampf geheilt waren, kehrte er mit den Rittern der Tafelrunde nach Camelot zurück.

In Camelot sah er Gwinever jeden Tag. Und jeden Tag, so schien es ihm, wurde seine Liebe für sie größer. Einmal konnte er sich nicht mehr zurückhalten und gestand, dass er alle Abenteuer nur um ihretwillen vollbrachte.

Es war im Garten des Königshofes, die beiden saßen auf einer Bank unter grünen, schattigen Büschen. Gwinever hatte die Hände in den Schoß gelegt und gab zuerst keine Antwort. Auf dem Rasen spielten junge, tollpatschige Hunde. Von irgendwoher war das Spiel einer Laute zu hören.

»Wollte Gott, ich hätte dich früher getroffen, Lanzelot«, sagte Gwinever endlich. »Jetzt hat ein anderer Rechte auf mich. Ich liebe ihn nicht so sehr wie dich, aber ich achte ihn mehr als jeden anderen Menschen auf der Welt.«

»Ich kann Euch nicht heiraten, das weiß ich«, antwortete Lanzelot. »Und doch wird es für mich nie eine andere Frau geben, Herrin!«

»Schwöre, dass du mir treu bleibst, Lanzelot!«

»Ja, Gwinever, ich schwöre es.«

Es gab Zeiten, da die beiden glücklich waren. Ihre Liebe brachte ihnen aber mehr Leid als Freude. Sie hielten sie geheim, wollten Arthur nicht kränken und hintergingen ihn gerade dadurch.

Wie Gareth sich als Küchenjunge verdingte, wie er von Linette verspottet wurde und auf Abenteuer auszog

Der jüngste Sohn König Lots von Orkney und Margaises, der Schwester Arthurs, war ein Knabe namens Gareth. Seine Mutter liebte ihn mehr als ihre anderen Söhne Gawain, Gaheris, Agrawain und Mordred, die alle seit langem als Ritter am Hofe König Arthurs lebten. Gareth war ein hoch gewachsener, kräftiger Bursche, rothaarig und blauäugig, mit einem frischen, wohlgestalteten Gesicht. Seine Mutter behauptete, er sähe aus wie ein Engel aus dem Paradies, aber dasselbe behaupten viele Mütter von ihren Söhnen. Obwohl Margaise keine Gelegenheit vorübergehen ließ, ihn vor allen anderen zu loben, blieb er bescheiden. Er war höflich und freundlich zu jedermann, nicht nur zu hochgeborenen Leuten, sondern auch zu den Dienern, Knechten und Mägden bis hinab zum letzten Stalljungen. Als er zwanzig Jahre alt geworden war, schickte ihn seine Mutter nach Camelot. Und weil sie so verliebt in ihn war, stattete sie ihn prächtig aus. Sie kleidete ihn in ein golddurchwirktes Gewand und schenkte ihm ein schneeweißes Pferd mit goldbeschlagenem Zaumzeug und rotem Sattel. Sechzig Ritter, Knappen und Gefolgsleute begleiteten ihn, alle herausgeputzt wie bunte Vögel.

In der letzten Nacht, bevor sie nach Camelot kamen, lagerten sie in einem kleinen Wäldchen. Als die anderen schliefen und Gareth allein in seinem rotseidenen Zelt saß, sagte er zu sich: »Warum soll ich mit einem so großen Gefolge nach Camelot gehen und Arthurs Gunst nur dadurch erwerben, weil ich der Sohn eines Königs und einer Königin bin? Geburt und Ansehen machen einen Mann nicht mehr wert, als er ist. Ich will meiner Taten wegen ein Ritter werden und nicht deshalb, weil ich zufällig an einem Königshof geboren wurde. Ich werde in einfachen Kleidern nach Camelot gehen! Sollten der König und die anderen Herren mich so nicht aufnehmen, dann kann es mit ihrem viel gerühmten Edelmut nicht weit her sein und dann habe ich auch keine Lust, ein Ritter von ihren Gnaden zu werden.«

Am nächsten Morgen schickte er sein ganzes Gefolge heim. Er behielt nur einen Zwerg bei sich, der ihm schon von Kindheit an vertraut war und dem er befahl, ihm die einfachen Kleider eines Bauernjungen zu beschaffen.

Zu jener Zeit feierte König Arthur mit seinen Damen und Herren das Pfingstfest. Alle Ritter, die sich nicht auf irgendeiner abenteuerlichen Fahrt befanden, waren in Camelot versammelt. Als sie in der Halle beim Festmahl saßen, trat ein Bauernbursche in einem schlichten braunen Kittel in die Halle, blieb am Eingang stehen und wartete, dass jemand das Wort an ihn richtete. Kay, der Seneschall, runzelte die Brauen und wollte ihn fortjagen lassen.

»Nein, Kay«, sagte Arthur. »Es ist Pfingsten. Niemand soll mir nachsagen, dass ich an diesem Fest irgendjemanden fortgewiesen habe. Jeder, und sei er auch der Geringste in meinem Reich, hat das Recht, mit einem Anliegen zu mir zu kommen.«

Daraufhin rief er den Burschen zu sich und Gareth – denn es war niemand anders als er – schritt durch die lange Halle ohne die vielen neugierigen Blicke zu beachten. Er trat vor den König hin und schaute ihn ruhig und fest an.

»Du ungehobelter Kerl«, brauste Kay auf, »weißt du denn nicht, was sich gehört? Es stünde dir besser an, die Augen niederzuschlagen und auf die Knie zu fallen.«

Gareth schaute den Seneschall an. »Wer seid Ihr, dass Ihr so mit mir sprecht?«, fragte er.

Alle in der Halle wunderten sich über diese kühne Rede. »Für einen Bauernjungen sprichst du sehr mutig«, sagte Arthur. »Woher kommst du und wer bist du?«

»Verzeiht, Herr, meinen Namen darf ich Euch nicht nennen. Ich komme von weit her und ich habe zwei Wünsche.«

»Wenn sie vernünftig sind, werde ich sie dir gerne gewähren.«

»Gut, Herr! Mein erster Wunsch ist, dass Ihr mir für zwölf Monate Essen, Trinken und Unterkunft an Eurem Hof gebt.«

»Es gibt kaum jemanden, dem ich das verweigern würde. Hast du keinen besseren Wunsch?«

»Jetzt nicht, Herr. Meinen zweiten Wunsch werde ich erst in einem Jahr sagen.«

Die Herren in der Halle waren erstaunt, dass ein so kräftig gebauter Bursche den König nicht um ritterliche Dienste bat, sondern nur um Essen und Trinken, und so mancher brach in Gelächter aus. Arthur trug Kay auf den fremden Burschen in seine Obhut zu nehmen und dafür zu sorgen, dass er gut behandelt werde. Der Seneschall ärgerte sich darüber, dass hier jemand Gnade erhielt, die ihm zu leicht verdient schien. »Es soll so sein, wie Ihr sagt, Herr«, antwortete er, »obwohl ich nicht einsehe, warum sich jeder Bauernflegel bei uns voll fressen darf. Aber gut, er soll es tun! Ich werde ihn in die Küche stecken. Auf mein Wort – er wird sich mästen wie ein Mastschwein!«

»Warum macht Ihr Euch über mich lustig, Herr?«, fragte Gareth. »Ihr habt nur gehört, was ich sage, wisst aber nicht, aus welchem Grund ich um Unterkunft bitte.«

»Sei nicht unverschämt, Bursche! Ich rate dir deine Zunge zügeln zu lernen, sonst ergeht es dir vielleicht schlecht.«

Gareth gab keine Antwort, verbeugte sich vor Arthur und verließ die Halle. Gawain hatte ganz in der Nähe des Königs gesessen. Obwohl er nicht wusste, dass der fremde Bauernbursche sein eigener Bruder war, fühlte er sich doch sofort zu ihm hingezogen. Er ging ihm nach, legte ihm die Hand auf die Schulter und fragte: »Guter Junge, sag mir, wer du bist und warum du diese Bitte an den König gerichtet hast?«

Gareth hatte seinen älteren Bruder sofort erkannt und freute sich nicht wenig von ihm so freundlich angesprochen zu werden. Trotzdem antwortete er: »Ihr könnt doch an meinen Kleidern sehen, Herr, wer ich bin und woher ich stamme. Ich bat um Essen und Unterkunft, weil ich ein Dach über dem Kopf brauche und nicht hungern will.«

»Du gefällst mir! Es wäre schade, wenn du deine ganze Zeit in der Küche verbringst. Ich werde dafür sorgen, dass du in meiner Nähe untergebracht wirst, und dir beibringen, wie man mit den Waffen umgeht.«

So kam es, dass Gareth, wann immer ihm seine Arbeit in der Küche Zeit ließ, von Herrn Gawain in die Schule genommen wurde. Gawain wunderte sich nicht wenig, wie gelehrig sein Schüler war und wie geschickt er sich bald in allen ritterlichen Künsten erwies.

Je mehr Gawain und andere Ritter an Gareth Gefallen fanden und freundlich zu ihm waren, desto weniger konnte ihn der Seneschall leiden. Sooft sich eine Gelegenheit dazu bot, verspottete er Gareth und machte sich über ihn lustig. »Seht doch, dort geht unser Küchenjunge!«, rief er. »Er wollte sich keine andere Gunst von unserem König erbitten als die Gnade, den ganzen Tag fette Suppe zu löffeln!« Weil ihm aufgefallen war, dass die Hände des Bauernburschen weiß und wohlgeformt waren, gab er ihm den Spottnamen Beaumains, das heißt Schönhand.

Einmal kam Gawain zufällig vorüber, als Kay den Bauernjungen gerade verhöhnte, und sagte aufgebracht: »Herr Kay, warum lasst Ihr den Jungen nicht in Ruhe? Er hat Euch nichts Böses getan. Eines Tages wird Euch der Spott noch Leid tun.«

»Vor Küchenjungen habe ich keine Angst, Herr Gawain.«

Gawain dachte daran, wie geschickt Beaumains die Waffen zu führen verstand. Er lachte und sagte: »Nun gut, ich habe Euch rechtzeitig gewarnt!«

So verging ein Jahr und wieder kam das Pfingstfest. Diesmal feierte es der König mit seinem Hof auf der Burg Carlion. Als Arthur mit der Königin und den Damen und Herren beim Festmahl saß, kam ein fremdes Fräulein in die Halle. Das Fräulein war vielleicht sechzehn Jahre alt, trug ein scharlachrotes, goldbesticktes Kleid und hatte lange schwarze Zöpfe. Stolz und ohne Scheu trat es vor den König hin. »Herr«, sagte es und beugte die Knie, »meine Schwester schickt mich zu Euch. Sie wird von einem Schuft, der sich Ritter schimpft, hart bedrängt. Er will sie gegen ihren Willen zur Frau nehmen, belagert sie in ihrer Burg und lässt niemanden zu ihr. Ich bitte Euch, gebt mir einen Eurer Ritter, damit er uns von dieser Plage befreit.«

Als Arthur wissen wollte, wer ihre Schwester sei, antwortete das Fräulein: »Ihren Namen darf ich nicht sagen, denn sie ist stolz und schämt sich ihrer Schande. Wenn Ihr aber wissen wollt, wer der Kerl ist, der unsere Burg belagert, so will ich Euch sagen, dass es Herr Ironside ist, genannt der Rote Ritter von den Roten Landen.«

»Wenn das so weitergeht, bin ich bald von Namenlosen umgeben«, antwortete der König etwas ungehalten. »Darf ich wenigstens Euren Namen wissen?«

»Herr, ich heiße Linette.«

»Fräulein Linette, glaubt Ihr nicht auch selbst, dass es etwas zu viel verlangt ist, einen meiner Ritter aufzufordern, mit Euch zu ziehen, wenn er nicht einmal weiß, für welche Frau er sein Leben aufs Spiel setzt? Ich kann keinem befehlen Euch zu helfen. Meldet sich einer freiwillig, will ich ihn nicht abhalten.«

Arthur schaute seine Ritter der Reihe nach an. Keiner stand auf, keiner hatte Lust, für eine unbekannte Dame auf gut Glück eine ungewisse Sache zu wagen. Nur Gareth trat vor: »Ihr habt mir meinen ersten Wunsch erfüllt, Herr«, sagte er und verbeugte sich vor dem König, »und mir zwölf Monate Speise und Unterkunft gewährt. Erlaubt mir, dass ich jetzt meinen zweiten Wunsch ausspreche.«

»Und der wäre?«

»Ich bitte Euch, dass ich dieses Fräulein begleiten und für ihre Schwester gegen Herrn Ironside kämpfen darf.«

Einige der Herren fingen zu lachen an. Es schien ihnen ein guter Scherz, dass ausgerechnet der Küchenjunge jenes Abenteuer auf sich nehmen wollte, zu dem kein anderer Ritter Lust verspürte. Arthur wies sie jedoch zurecht und fragte Gareth, ob er auch wisse, worum er bitte. Der Rote Ritter von den Roten Landen sei einer der gefürchtetsten Männer von ganz England. Gareth blieb dabei, dass er mit Linette fortziehen wolle. König Arthur erfüllte ihm schließlich die Bitte, obwohl ihm der Junge Leid tat, denn es bestand kaum Aussicht, dass er heil aus diesem Abenteuer zurückkehren würde.

»Fräulein Linette«, sagte Kay spöttisch, »wisst Ihr auch, wer der Bursche ist, der Eurer Schwester helfen will?« Als sie den Kopf schüttelte, fuhr er fort: »Dann werde ich es Euch sagen. Er heißt Beaumains, ist ein Küchenjunge und versteht sich besser darauf, Hühner am Spieß zu drehen, als Ritter vom Pferd zu stechen.« Als Linette das hörte, wurde sie zuerst flammend rot, dann blass vor Wut. »Das ist also die berühmte Tafelrunde!«, schrie sie. »Ich komme hierher wegen eines Ritters, der meiner Schwester in ihrer Not helfen soll, und man schickt mir einen Küchenjungen! Danke – behaltet ihn nur, Herr König!« Sie raffte ihr Kleid, lief aus der Halle, bestieg ihr Pferd und trabte davon.

Als Gareth die Halle verlassen hatte, folgte ihm Gawain, gab ihm Rüstung, Schild, Lanze und Schwert und ein Pferd und wünschte ihm eine gute Fahrt. Gareth verließ die Burg. Sein Zwerg begleitete ihn als Knappe auf einem Maultier. Schon nach kurzer Zeit hatten sie Linette eingeholt.

»Bursche, bist du Beaumains, der Küchenjunge?«, fragte sie.

»Ja, ich bin jener, den man Beaumains nennt.«

»Dann kehr sofort wieder um! Ich will dich nicht haben.«

»Fräulein, der König hat mir aufgetragen mit Euch zu reiten«, antwortete Gareth freundlich. »Ich muss Euch daher folgen, ob es Euch recht ist oder nicht, und ich hoffe Euch und Eurer Schwester gute Dienste zu erweisen.«

Weil Linette recht gut wusste, dass sie sich schlecht benahm, brachte seine Höflichkeit sie noch mehr in Wut. Sie sagte schnippisch: »Wenn du schon unbedingt mit mir reiten willst, Bursche, dann komm mir bitte nicht zu nahe. Ich kann nun einmal Küchengeruch nicht ausstehen.«

»Wie Ihr befehlt, Fräulein!«, antwortete Gareth, hielt sein Pferd zurück und ließ Linette vorausreiten.

Inzwischen sagte Kay in Carlion zu sich: »Dieser Küchenjunge ist wirklich zu frech geworden. Es ist Zeit, dass ich ihm eine kleine Lehre erteile, die er nicht so bald wieder vergisst.«

Er rüstete sich und trabte den beiden nach. Sobald Linette ihn bemerkte, sagte sie zu Gareth: »Herr Küchenjunge, da kommt ein Ritter und verfolgt dich. Verstecke dich schleunigst, bevor dir ein Leid geschieht.«

Gareth gab keine Antwort, hielt sein Pferd an und legte die Lanze ein. Er erkannte das Wappen am Schild des Verfolgers und hatte nicht übel Lust, seinem Quälgeist ebenfalls eine Lehre zu erteilen. Auch Kay machte sich angriffsbereit. Schon beim ersten Treffen splitterte Gareths Lanze und er konnte sich nur mit Mühe im Sattel halten. Linette lachte laut auf. Als Gareth ihr Lachen hörte, wurde er so zornig, dass er kaum mehr wusste, was er tat. Er zog das Schwert, stand in den Bügeln auf, schlug Kays Lanze zur Seite und versetzte ihm einen kräftigen Hieb über den Helm. Kay fiel vom Pferd und blieb ohnmächtig liegen. »Nun, mein Herr, wie gefällt Euch dieser Hieb von der Hand eines Küchenjungen?«, fragte Gareth grimmig, aber Kay war nicht mehr im Stande, ihm eine Antwort zu geben.

Gareth stieg ab und hob die Lanze seines Gegners auf. Dann befahl er dem Zwerg das Pferd des Seneschalls zu besteigen und das Maultier zurückzulassen.

Linette ritt weiter und Gareth folgte ihr schweigend. Nach einer Weile sahen sie einen Ritter in weißer Rüstung, der auf sie zukam. An dem weißen Schild mit den roten Querbalken erkannte Gareth, dass es Lanzelot vom See war. Kaum erblickte Linette den weißen Ritter, als sie auch schon spöttisch sagte: »Küchenjunge – schau doch! Dort ist ein richtiger Ritter! Ich merke schon, du zitterst vor Angst. Mach dich davon, bevor es zu spät ist.«

Gareth gab wiederum keine Antwort, schloss das Visier, ritt auf Lanzelot zu und rief: »Herr, ich bitte Euch mit mir zu tjosten!«

Lanzelot war nicht in Carlion gewesen. Er erkannte Beaumains nicht und wunderte sich, warum ein fremder Ritter ihn zum Kampf aufforderte, gab aber sein Einverständnis. Beim ersten Gang brach Gareths Spieß und er selbst flog in hohem Bogen aus dem Sattel. Als er halb betäubt auf der Erde lag, hörte er Linette auflachen. Seine Lebensgeister kamen wieder zurück, er sprang auf und bat Lanzelot zu Fuß mit dem Schwert weiterzukämpfen.

»Für einen solchen Kampf gibt es keinen Grund«, antwortete Lanzelot.

»Doch! Ich habe einen, Herr.«

»Wenn Ihr es so haben wollt!«, antwortete Lanzelot. Er stieg ab, zog sein Schwert und stellte sich zum Kampf. Gareth war durch Linettes Spott so zornig geworden, dass er lieber sterben wollte als sich ergeben. Er focht mit aller Kraft und bald färbte sich sowohl seine wie auch Lanzelots Rüstung an einigen Stellen rot. Schließlich hob Lanzelot das Schwert über den Kopf. »Genug jetzt! Unser Streit ist wirklich nicht ernsthaft genug für diesen Einsatz!«

Gareth senkte das Schwert und stützte sich schwer atmend darauf. Auch Lanzelot stand eine Weile keuchend da. Dann fragte er: »Ich habe schon mit vielen gekämpft, aber nur wenige wehrten sich so gut wie Ihr. Wer seid Ihr?«

Da öffnete Gareth das Visier und Lanzelot sah, dass es der Küchenjunge war. »Bei Gott«, sagte er, »die Küche ist nicht der Platz für dich! Du kämpfst wie ein Löwe.«

»Verzeiht, Herr Lanzelot! Ich musste mit Euch kämpfen, denn dieses Fräulein dort verspottete mich. Wenn Ihr aber meint, dass ich mich gut gehalten habe, dann schlagt mich bitte zum Ritter.«

»Gern! In dem Fall musst du mir aber deinen Namen sagen.«

»Versprecht Ihr mir mich nicht zu verraten?«

»Ich verspreche es.«

»Herr Lanzelot, ich bin Gareth von Orkney, des Königs Neffe. Ich verschwieg es, weil ich nicht wollte, dass man mich nur meiner Geburt wegen zum Ritter macht.«

»Steht es so?«, rief Lanzelot erstaunt. »Ich weiß einen, der sich darüber freuen wird, und das ist Gawain, Euer Bruder.«

Gareth kniete nieder, Lanzelot legte ihm die Klinge auf die Schulter und gab ihm den Ritterschlag. »Erhebt Euch, Ritter Gareth!«, sagte er und Gareth stand auf und war so glücklich, dass er nicht einmal Fräulein Linette mehr böse war. Nachdem Lanzelot sich verabschiedet hatte, ging Gareth zu Linette, die aus einiger Entfernung zugeschaut hatte und nicht wusste, was sie von all dem halten sollte. Diese Nacht verbrachten sie in einem Nonnenkloster im Wald. In aller Morgenfrühe stahl sich Linette leise davon. Bald danach erwachte Gareth und merkte, dass sie fort war. Er legte hastig die Rüstung an und galoppierte ihr nach. Als er sie eingeholt hatte, begrüßte er sie höflich. Linette wandte sich um, als wäre sie erstaunt, und sagte: »Ha, Küchenjunge, bist du wieder da?«

»Ja, Fräulein.«

»Ich dachte, du hättest von dem Abenteuer gestern genug, als dich der Weiße Ritter vom Pferd warf und nachher tüchtig verdrosch.«

»Ihr sprecht sehr bitter zu mir, Fräulein Linette.«

»Ritter Küchenjunge«, antwortete Linette, »mir scheint, ich kann nicht bitter genug zu dir sprechen um dich endlich loszuwerden. Weißt du, was ich vorhabe? Ich führe dich zur Furt eines Flusses. Dort wohnen in einer Burg zwei Brüder, die allseits dafür bekannt sind, dass sie jeden Reisenden überfallen, ausrauben und erschlagen. Willst du jetzt noch immer mit mir reiten?«

»Warum nicht? Vielleicht kann ich die Welt von zwei solchen Bösewichtern befreien.«

Linette lachte nur und trieb ihr Pferd an. Mittags kamen sie zu dem Fluss, dessen Furt von zwei schwer bewaffneten Rittern am anderen Ufer bewacht wurde. Kaum erblickten sie Gareth, das Fräulein und den Zwerg, als der eine schon seinem Pferd die Sporen gab und in den Fluss hineinstürmte, dass das Wasser hoch aufspritzte. Gareth ritt ebenfalls in die Furt. Auf halbem Weg trafen sie sich. Der Ritter fiel mit bloßem Schwert über ihn her, aber Gareth wehrte den Schlag ab, stand in den Bügeln auf und versetzte seinem Angreifer einen mächtigen

Hieb auf den Helm. Das Pferd stolperte, sein Reiter fiel ins Wasser, das an dieser Stelle ziemlich tief war, und ertrank. Dem zweiten der Brüder erging es nicht besser und Gareth brachte Linette sicher über die Furt. Eine Weile ritten sie schweigend nebeneinanderher, dann sagte Linette: »Küchenjunge, bist du stolz auf das, was du getan hast?«

»Nein, Fräulein. Warum sollte ich stolz sein?«

»Weil du nichts als Glück gehabt hast! Es ist wirklich gegen jeden Anstand, dass ein solcher Bursche wie du immer heil davonkommt. Das Pferd des ersten Ritters ist auf einem Stein ausgeglitten, er fiel ins Wasser und ertrank. Und den zweiten hast du angegriffen, bevor er zum Kampf bereit war!«

»Darüber will ich nicht mit Euch streiten«, antwortete Gareth. Spät am Nachmittag sahen sie in einiger Entfernung einen Hagedornbusch, an dessen Zweigen ein schwarzer Schild hing. Daneben graste ein schwarzes Pferd. Ein Ritter in schwarzer Rüstung saß auf seinem Stein und aß gerade seine Vespermahlzeit. Linette zügelte ihr Pferd. »Küchenjunge, willst du es nochmals versuchen?«, fragte sie. »Diesen Ritter kenne ich. Er wird der Schwarze Ritter von den Schwarzen Landen genannt und sein Ruhm ist gewiss schon nach Camelot gedrungen. Er wird dich aus dem Sattel werfen, bevor du noch bis drei zählen kannst.«

»Wir werden es sehen«, antwortete Gareth ruhig.

Der Schwarze Ritter stand höflich auf, als sie vor ihm anhielten, und bat: »Herr, nennt mir Euren Namen und sagt mir, was Euch herführt.«

»Fragt dieses Fräulein dort! Sie wird Euch gerne Antwort geben.«

»Ein Küchenjunge ist er!«, rief Linette. »Er läuft mir gegen meinen Willen nach. Wenn Ihr mir einen Gefallen tun wollt, Herr Ritter, so stecht ihn vom Pferd, damit ich ihn endlich los bin.«

»Ihr scherzt«, antwortete der Schwarze Ritter. »Hat man jemals von einem Küchenjungen gehört, der eine Rüstung trägt?«

»Kämpft mit ihm!«, befahl Linette. »Oder habt Ihr etwa Angst?«

Dem Schwarzen Ritter blieb nichts anderes übrig als Gareth zum Kampf zu fordern. Die Lanzen splitterten schon beim ersten Gang. Gareth und der Schwarze Ritter sprangen aus den Sätteln und fochten mit den Schwertern weiter. Zehn Schmiede, die auf einen Amboss klopfen, hätten nicht mehr Lärm machen können als die beiden Streiter. Sobald Gareth merkte, dass sein Gegner ermüdete, verdoppelte er die Wucht seiner Schläge. Nach einem kräftigen Hieb auf den Helm sank der Schwarze Ritter in die Knie. Gareth riss ihm den Helm herunter.

»Ihr sollt am Leben bleiben«, sagte er, »aber nur, wenn das Fräulein um Euch bittet.«

»Ich dich bitten!«, rief Linette. »Nie im Leben!«

»Fräulein«, keuchte der Schwarze Ritter, »habt Ihr denn kein Erbarmen?«

»Er wagt es doch nicht«, sagte Linette böse.

»Das werden wir sehen«, antwortete Gareth und hob das Schwert.

»Halt! Ich bitte dich um sein Leben. Nun hast du deinen Willen, du hässlicher Küchentölpel. Bist du zufrieden?«

»Ja«, antwortete Gareth. Er half dem Schwarzen Ritter auf die Beine und befahl ihm nach Carlion zu reiten, sich dem König zu ergeben und zu sagen, dass ihn Beaumains, der Küchenjunge, schicke. Der Schwarze Ritter versprach es und Gareth zog mit Linette und dem Zwerg weiter. Diesmal war Linette sehr lange schweigsam. Endlich hob sie den Kopf, schaute Gareth an und sagte: »Beaumains, ich möchte wissen, wer du wirklich bist.«

»Ihr habt oft genug gesagt, dass ich ein Küchenjunge vom Hofe des Königs bin.«

»Ja, richtig, das hätte ich beinahe vergessen«, erwiderte Linette und lachte.

Als es dämmerte, stießen sie auf einen Ritter, der von sechs schwer bewaffneten Räubern überfallen worden war und sich kaum mehr zu wehren vermochte. Gareth überlegte nicht lange, trieb sein Pferd an und erschlug zwei der Räuber, bevor sie recht wussten, wie ihnen geschah. Die Übrigen stoben nach allen Seiten davon, er verfolgte sie und nicht einer entkam.

Der Ritter, dem er das Leben gerettet hatte, wollte wissen, wer er sei, und wieder ließ Gareth das Fräulein für sich antworten. Linette sagte, er sei ein Küchenjunge vom Hofe des Königs. Weil die Nacht schon anbrach, lud sie der Ritter in seine Burg ein. Die ganze Zeit behandelte er Gareth wie einen hohen Herrn. Als das Essen aufgetragen wurde, weigerte sich Linette am gleichen Tisch wie Gareth zu essen und verlangte, er solle in den Stall zu den Knechten gehen. Gareth erhob sich schweigend und wollte ihrem Befehl nachkommen. Der Burgherr ließ es jedoch nicht zu. Er geleitete seinen Gast in eine vornehme Kammer und trug den Dienern auf ihn mit den besten Speisen zu versorgen.

Am nächsten Morgen bat Gareth den Burgherrn nach Carlion zu reiten. »Sagt dem König, dass Euch Beaumains, der Küchenjunge, schickt. Und wenn Ihr Ritter Gawain trefft, so erzählt ihm alles, was geschehen ist.«

»Herr, ich werde tun, was Ihr verlangt«, antwortete der Burgherr.

Während der nächsten Tagesreise sprach Linette kein Wort, weder ein gutes noch ein böses, sie ritt mit gesenktem Kopf dahin, als wäre sie tief in Gedanken. Am Nachmittag begegneten sie einem Ritter, der ganz in Grün gekleidet war. Eine große Schar Knappen und Diener folgte ihm. Der Grüne Ritter fragte Gareth nach Namen und Rang. Wieder sagte Linette: »Herr, er ist ein Küchenjunge vom Hofe König Arthurs. Er verfolgt mich wider meinen Willen und dient mir als Ritter, obwohl ich gerne darauf verzichtete.«

»Ich bin nicht zu Späßen aufgelegt«, entgegnete der Grüne Ritter. »Wenn Ihr mir nicht sofort Euren Namen nennt, Herr, muss ich glauben, was dieses Fräulein behauptet. Spricht sie die Wahrheit, werde ich Euch die Rüstung nehmen und Euch prügeln lassen, weil Ihr Euch untersteht ein Fräulein zu belästigen.«

»Ist es nicht gleichgültig, ob ich ein Küchenjunge bin oder nicht?«, antwortete Gareth gelassen. »Ich habe mit guten und tapferen Rittern gekämpft und mich meiner Rüstung würdig erwiesen. Genügt das nicht?«

»Gut, lassen wir es dabei«, sagte der Grüne Ritter. »Beweist mir jetzt, dass Ihr zu streiten versteht.«

In dem Kampf, der folgte, stand es lange Zeit unentschieden, die Ritter waren sich an Kraft und Geschicklichkeit ebenbürtig. Als die Rüstungen mit Blut befleckt waren und die beiden Gegner nur noch mit Mühe die Schilde heben konnten, rief Linette: »Herr Ritter, Ihr werdet doch einen Küchenjungen besiegen können!« Sobald Gareth diese Worte hörte, wurde er so wütend, dass er sich wie ein Verrückter auf seinen Gegner stürzte. Der Grüne Ritter wich zurück, deckte sich mit dem Schild und brachte keinen Gegenhieb mehr an. Ein Schlag spaltete ihm den Schild, ein zweiter traf ihn mit voller Wucht auf den Helm. Dem Grünen Ritter wurde es schwarz vor den Augen. Er sank in die Knie und bat um sein Leben.

»Ich schone Euch nur unter einer Bedingung«, stieß Gareth schwer atmend hervor. »Dieses Fräulein, dessen Ritter ich bin, muss um Euer Leben bitten.«

Linette sah ihn mit einem sonderbaren Blick an. »Ich soll um das Leben dieses Ritters bitten, Küchenjunge?«

»Ja«, antwortete er.

»Ich bitte um sein Leben. Ich kann nicht mit ansehen, wie ein so edler Herr von einem Küchenjungen getötet wird.«

Der Grüne Ritter versprach zum Hof des Königs zu reiten und dort zu sagen, der Küchenjunge Beaumains schicke ihn. Dann lud er Gareth auf seine Burg ein. Gareth nahm gerne an. Er war zu Tode erschöpft, hielt sich kaum mehr im Sattel, und die vielen Wunden, die er aus den Kämpfen davongetragen hatte, schmerzten ihn unerträglich. Erst nach fünf Tagen fühlte er sich wieder stark genug um weiterzuziehen.

Während dieser ganzen Zeit hatte er Linette nicht gesehen. Sie hatte sich in die Frauengemacher der Burg zurückgezogen und kein einziges Mal blicken lassen. Jetzt ritt sie schweigend vor ihm her. Es war ein schöner Tag. Die Vögel sangen, die Apfelbäume blühten und der leichte Wind, der durch die Äste strich, wehte Schauer weißer Blüten herunter. »Herr, seid Ihr böse auf mich?«, fragte Linette schließlich.

»Warum fragt Ihr? Habe ich Euch jemals böse Worte gegeben?«

»Nein, Ihr wart nie zornig auf mich. Ihr seid immer höflich und freundlich gewesen, obwohl ich Euch schlecht behandelt habe. Ich habe sehr wohl bemerkt, wie tapfer Ihr gegen alle diese Ritter gekämpft habt.«

»Fräulein, jetzt macht Ihr zu viel aus etwas, das nur wenig bedeutet. Ein guter Ritter soll immer freundlich gegen jene sein, die schwächer sind als er. Wenn ich höflich war, so tat ich nur das, was man mich gelehrt hat. Gefreut haben mich Eure verächtlichen Worte nicht, ich habe manchmal geglaubt, ich müsste vor Zorn zerspringen. Nun, ich habe ihn an meinen Gegnern ausgelassen. Je mehr Ihr mich verspottet habt, desto heftiger wurden meine Schläge.«

Linette dachte eine Weile nach. »Ich glaube nicht, dass es noch jemanden auf der Welt gibt, der mein schlechtes Benehmen so geduldig ertragen hätte wie Ihr«, sagte sie. »Ihr müsst ein Edelmann sein.«

»Zerbrecht Euch nicht den Kopf darüber. Ich habe mich betragen wie ein Edelmann. Genügt das nicht? Erlaubt Ihr mir jetzt neben Euch zu reiten, schöne Linette?«

»Ja, Herr«, antwortete sie. Von dieser Zeit an herrschte Frieden zwischen den beiden und Linette war so freundlich, wie sie vorher unfreundlich gewesen war. Sie verschwieg ihm auch nicht länger den Namen der Dame, um deretwillen er den Hof des Königs verlassen hatte. Es war Layones, die Herrin der Stadt Granderegard und einer mächtigen Burg, die Castle Dangerous hieß. Nachdem sie alles erzählt hatte, setzte sie hinzu: »Herr, ich will Euch nicht verschweigen, dass Ritter Ironside noch von niemandem besiegt wurde. Er ist ein Riese an Gestalt. Nach jedem Kampf nimmt er seinen Gegnern den Schild, den Harnisch und das Pferd weg und jagt sie zu Fuß fort, sofern sie überhaupt noch im Stande sind, ihre Beine zu gebrauchen. Er wird Euch mehr zusetzen als der Grüne Ritter und alle die anderen. Ich möchte nicht, dass Euch ein Leid geschieht. Es ist noch immer Zeit zum Umkehren.«

»Fräulein Linette, jeder Mensch muss einmal sterben. Wann und wie es geschieht, liegt nicht in unserer Macht. Also ist es unnötig, wenn ich mir den Kopf darüber zerbreche und mir Sorgen mache. Bis jetzt habe ich noch jeden Ritter auf dieser Fahrt besiegt und so Gott will, werde ich auch Herrn Ironside besiegen.«

»Ihr habt aber gesagt, dass es mein Spott war,

der Euch die Kraft gegeben hat, Herr Beaumains.«

»Dann müsst Ihr mich eben wieder Küchenjunge nennen, schöne Linette!«, antwortete Gareth und lachte.

Am dritten Tag, nachdem sie die Burg des Grünen Ritters verlassen hatten, kamen sie zu einer weiten und fruchtbaren Ebene. Mitten in der Ebene erhob sich ein Hügel, auf dem eine mächtige Burg stand. Dahinter lag die Stadt Granderegard. Vor dem Burghügel waren die Wiesen mit bunten Zelten bedeckt. Pferde weideten neben den Zelten. Überall trieben sich Ritter, Knappen und Knechte herum.

Als Linette, Gareth und der Zwerg näher ritten, kamen sie an einer Gruppe Weidenbäume vorbei, die von oben bis unten mit Schilden behängt waren. Jeder Schild trug das Wappen irgendeines unglücklichen Ritters, der von Herrn Ironside besiegt worden war. Linette hatte nicht übertrieben. Es waren so viele Schilde, dass Gareth es vorzog, sie nicht zu zählen. Er ritt geradewegs auf das Zelt des Roten Ritters zu, bevor ihm Zeit zum Nachdenken blieb, sonst hätte er sich womöglich den Rat Linettes zu Herzen genommen und wäre umgekehrt. Sobald er aber dem Ritter gegenüberstand, wünschte er sich, Linette wäre nie an den Hof König Arthurs gekommen. Vor Ironsides riesenhafter Gestalt erschienen ihm die anderen Herren, mit denen er gekämpft hatte, nicht mehr der Rede wert. Er kam sich neben diesem Kerl mit dem mächtigen roten Haarschopf und wilden roten Bart wie ein Zwerg vor.

Als Ironside erfuhr, dass ein namenloser Ritter, von dessen Taten noch kein Mensch in England je etwas erfahren hatte, ihn herausforderte, lachte er dröhnend und hielt alles für einen großartigen Scherz. Er nannte Gareth ein Bürschchen und einen grünen Jungen und gab ihm den wohlmeinenden Rat, so schnell wie möglich zu verschwinden, bevor er ihm alle Knochen im Leib zerbreche.

Inzwischen hatte Gareth Zeit gehabt, sich an die Riesengröße von Herrn Ironside zu gewöhnen. Auf den zweiten Blick schien er nicht mehr so Furcht erregend wie auf den ersten. Außerdem hatte ihm nicht gefallen, was Linette von dem Herrn da erzählt hatte. Einen Besiegten wie einen Strolch fortzujagen und zu verspotten, war alles andere als ehrenhaft. Freilich war Gareth nicht sicher, ob ihm nicht das gleiche Schicksal widerführe wie unzähligen Bedauernswerten vor ihm, er wollte aber zumindest versuchen diesem prahlerischen Kerl eine Lehre zu erteilen. Also bestand er auf seiner Herausforderung und ritt mit Linette zur Burg Dangerous.

Als er vor dem Tor anhielt, trat Layones auf einen Balkon und fragte, wer er sei und von woher er komme. Bisher war ihm das Fräulein Linette mit ihren langen Zöpfen und den übermütigen Augen als sehr schön erschienen; sobald er aber ihre Schwester erblickte, meinte er, diese wäre noch hundertmal schöner.

»Herrin, ich komme vom Hofe König Arthurs«, antwortete er höflich. »Er schickt mich zu Euch.«

»Dann seid Ihr bestimmt ein berühmter Ritter?«

»Nein. Man hat mich erst vor wenigen Tagen zum Ritter geschlagen. Ich will Euch auch nicht verschweigen, dass Herr Ironside mich ein Bürschchen und einen grünen Jungen nannte. Trotzdem bitte ich um die Ehre, für Euch kämpfen zu dürfen.« Die junge Dame auf dem Balkon wurde zuerst bleich und dann rot. »Ich sehe schon, dass es weit mit mir gekommen ist und dass jedermann im Land über mein Geschick lacht«, rief sie zornig. »Was? Keiner der großartigen Ritter der Tafelrunde hält es für nötig, mir zu helfen? Es ist grausam, jemanden zu verspotten, der keinen Beschützer hat und selbst zu schwach ist sich zu wehren. Einen grünen Jungen brauche ich nicht! Sagt das Eurem König!«

»Es ist wahr, dass ich kein berühmter Ritter bin«, antwortete Gareth. »Aber ich habe auf dem Weg zu Euch manches Abenteuer bestanden, wie Eure Schwester Linette Euch berichten kann. Bedenkt bitte, dass niemand berühmt geboren wird und jeder einmal den Anfang machen muss.«

Layones gab keine Antwort, sondern schaute ihn erst einmal lange und gründlich an. Was sie sah, schien ihr zu gefallen. Sie nahm ihren grünen, goldbestickten Schleier ab und warf ihn Gareth zu. Er fing den Schleier auf, knüpfte ihn um den rechten Arm und ritt zur Wiese, wo der Zweikampf stattfinden sollte.

Als Ironside dahersprengte, kam er ihm zwar noch immer riesenhaft, aber nicht mehr unbesiegbar vor. Ihm war, als könnte er es mit zweien solcher Kerle aufnehmen. Eine Wirkung, die von dem grünen Schleier ausging, denn der arme Gareth hatte sich vom Fleck weg in die Dame Layones mit ihren dunklen Haaren, den dunklen Augen und dem roten Mund verliebt.

Ironside trug einen blutroten Panzer und einen roten Helm. Sein Spieß war rot, ebenfalls der Wimpel daran, und sogar das Zaumzeug und der Rossharnisch hatten dieselbe Farbe. Er hatte vor, das Bürschchen schon beim ersten Treffen aus dem Sattel zu stechen, und schaute verdutzt drein, als seine eigene Lanze brach und Gareth noch immer auf dem Pferd saß.

»Her mit einem neuen Spieß!«, schrie er seine Knappen an und galoppierte ein zweites Mal auf Gareth zu.

Gareth senkte seine Lanze angriffsbereit und gab dem Pferd die Sporen. Mitten auf dem Platz trafen sie aufeinander. Die Lanzen knickten beim Anprall wie schwache Haselstöcke, die Pferde stürzten schwer und schlugen wild mit den Hufen um sich. Jetzt kam es Gareth zugute, dass ihn sein Bruder Gawain so hart in die Schule genommen hatte. Er hatte noch vor dem Sturz die Füße aus den Steigbügeln gezogen, sprang flink aus dem Sattel und zog das Schwert. Ironside war trotz seiner Ungeschlachtheit ebenfalls schon wieder auf den Beinen und stürmte mit erhobenem Schwert auf ihn los. Gareth duckte sich, führte von unten einen Stoß und schlug die erste Schramme in Ironsides Panzer.

»Bürschchen, sieh dich vor!«, brüllte der Ritter, holte zu einem mächtigen Hieb aus und traf ins Leere, weil Gareth geschickt zur Seite gesprungen war.

Zwei Stunden lang kämpften sie. Auf dem Platz herrschte Totenstille, nur das Keuchen der Kämpfenden und das Klirren der Schwerter war zu hören. Die Schläge dröhnten dumpf. Immer wieder bissen die Klingen durch das Eisen und Gareths Harnisch war bald nicht weniger rot als der seines Gegners. Schließlich spürte er, dass er nicht mehr lange durchhalten konnte. Der Blutverlust schwächte ihn, er vermochte kaum noch den Schild hoch zu halten. Ironsides Schwert hatte ihm ganze Stücke aus dem Panzer gehackt, der grüne Schleier war längst zerfetzt.

Er wich zurück. Einen Schritt. Dann noch einen. Das Ende des Kampfes schien gekommen. Da rief Layones: »Herr Ritter, ich habe niemanden als Euch. Lasst mich nicht im Stich!«

Gareth holte zu einem letzten, verzweifelten Angriff aus. Ironside wich aus, parierte und schlug ihm mit einem Gegenhieb das Schwert aus der Hand. Dann versetzte er ihm drei so wuchtige Schläge auf den Helm, dass Gareth glaubte, sein Ende sei gekommen. Er sank langsam in die Knie. Im gleichen Augenblick schrie Linette: »Beaumains, du bist eben doch nur ein Küchenjunge!«

Gareth hörte ihre Stimme wie aus weiter Ferne. Vor seinen Augen lag ein roter Schleier, er konnte alles nur noch undeutlich sehen: die Wiese, sein Schwert im Gras, den Roten Ritter, der zum Todesstoß ausholte. Er warf sich zur Seite, bekam das Schwert zu fassen, packte es mit beiden Händen, sprang auf und schlug zu. Er schlug zu, bis ihm plötzlich bewusst wurde, dass Ironside am Boden lag. Bevor der Rote Ritter aufspringen konnte, kniete Gareth auf ihm, riss den Dolch aus dem Gürtel und schnitt die Helmschnüre durch. Dann setzte er seinem Gegner die Klinge an die Kehle.

»Schont mein Leben, Herr!«, flehte Ironside.

»Nur, wenn jenes Fräulein dort um Euch bittet!«, stieß Gareth hervor.

»Edler Herr Beaumains«, rief Linette, »seid so barmherzig, wie Ihr tapfer wart! Lasst den Ritter am Leben!«

Gareth steckte den Dolch ein und stand auf. »Geht zu König Arthur, ergebt Euch und sagt, Beaumains, der Küchenjunge, schicke Euch. Und weil Ihr, Herr Ritter, so viele andere, die es nicht verdient haben, schlecht behandelt habt, nehme ich Eure Rüstung, Euren Schild und Euer Schwert. Ihr müsst zu Fuß und waffenlos zu König Arthur gehen. So ist es mein Wille.«

»Das sind harte Bedingungen«, jammerte Ironside.

»Es ist nicht mehr und nicht weniger, was Ihr anderen angetan habt«, antwortete Gareth. »Jetzt geht, bevor ich es bereue, dass ich Euch laufen lasse.«

Gareth wandte sich ab, ging über die Wiese, vorbei an den Rittern und Knechten, die ihm schweigend Platz machten. Unter den Bäumen am Rande des Turnierplatzes setzte er sich nieder. Als er Ironside fortschickte, hatte er sich selbst nur mit größter Willensanstrengung aufrecht halten können. Er war mehr tot als lebendig, fühlte sich sterbenselend und konnte sich nicht einmal seines Sieges freuen oder an das schöne Mädchen denken, für das er gekämpft hatte.

Als Layones sah, wie übel es um ihren Ritter stand, schickte sie sofort nach ihrem Wundarzt, nach reinen Leinentüchern und einem Waschbecken. Bevor sie aus der Burg eilte, wollte sie von ihrer Schwester wissen, warum sie den Ritter einen Küchenjungen gescholten hatte.

Linette lachte vergnügt auf und antwortete: »Weil es die Wahrheit ist! Dein Ritter, liebe Schwester, war Küchenjunge am Hofe König Arthurs.«

»Linette, ich habe viele Ritter kennen gelernt, die sich wie Küchenjungen benahmen. Wenn ein Küchenjunge sich wie ein Ritter benimmt, so ist er in meinen Augen so gut wie jeder andere hochgeborene Herr. An deiner Stelle würde ich mich schämen ihn deshalb zu verspotten. Jetzt aber lass uns zu ihm gehen! Er hat uns geholfen und mir scheint, dass er nun dringend unserer Hilfe bedarf.«

Die Geschichte ging aus, wie sie ausgehen musste. Als ein besiegter Ritter nach dem anderen zu König Arthur kam und sagte, Beaumains habe ihn geschickt, fing am Hofe ein großes Rätselraten an. Bald nach Ritter Ironside erschien Königin Margaise und wollte ihren jüngsten Sohn besuchen. Jetzt war es leicht zu erraten, wer Beaumains in Wirklichkeit war. Gawain freute sich am meisten darüber. Nur Kay verdross es, weil sich der Spott, den er mit dem Küchenjungen getrieben hatte, gegen ihn kehrte.

Sobald Gareths Wunden so weit verheilt waren, dass er wieder reiten konnte, zog er mit Layones und Linette nach Carlion und wurde dort als neuer Ritter in die Tafelrunde aufgenommen. Bald danach feierte man in Camelot eine Doppelhochzeit. Gareth heiratete die schöne Layones, sein Bruder Gaheris das Fräulein Linette.

Wie Parcival im Wald aufwuchs, wie er ein Ritter werden wollte und viele Abenteuer bestand

Parcival war der Sohn König Pellinores, der in jenen Tagen, als Arthur König von England wurde, sich gegen ihn erhoben hatte und einer der letzten Fürsten war, die sich unterwarfen. König Arthur hatte ihn von Stadt zu Stadt gejagt und eine seiner Burgen nach der anderen erobert, bis Pellinore nur noch die einsame Burg in den Wäldern besaß, wo dann jener Zweikampf stattfand, nach welchem er sich mit Arthur versöhnte. Damals war Parcival ein Kind von drei Jahren gewesen. Da Pellinore um das Leben seines Sohnes fürchtete, floh seine Frau in eine unwegsame Bergwildnis. Dort zog sie den Knaben in einem Tal auf, das ganz von der Außenwelt abgeschlossen war. Kurz nach der Versöhnung wurden Pellinore und seine zwei ältesten Söhne von einem ihrer Feinde hinterrücks erschlagen. Als die Königin davon erfuhr, war sie entschlossen, ihren Jüngsten von der grausamen Welt der Ritterschaft und der ewigen Kämpfe fern zu halten. Sie verbot den paar Dienern, die mit ihr lebten, auch nur mit einem Wort zu erwähnen, dass es so etwas wie Ritter und Königshöfe gebe.

Die Jahre vergingen. Parcival wuchs im Wald auf, er wurde ein großer und starker Jüngling, doch von der Welt, die jenseits der Berge lag, wusste er so wenig wie ein unschuldiges Kind. Er kletterte auf die höchsten Bäume, sprang über Bäche und Steine und lebte ohne Wissen um gut und böse in den Tag hinein. Von einem Schwert, einem Schild oder einem Harnisch hatte er noch nie im Leben gehört. Er fertigte sich aber aus einem geraden Baumstämmchen einen Wurfspeer an, mit dem er jeden Tag spielte und den er bald so geschickt handhaben konnte, dass er damit einen Vogel im Flug traf.

Als Parcival neunzehn Jahre alt geworden war, kletterte er eines Tages auf einen Felsen und schaute hinunter in ein Tal, durch das ein kleiner Fluss rann. Es war Frühling, frisches junges Grün bedeckte die Erde. Wie Parcival so dastand und schaute, sah er einen Ritter durch das Tal ziehen. Die Sonne schien hinter einer Wolke hervor, ihre Strahlen ließen die Rüstung aufblitzen und funkeln, dass Parcival fast geblendet wurde. Als der Ritter nicht mehr zu sehen war, rannte Parcival sofort zu seiner Mutter.

»Mutter! Ich habe etwas Wunderbares gesehen!«, rief er.

»Was war es?«, fragte sie freundlich.

»Etwas, das wie ein Mensch aussah. Es ritt auf einem Pferde und es leuchtete und strahlte, dass ich die Augen schließen musste. Was war das, Mutter?«

Sie wusste sehr wohl, was er gesehen hatte. »Es war gewiss ein Engel, mein Sohn«, antwortete sie rasch.

»Ich wollte, ich wäre ein Engel!«, rief er.

Am nächsten Tag, als er durch den Wald streifte, hörte er Hufschlag und bald darauf erschienen auf einem schmalen Pfad zwei Ritter. Wieder glänzten und funkelten ihre Harnische in der Sonne. Parcival stand mit offenem Mund da und rührte sich nicht vom Fleck. Sobald die Ritter herangekommen waren, kniete er neben dem Pfad nieder.

Die beiden waren Gawain und Iwain. Iwain fragte den Jungen, warum er vor ihnen niederknie.

»Weil Ihr Engel seid«, sagte Parcival.

»Wir sind keine Engel«, antwortete Iwain lächelnd, »wir sind Menschen wie du und möchten von dir eine Auskunft. Kannst du uns sagen, ob hier gestern oder heute ein Ritter vorbeigekommen ist?«

»Was ist das, ein Ritter?«

»Das weißt du nicht? Schau uns an! Wir sind Ritter.«

Parcival betrachtete sie so lange und ausführlich, dass Gawain ungeduldig wurde.

»Ich kann Euch Auskunft geben, aber zuerst will ich eine haben«, sagte Parcival endlich.

Gawain wollte ihn barsch anfahren, aber Iwain meinte, es wäre nur recht und billig, dass auch der Junge fragen dürfe, was er wolle.

Daraufhin sagte Parcival: »Ich bitte Euch, was ist das?«

»Das ist ein Sattel.«

»Und dieses Ding da?«

»Das ist ein Schwert.«

»Und das da?«

»Ein Schild.«

Parcival konnte sich nicht satt sehen an diesen wunderbaren Dingen. »Gestern ritt einer vorbei, der sah so aus wie Ihr«, rief er. »Wenn Ihr Ritter seid, dann ist er einer. Ich möchte auch ein Ritter sein!«

Gawain lachte, trieb sein Pferd an und rief zurück: »Wenn du ein Ritter werden willst, dummer Junge, dann geh nach Camelot! König Arthur wird dich bestimmt gleich zum Ritter schlagen.«

Parcival starrte den beiden nach, bis sie im Wald verschwunden waren. Dann lief er, so schnell ihn seine Beine trugen, nach Hause und rief noch ganz atemlos: »Mutter, das waren keine Engel, sondern Ritter, und ich will auch einer werden. Sie sagten, König Arthur kann mich dazu machen. Deshalb will ich nach Camelot. Wo ist Camelot?«

Seine Mutter brach in Tränen aus, aber er verstand nicht, warum sie weinte. »Was ist mit dir, Mutter?«, fragte er erstaunt.

Sie schüttelte nur den Kopf. Nach einiger Zeit, als sie sich beruhigt hatte, erzählte sie ihm zum ersten Mal, wer sein Vater gewesen war und warum sie mit ihm in der Wildnis lebte. Als alles erzählt war, weinte sie wieder. »Ich dachte, ich könnte dich davor bewahren«, sagte sie, »aber jetzt sehe ich, dass dich nichts abhalten wird, so zu leben wie dein Vater und deine Brüder. Wenn du es dir so sehr wünschst, sollst du deinen Willen haben.«

Im Stall stand nur ein einziges altes, müdes Pferd. Sie schenkte es Parcival und ließ einen Sattel aus Heu, Zweigen und Stoffflecken anfertigen. Als er sich einen Harnisch aus Weidenruten flocht, hinderte sie ihn nicht daran, weil sie hoffte, er würde sich in diesem Aufzug lächerlich machen und bald wieder zurückkehren.

Zum Abschied sagte sie: »Wenn du zu einer Kirche kommst, knie nieder und bete. Wenn du jemandem begegnest, der in Not ist, hilf ihm, vor allem aber stehe Frauen und Kindern bei. Wenn du einen Mann triffst, sei höflich und mutig zugleich. Wenn du hungrig bist und Essen und Wein findest, so iss und trink, aber nimm nicht mehr, als du bedarfst. Achte die Frauen, und wenn eine schön und gut ist und du Kuss und Ring von ihr bekommen kannst, so nimm's! Und jetzt reite fort! Du weißt nicht, was du mir antust, darum möge Gott dir verzeihen und dich immer beschützen.«

Parcival versprach alles getreulich zu halten, küsste sie und zog fort. Nachdem er lange geritten war, hörte der Wald auf, und wieder nach einiger Zeit sah er vor sich ein Dorf liegen und staunte über die strohgedeckten Hütten. »Ach, die Welt ist groß!«, sagte er sich. »Ich habe gar nicht gewusst, dass es so viele Menschen auf der Welt gibt.«

Als ihn die Dorfleute auf seinem alten Pferd daherkommen sahen und merkten, wie sein Sattel beschaffen war, und dass er eine Rüstung aus Weidenzweigen trug, wollten sie sich vor

Lachen fast ausschütten. Parcival lachte zurück, nickte ihnen zu und grüßte. Wie freundlich und fröhlich ist doch die Welt, dachte er. Ich wusste gar nicht, dass es hier so lustig zugeht.

Als er jene, die ihn verspotteten, freundlich grüßte, sagten die einen: »Das ist ein Wahnsinniger!« Die anderen meinten: »Nein, er ist nur ein närrischer Tor!« Parcival hörte ihre Worte, verstand aber den Sinn nicht. Das muss eine besondere Art von Rittern sein, dachte er, von denen ich noch nicht gehört habe.

So ritt er glücklich weiter. Wann immer er Reisende traf oder Dorfbewohner, lachten sie über ihn; er lachte mit, grüßte höflich und freute sich, dass es auf der Welt so fröhlich zuging.

Einmal, an einem späten Nachmittag, kam er zu einem Wäldchen und sah unter den Bäumen ein Zelt aus gelber Seide stehen, das in der sinkenden Sonne wie Gold glänzte. »Das muss eine jener Kirchen sein, von denen meine Mutter erzählt hat«, sagte er sich, stieg vom Pferd, kniete nieder und betete. Dann stand er auf und ging in das Zelt. Dort sah er ein schönes junges Fräulein auf einem roten Ruhebett sitzen. Ein Tisch war mit silbernen Bechern und silbernen Tellern gedeckt; die verschiedensten Leckerbissen und roter und weißer Wein standen bereit. Das Fräulein war Yvette, die Tochter eines Grafen, die überall »Die Schöne« genannt wurde. Als Parcival eintrat, blickte sie erstaunt auf und fragte: »Bursche, was willst du hier?«

»Fräulein, ist das eine Kirche?«

»Verschwinde, du Dummkopf!«, rief sie ärgerlich. »Wenn mein Vater dich hier findet, wird er dich für diesen schlechten Scherz bestrafen.«

»Warum sollte er mich bestrafen?«, sagte Parcival verwundert.

Yvette schaute ihn genauer an. Als sie merkte, welch ein hübscher junger Mann der Verrückte war, verflog ihr Ärger ein wenig und sie fragte schon viel freundlicher: »Woher kommst du?«

»Aus den Bergen! Als ich meine Mutter verließ, sagte sie mir, wenn ich hungrig wäre und Essen und Trinken sähe, sollte ich mir nehmen, was ich bräuchte. Das will ich jetzt tun, Fräulein.« Bevor Yvette noch ein Wort sagen konnte, hatte er sich schon an den Tisch gesetzt und griff tüchtig zu.

Noch nie hatte Yvette jemanden kennen gelernt wie diesen seltsamen Burschen. Sie lachte laut auf. »Armer Kerl«, rief sie, »wenn mein Vater und meine Brüder kommen, werden sie dir bestimmt übel mitspielen. Was würdest du dann sagen?«

»Warum sollten sie mir etwas antun?«, fragte Parcival unschuldig.

»Weil du ihre Mahlzeit isst!«

»Das wäre aber nicht freundlich, einem hungrigen Mann die paar Bissen nicht zu vergönnen«, antwortete er und Yvette lachte noch mehr als zuvor.

Nachdem Parcival gegessen und getrunken hatte, stand er auf und sah, dass Yvette einen Ring am Finger trug. »Liebes Fräulein«, sagte er,

»meine Mutter trug mir auf, Kuss und Ring zu nehmen, wann immer ich einer Dame begegne, die schön und gut ist. Das will ich jetzt tun, denn Ihr seid so schön, wie Ihr gut seid.« Yvette kam nicht einmal dazu, über diese neue Unverschämtheit zu lachen, da hatte er ihr schon den Ring vom Finger gezogen, sie fest auf die Lippen geküsst und das Zelt verlassen. Das Fräulein war rot wie eine Rose geworden, wusste nicht, wie ihm geschah, und blieb auf der Bank sitzen, als träume es.

Parcival aber ritt weiter, mehr als zuvor davon überzeugt, dass die Welt herrlich und wunderbar war. Nach etlichen Tagen kam er in einen Wald in der Nähe von Camelot. Zur gleichen Zeit hatte sich Arthur mit seinem ganzen Hof dorthin begeben um auf die Falkenjagd zu gehen. Es war ein heißer Tag, Gwinever hatte bald genug von der Jagd und blieb mit ihren Damen und Herrn Kay im Zelt zurück, das die Pagen für sie aufgeschlagen hatten. Parcival kam zufällig vorbei und zügelte sein Pferd. Ein junger Page erblickte ihn und begann laut zu lachen. Parcival grüßte höflich, wie er es gewöhnt war, und wollte wissen, ob dieses Ding da eine Kirche sei. Der Page kicherte über so viel Torheit und antwortete, das Ding sei das Zelt der Königin Gwinever. Hier im Wald jage nämlich König Arthur.

Als Parcival hörte, dass er Arthur endlich gefunden hatte, wurde er sehr froh und bat den Pagen ihn sogleich zum König zu führen.

»Der König braucht keinen Spaßmacher!«, war die Antwort.

»Was ist ein Spaßmacher?«, fragte Parcival unschuldig.

»Bei Gott, du bist wirklich ein einfältiger Narr!«

»Was ist ein Narr?«

Nun brachte der Page vor Lachen kein Wort mehr heraus. »Diese Leute lachen wirklich zu viel«, sagte sich Parcival. »Allmählich werde ich es müde.« Er stieg ohne ein weiteres Wort vom Pferd und wollte gerade in das Zelt gehen, als der Page wieder zu sich kam, ihn am Arm packte und zurückhielt. Parcival wurde zornig, schüttelte den Pagen ab, versetzte ihm einen kräftigen Schlag und betrat schnurstracks das Zelt.

Gwinever saß mit ihren Frauen beim Mittagsmahl, von den Herren war nur Kay, der Seneschall, anwesend. Sobald er den Jungen in der Weidenrüstung erblickte, zog er die Brauen zusammen und wollte ihn ärgerlich fortjagen. Parcival kam ihm zuvor, schaute sich fröhlich um und fragte, ob König Arthur hier sei. »Wenn Arthur hier ist, dann bin ich hier richtig«, fuhr er fort. »Ich will ein Ritter werden und man hat mir gesagt, er könnte mir dabei helfen.«

Gwinever konnte ein Lachen nicht unterdrücken, aber Kay war beleidigt, weil er glaubte, der junge Kerl erlaube sich einen Spaß mit ihm. »Bursche, es ist wirklich ein starkes Stück, das du dir da leistest«, fuhr er ihn an. »Du hast nur einen Harnisch aus Weidenzweigen – oder sehen meine Augen nicht richtig? – und einen Wurfspeer wie ein Bauer. Glaubst du, dass unser König Flegel wie dich zum Ritter macht?«

»Ihr seid ein großer, starker Mann, aber Ihr scheint mir sehr töricht zu sein«, antwortete Parcival ungehalten. »Warum beurteilt Ihr einen Menschen nach dem, was er trägt? Es könnte gut sein, dass ich mehr wert bin, als Ihr glaubt.«

Kay bekam einen roten Kopf und überlegte gerade, welche vernichtende Antwort er geben sollte, als ein zweiter ungebetener Gast das Zelt betrat. Diesmal war es ein Ritter in roter Rüstung, ein Herr Ither von Gahevieß, der schon lange Ansprüche auf den Königsthron erhob, da er ein Neffe Uther-Pendragons war und behauptete, Arthur sei ein Findling und nur durch Zauberei zur Königswürde gekommen. Herr Ither trat ohne viele Umstände auf die Königin zu und riss ihr den goldenen Trinkbecher so ungestüm aus der Hand, dass der Wein auf ihr Kleid verschüttet wurde. »So, wie ich diesen Becher von der Königin Tafel nehme«, rief er, »werde ich eines Tages Arthur seine Krone nehmen. Ich bin der wahre Erbe Uther-Pendragons und nicht dieser Emporkömmling, der seine Herrschaft nur der Zauberei Merlins verdankt. Herr Kay, sagt dies Eurem Herrn und vergesst keines meiner Worte. Und wenn einer seiner Ritter so viel Mut hat, dann soll er zu der Wiese vor dem Wald kommen und mir den Becher wieder wegnehmen. Ich warte dort. Lebt wohl, hohe Dame!«

Er stürmte aus dem Zelt, ohne dass ihn jemand daran hinderte. Kay trug nur leichte Kleidung, eine grüne Seidentunika, scharlachrote Hosen und Samtschuhe, und wagte daher nicht, einem Gewappneten entgegenzutreten. In Gwinevers Augen standen Tränen der Wut.

»Du großer Mann«, sagte Parcival unwillig, »wie kannst du es zulassen, dass jemand so unhöflich zu einer Dame ist?«

»Narr!«, rief Kay wütend. »Siehst du nicht, dass ich keine Waffe habe und nicht gerüstet bin?«

»An Eurer Stelle hätte ich auch ohne Rüstung die Dame hier verteidigt«, fuhr Parcival zornig fort. »Meine Mutter sagte mir, dass ich jedem helfen solle, der Hilfe brauche. Sie sagte nicht, dass ich auf Waffen und Rüstung warten solle um das zu tun, was nötig ist. Ich werde statt Eurer mit dem Mann kämpfen, damit er nicht wieder eine Frau beleidigt, obwohl ich nur einen Wurfspeer habe.«

Unter den Damen im Gefolge der Königin befand sich auch ein Fräulein, das Yelande hieß und gelobt hatte nie zu lachen, bevor sie nicht den Ritter getroffen habe, der die höchste Ehre unter allen verdiene. Als sie den Jungen in der Rüstung aus Weidenzweigen so sprechen hörte, konnte sie sich nicht helfen, sie lachte laut und fröhlich auf. Kay, der schon wütend genug war, packte sie bei den langen Zöpfen, schlug sie ins Gesicht und rief: »Habt Ihr allen Sinn für Anstand vergessen? Schon ein Jahr seid Ihr am Hof, wo die edelsten und tapfersten Ritter des Reiches versammelt sind. Nicht einmal habt Ihr es für nötig befunden zu lachen und nun lacht Ihr, weil ein Bauerntölpel vor Euch steht!«

»Ihr benehmt Euch wirklich schlecht«, sagte Parcival mit blitzenden Augen. »Warum schlagt Ihr dieses Fräulein? Jetzt werde ich zuerst dem roten Kerl folgen und die Beleidigung rächen, die er der Königin angetan hat; sobald ich aber wiederkomme, werde ich Euch diesen ungerechten Schlag zwanzigfach vergelten.«

Er stapfte zornig aus dem Zelt, bestieg sein altes, mageres Pferd und trabte dem Roten Ritter nach; er fand ihn auf der Wiese, ritt auf ihn zu und erklärte mit ihm kämpfen zu wollen.

Herr Ither betrachtete ihn mitleidig vom Kopf bis zum Fuß und sagte, es müsse schlecht um König Arthur stehen, wenn er ihm statt eines rechten Ritters einen dummen Jungen nachschicke.

»Ihr habt eine Frau beleidigt«, antwortete Parcival. »Meine Mutter sagte mir, dass ich jeder Frau helfen solle, die Hilfe brauche. Daher müsst Ihr mit mir kämpfen, ob Ihr wollt oder nicht.«

Nun wurde Ither ungehalten und fuhr ihn heftig an: »Du Narr, ich hätte gute Lust, dich zu prügeln.«

»Das werdet Ihr nicht tun!«

»So? Wir wollen einmal sehen!«, antwortete Ither, hob den Spieß und versetzte Parcival mit dem stumpfen Ende einen heftigen Schlag auf den Nacken. Parcival flog vom Pferd herunter.

»Das hättet Ihr nicht tun sollen!«, rief er zornig. Er rappelte sich hoch, riss dem Ritter die Lanze aus der Hand, brach sie über den Knien ab und warf sie fort. Ither wurde wütend und zog das Schwert, aber Parcival duckte sich hinter seinem Pferd und warf blitzschnell den kleinen Wurfspeer. Der Speer drang durch den Sehschlitz des Visiers. Ither stürzte vom Pferd. Als Parcival hinrannte und sich über ihn beugte, sah er, dass der Ritter tot war.

»Das habt Ihr nun davon, dass Ihr so unhöflich gewesen seid«, sagte er. »Jetzt nehme ich Eure Rüstung, denn meine eigene taugt nichts.« Er wollte dem Toten den Harnisch ausziehen, wusste aber nicht, wie man es machte; er konnte die Riemen nicht öffnen und nicht einmal den Helm vom Halsberg lösen.

In der Zwischenzeit war Arthur mit seinen Herren zurückgekommen. Er wies Kay zurecht, weil er den Jungen nicht davon abgehalten hatte, sich in ein gefährliches Abenteuer einzulassen, und befahl Lanzelot zur Wiese zu reiten, damit dem unschuldigen Narren nichts Böses widerfahre.

Als Lanzelot den Waldrand erreichte, war er auf alles andere vorbereitet, nur nicht auf das, was ihn erwartete. Ein bartloser Jüngling in einer Rüstung aus Weidenzweigen schleppte den leblosen Körper eines gewappneten Ritters herum, einmal dahin und einmal dorthin, und versuchte vergeblich den Schuppenpanzer zu lösen oder den Helmriemen aufzumachen.

Lanzelot ritt hin, schaute auf Parcival hinunter und fragte: »Junger Mann, was tust du da?«

Parcival blickte auf und wischte sich den Schweiß von der Stirn. »Den Panzer möchte ich!«, rief er. »Aber ich weiß nicht, wie man ihn herunterbringt.«

Lanzelot erkannte in dem Roten Ritter Ither von Gahevieß und wollte erstaunt wissen, was geschehen war.

»Herr, dieser Kerl hat die schöne Dame im Zelt beleidigt, die die Königin ist. Und meine Mutter sagte, ich dürfe so etwas nie zulassen. Deshalb folgte ich ihm, aber er schlug mich mit der Lanze. Da nahm ich sie ihm weg und brach sie über dem Knie ab; er wollte mich töten und ich warf den Speer auf ihn. Und nun möchte ich seine Rüstung, denn ich habe keine und will, dass Arthur mich zum Ritter schlägt.«

»Ein Ritter willst du also werden?«, fragte Lanzelot.

»Ja, Herr«, rief Parcival eifrig. »So einer wie Ihr!«

Lanzelot schüttelte den Kopf und wusste nicht, was er von der Geschichte halten sollte. »Arthur schlägt nicht jeden dahergelaufenen jungen Mann zum Ritter«, belehrte er Parcival. »Ein Ritter wird nur einer, der durch tapfere Taten bewiesen hat, dass er dessen wert ist.«

»Ich habe den Kerl umgebracht«, antwortete Parcival. »Das war doch tapfer?«

»Vielleicht. Vielleicht war es tapfer, aber es war auch töricht und sinnlos. Du wusstest nicht, warum er Gwinever beleidigte. Er glaubte sich im Recht und es ist schade um ihn, denn er war ein guter Ritter. Zweitens hast du ihn mit einer tückischen Waffe getötet. Wenn du ein Ritter sein willst, musst du mit dem Schwert umgehen lernen und nicht mit dem Wurfspeer. Man kämpft nur mit gleichen Waffen.«

»Dieser Kerl …«, wollte sich Parcival verteidigen.

»Ich weiß! Auch Ither war schlecht beraten, als er einen Jungen wie dich erschlagen wollte. Sag aber nicht immer ›der Kerl‹. So redet man nicht von einem Ritter. Du musst noch vieles lernen.«

Parcival ließ den Kopf hängen. Aber er war jung und voller Selbstvertrauen und es dauerte nicht lange, da hatte er die Enttäuschung hinuntergeschluckt. Er hob den Kopf und bat: »Herr, helft mir die Rüstung von diesem toten Ritter zu nehmen. Ich will sie anlegen und in die Welt ziehen. Ich will lernen, was ich lernen muss, und tapfere Taten vollbringen und dann Arthur bitten mich zum Ritter zu schlagen.«

Lanzelot schaute eine Weile nachdenklich vor sich hin. Der junge Mann gefiel ihm und es mag sein, dass er damals auf der Wiese ahnte, was die Zukunft für Parcival bereithalten sollte. Wie es auch war, er stieg vom Pferd und half Parcival die Rüstung Ithers anzulegen. Dann schaute er ihm nach, wie er fröhlich und ahnungslos davonritt, kehrte zu seinen Freunden zurück und berichtete, was er erlebt hatte. König Arthur hörte bestürzt zu. »Ither wollte mein Reich«, sagte er, »aber er war ein Neffe König Uthers. Es ist bitter, dass ein dummer Junge so großes Unheil anrichten kann.«

An diesem Abend lagerte Parcival am Ufer eines Sees. Er schlief in seiner Rüstung, weil er nicht wusste, ob er sie wieder richtig anlegen konnte, wenn er sie auszog. Beim Morgengrauen wachte er daher ziemlich zerschlagen auf. Er bat Gott in aller Einfalt ihm ein Abenteuer zu schicken und ritt weiter. Bald danach traf er einen Ritter in weißer Rüstung und bat sogleich mit ihm kämpfen zu dürfen. Der Ritter war niemand anders als Lanzelot, der dem Jungen heimlich gefolgt war. Schon beim ersten Treffen flog Parcival in hohem Bogen vom Pferd, da er keine Ahnung hatte, wie man die Stechlanze halten musste. Da saß er nun im Gras, höchst erstaunt, der Kopf brummte ihm und auch sonst tat ihm jeder Fleck am Körper weh. Lanzelot ritt herzu und fragte lächelnd: »Nun, Herr, wie geht es Euch?«

»Alles dreht sich um mich«, gestand Parcival. »Ich bitte Euch, wartet einen Augenblick! Es geht schnell vorüber und dann will ich mit Euch weiterkämpfen.«

»Das werde ich auf keinen Fall«, sagte Lanzelot und hob das Visier. »Ich habe dir gesagt, dass du noch viel lernen musst. Willst du mich zum Lehrer haben?«

Parcival wollte es! Einmal hatte er geglaubt, Ritter seien Engel, und als er seine Hand in die Hand Lanzelots legte, war er nicht weit davon entfernt, seinen neuen Freund zumindest für eine Art Engel zu halten.

Lanzelot nahm ihn auf die Burg Joyousgard. Dort unterrichtete er ihn ein Jahr lang in allen ritterlichen Künsten. Er lehrte ihn, wie man das Schwert führt, Schild und Lanze gebraucht und wie man sich Damen und Herren gegenüber benimmt. Er lehrte ihn aber auch, wie man leben muss, um ein rechter Ritter zu sein, der Arme und Schwache beschützt, stolz und demütig zugleich ist und das tut, was recht ist. Nach diesem Jahr gab es keinen Ritter in ganz England außer Lanzelot und vielleicht Gawain, der Parcival im Kampf überlegen gewesen wäre. Vor allem musste man lange suchen, bis man einen Ritter traf, der ein so reines und gutes Herz hatte wie er.

Als das Jahr um war, schlug ihn Lanzelot zum Ritter und Parcival zog aus sich dieser Ehre würdig zu erweisen. Bald erzählte man sich an allen Höfen und im ganzen Land von seinen Taten. Er rettete ein Fräulein namens Blanchefleur aus großer Not. Sie war die Tochter eines Königs. Nach dem Tod ihres Vaters bedrängte sie ein Ritter, verwüstete das Land und belagerte ihre Burg. Parcival besiegte ihn im Zweikampf und jagte ganz allein sein riesiges Heer fort. Blanchefleur gefiel der junge Mann, sie trug ihm ihre Hand und ihr Königreich an, aber Parcival lehnte ab und zog weiter. Er kam zum Schloss der Zauberin Vivien, widerstand ihren Zauberkünsten und zwang sie eine große Anzahl von Rittern, die sie in Steine verwandelt hatte, wieder zum Leben zu erwecken. Auf seiner Fahrt traf er viele schöne Frauen und liebliche Mädchen, er war höflich und ritterlich, aber keiner gelang es, seine Gunst zu erringen.

Als der Herbst kam, erschlug er einen wilden Eber, den Schrecken aller, die in der Nähe des Waldes lebten, in dem das Untier hauste. Er tötete einen Wolf, der stärker war als alle seine Artgenossen und auf der Heide von Dart den Bauern und Schäfern arg zugesetzt hatte.

Schließlich brach der Winter herein. Parcival zog noch immer umher. Einmal verbrachte er die Nacht in der Hütte eines Einsiedlers. Als er am Morgen ins Freie ging, sah er einen Falken, der einen Raben schlug. Es war bitterkalt, über Nacht war der erste Schnee gefallen. Ein paar schwarze Federn flatterten nieder, ein paar Blutstropfen färbten den Schnee rot. Parcival starrte das Rot, Weiß und Schwarz an. Es erinnerte ihn an etwas, er wurde fröhlich, um im nächsten Augenblick traurig zu werden, und konnte den Blick von den schwarzen Federn und den Blutstropfen im Schnee nicht abwenden. Plötzlich wusste er, woran sie ihn erinnerten. Die ersten Tage seiner großen Fahrt fielen ihm ein, als er in das gelbe Zelt getreten war und dort Yvette gefunden hatte. »Der Schnee ist nicht weißer als ihre Haut«, sagte er sich. »Das Rot ist nicht röter als ihre Lippen. Das Schwarz der Rabenfedern kann sich nicht vergleichen mit dem Schwarz ihrer Haare. Nun weiß ich, warum ich an keines der schönen Mädchen einen Gedanken verschwenden konnte. Ich liebe Yvette!«

Und er vergaß die ganze Welt ringsum.

Es trug sich aber zu, dass an diesem Morgen drei Ritter durch den gleichen Wald ritten und ebenfalls zur Hütte des Einsiedlers kamen. Es waren Gawain, Erek und Kay, der Seneschall. Als sie Parcival in Gedanken versunken neben der Hütte an einem Baum lehnen sahen, sagte Kay: »Wer ist dieser Ritter dort?« Er erkannte ihn nicht. Zwischen dem einfältigen Jungen im Weidenharnisch und dem zum Manne gereiften Parcival war nicht mehr viel Ähnlichkeit zu finden. »Ich werde hingehen und ihn fragen, wer er ist«, fuhr Kay fort. »Lasst ihn, Herr Kay«, sagte Gawain. »Vielleicht denkt er an seine Dame. Es ist nicht recht, ihn dabei zu stören.«

Kay hörte nicht auf diesen Rat. Als Seneschall und Ziehbruder des Königs hielt er sich für eine wichtige Persönlichkeit und war der Ansicht, Fremde müssten ihm jederzeit Rede und Antwort stehen. Er stieg also vom Pferd, trat zu Parcival und fragte ihn, wer er sei. Parcival nahm nicht einmal wahr, dass ihn jemand angesprochen hatte.

»Herr Ritter, wer seid Ihr?«, fragte Kay schon etwas lauter. Wiederum erhielt er keine Antwort. Da wurde er unwillig, packte Parcival am Arm, schüttelte ihn und rief: »Ihr sollt mir Antwort geben!«

Parcival wachte unsanft auf, und weil er noch immer halb im Traum versponnen war, merkte er nicht, dass ein Ritter neben ihm stand. »Bursche, nimm sofort deine Hand weg!«, rief er und versetzte dem Seneschall einen kräftigen Fausthieb auf den Kopf. Für den Augenblick verließen Kay alle Lebensgeister, er sank in den Schnee vor der Hütte nieder und blieb dort liegen, als wäre es das weichste Ruhelager. Parcival kam wieder zu sich, erblickte ganz in der Nähe noch zwei andere Ritter und schämte sich seiner Unbeherrschtheit.

Gawain kam herzu, schaute ihn streng an und fragte: »Herr, warum habt Ihr meinem Gefährten einen so unritterlichen Schlag versetzt?«

»Er riss mich aus einem Traum. Ich dachte an ein Fräulein«, gestand Parcival so verlegen, dass Gawain nur mit Mühe ein Lächeln verbergen konnte. »Ich sehe, Ihr habt einen guten Grund zur Entschuldigung«, sagte er.

»Nicht wahr?«, fragte Parcival eifrig. »Trotzdem tut es mir Leid. Ich war unbedacht und heftig. Verzeiht mir!«

»Da müsst Ihr Herrn Kay schon selbst um Entschuldigung bitten und sehen, ob er sie Euch gewährt.«

»Herrn Kay?«, rief Parcival. »Dann tut es mir nicht mehr Leid um diesen Hieb, wenn ich ihn auch besser mit dem Schwert hätte führen sollen als mit der Faust. Ich habe versprochen ihm den Schlag zurückzugeben, den er Fräulein Yelande versetzte. Also habe ich nur mein Versprechen erfüllt.«

»Seid Ihr Herr Parcival?«, rief Gawain erstaunt.

»Ja, Herr.«

Gawain lachte. »Ihr habt Euer Versprechen nur zu gut erfüllt. Ich wette, Herr Kay ist noch nie besser bedient worden. Begleitet uns nun nach Camelot! Unser Herr, König Arthur, hat von Euren Taten gehört und möchte Euch als Gefolgsmann aufnehmen. Ich bin Gawain, sein Neffe, und dieser Ritter hier ist Herr Erek. Auch er gehört zur Tafelrunde. Kommt mit uns!«

»Herr Gawain, ich wollte ... ich könnte ... aber ...«

»In ganz England gibt es keinen jungen Ritter, der zu stottern anfängt, wenn ihm eine solche Ehre angeboten wird. Wollt Ihr nicht zur Tafelrunde gehören?«

Parcival wurde blutrot. »Gewiss! Wer wollte das nicht? Doch die Dame ...«

»Nun?«

»Als ich sie das erste Mal traf, war ich ein Knabe. Ich habe ihr meine Dienste noch nicht angeboten. Sie wartet auf mich«, setzte er kühn hinzu, obwohl er nicht einmal ihren Namen wusste, noch wo sie wohnte und noch weniger, ob sie überhaupt seine Dienste wollte.

»Das ist etwas anderes. Ein Versprechen, das man einer Dame gegeben hat, muss man halten. Wenn es um Frauen geht, ist selbst der König machtlos. Geht also in Gottes Namen zu Eurem Fräulein, nur seht zu, dass es nicht zu lange dauert, und kommt dann an den Hof des Königs.« Das versprach Parcival gern. Weil er schon genug Zeit mit nutzlosen Abenteuern vergeudet hatte, wollte er keine Minute länger säumen, er brach sofort auf und begab sich auf die Suche nach der Unbekannten.

Kay erwachte bald darauf und musste zu seinem brummenden Schädel auch noch den Spott einstecken.

Parcival zog kreuz und quer durch die Lande, sprach auf jeder Burg vor, fragte überall, aber niemand konnte ihm Auskunft geben. Es wurde Frühling. Eines Abends kam er wieder zu einer Burg, bat um Quartier und wurde gastfreundlich aufgenommen. Irgendetwas, so schien es ihm, stimmte hier nicht. Die Diener schlichen stumm und mit gesenkten Köpfen herum, niemand lachte, niemand sprach ein lautes Wort. Der Burgherr, ein alter, weißhaariger Mann, nahm kaum einen Bissen Essen zu sich, als sie beim Mahl saßen, das er für den Gast hatte bereitstellen lassen. Die Augen des Alten waren rot umrändert, seine Wangen eingesunken und hohl.

»Herr, was fehlt Euch?«, fragte Parcival schließlich mitleidig und legte seine Hand auf die Hand des alten Mannes.

Der Blick des Burgherrn fiel auf den Ring am Finger seines Gastes. Er wurde bleich und fragte: »Woher habt Ihr diesen Ring, Herr?«

Parcival hatte Zutrauen zu seinem Gastgeber gefasst und gestand, wenn auch etwas verlegen, es sei der Ring eines Fräuleins, das er liebe und schon lange suche.

»Das braucht Ihr nicht länger zu tun«, antwortete der Greis. »Sie ist meine Tochter. Es ist ihr Ring.«

»Herr, führt mich zu ihr! Ich will sie sehen!«

»Ihr sollt sie sehen! Kommt!«

Der Alte führte ihn eine enge Wendeltreppe hinauf und öffnete oben, unter dem Dach, die Tür einer kleinen Kammer. Kerzen brannten, die Flammen flackerten leicht im Luftzug. Auf einem schwarz bedeckten Ruhebett lag Yvette. Ihr Gesicht war weiß wie das Wachs der Kerzen. Sie war tot.

Parcival stand stumm unter der Tür. Nach einer Weile trat er ans Lager der Toten. »Herrin, sehen wir uns so wieder?«, fragte er. »Ihr wart freundlich zu mir, als ich ein einfältiger Junge war. Ich hoffte einmal vor Euch treten zu dürfen, kein dummer Junge mehr, sondern ein Mann, der die Augen zu Euch erheben darf. Ich werde niemals eine andere lieben. Ihr sollt meine Dame sein bis ans Ende meines Lebens.« Er ging an dem alten Mann vorbei, als sähe er ihn nicht, stieg die Wendeltreppe hinunter, verließ die Burg und ritt in die Nacht hinein. Nachdem er viele Stunden geritten war, immer tiefer hinein in den Wald und ohne zu wissen, wohin, legte er sich unter einen Baum und starrte in die Finsternis.

Es geschah aber, dass er einschlief und einen seltsamen Traum träumte. Im Traum kam er durch einen düsteren Wald zu einer Burg am Meer. Er trat durch das Tor, das von zwei Löwen bewacht wurde, ging in die Halle und sah dort einen kranken, verwundeten Mann auf einem

Lager ruhen. Es war dunkel, im Kamin brannte kein Feuer. Plötzlich sprang eine Tür auf und helles Licht strahlte herein. Dieses Licht war klarer und reiner als das der Sonne und ging von einer Schale aus, die von unsichtbaren Händen getragen in den Raum hereinschwebte. Als Parcival wie geblendet in die Knie sank, hörte er eine Stimme. »Parcival! Parcival! Fürchte dich nicht! Es ist der Heilige Gral, den du im Traum siehst und den du einst in Wirklichkeit finden wirst. Du bist auserwählt den Gral zu hüten. Trauere nicht um Yvette! Der Hüter des Grals findet die Liebe nicht hier auf dieser Welt, sondern erst in jener anderen, wenn er eingeht ins Licht, von dem alles Leben kommt und zu dem alles Leben wieder zurückkehrt.«

Das Licht erlosch, der Gral verschwand. Parcival wachte auf. Er hörte sein Pferd leise schnauben, er hörte den Nachtwind im Laub rascheln und sah über sich die dunkle Krone des Baumes und den weiten schwarzen Himmel. So wirklich war dieser Traum gewesen, dass eine große Ruhe über ihn kam.

Er bestand noch viele Abenteuer und kam schließlich, wie er es versprochen hatte, nach Camelot. Als er die Festhalle betrat, erschien sein Name in goldenen Buchstaben auf einem der Stühle am Runden Tisch.

Parcival erzählte seine Abenteuer, erzählte, wie er im Wald aufgewachsen und dass sein Vater König Pellinore sei. Dann nahm er Urlaub und ritt in die Bergwildnis, wo seine Mutter lebte. Obwohl ihre Freude groß war, ihn wieder zu sehen, wollte sie nicht mit ihm zurück in die Welt der Ritter und Königshöfe, die ihr nichts als Leid gebracht hatte. Sie ging in ein Kloster, wurde Äbtissin und lebte dort in Ruhe und Frieden bis an ihr Ende.

Wie Königin Gwinever gefangen genommen wurde und wie Lanzelot den Spottnamen »Der Karrenritter« erhielt

Als wieder einmal Frühling geworden war, beschloss Königin Gwinever eines schönen Tages im Mai, mit ihren Herren und Damen ins Grüne zu ziehen und das Maifest zu feiern. Sie wählte zehn Ritter aus, darunter Agrawain und Mordred, die Brüder Gawains, Kay, Ironside und Brandiles, und trug ihnen auf sich für diesen Tag eine Dame zu erwählen, die Harnische daheim zu lassen und sich in hübsche Gewänder zu kleiden, wie es sich für das Maifest ziemte.

Es war eine fröhliche Gesellschaft, die aus Camelot auszog. Jeder Herr hatte seine Dame hinter sich auf dem Pferd, sie ritten lachend und plaudernd dahin, vergnügten sich mit Spielen und Liedern und stiegen immer wieder von den Pferden, um Blumen zu suchen und zu pflücken. Schließlich hielten sie auf einer Wiese an. Pagen breiteten Leinentücher aus und stellten die besten Getränke und Leckerbissen bereit. Spielmänner klimperten auf ihren Lauten. Weit in der Ferne, schimmernd in der warmen Luft, sah man die Dächer und Türme von Camelot. Amseln pfiffen mit den Sängern um die Wette. Die Damen flochten Blumenkränze und behängten ihre Helden damit und niemand dachte daran, dass dieser Tag nicht so fröhlich ausgehen könnte, wie er angefangen hatte.

Das heitere Treiben fand aber ein jähes Ende. Plötzlich tauchte am Waldrand ein Ritter in voller Rüstung auf, gefolgt von fünfzig Geharnischten und hundert Bogenschützen. Die Spielmänner ließen die Lauten sinken. Der fremde Ritter kam langsam herangeritten, zügelte vor der Königin sein Pferd und öffnete das Visier. Gwinever wurde blass. Der unerwartete Besucher war ein König namens Mellegranz, seit vielen Jahren ein erbitterter Feind des Hofes von Camelot, weil König Arthur bei einer Grenzstreitigkeit einmal zu seinen Ungunsten entschieden hatte.

Mellegranz blickte Gwinever hasserfüllt an. »Herrin, ich habe einst geschworen, dass König Arthur für seine ungerechte Entscheidung büßen soll. Der Himmel meint es heute gut mit mir! Niemand ist da, der Euch verteidigen kann, Ihr seid in meiner Hand. Ergebt Euch und folgt mir auf meine Burg. Dort will ich Euch und Euer Gefolge als Geiseln festhalten, bis Arthur das Urteil widerrufen hat.«

»Wollt Ihr ein Verräter werden, Herr Ritter?«,

antwortete Gwinever mit fester Stimme. »Wagt Ihr es, uns hier, angesichts der Stadt Camelot, Gewalt anzutun?«

»Lady, Ihr habt ausgesprochen, was ich tun werde«, antwortete Mellegranz.

Daraufhin zogen die zehn Ritter ihre Schwerter und warfen sich auf Mellegranz und seine Schar, obwohl sie nur leichte, festliche Kleider und keine Rüstungen trugen. Sie kämpften tapfer und eine Zeit lang sah es aus, als könnten sie die fünfzig in die Flucht schlagen. Schließlich aber gab es keinen, der nicht aus vielen Wunden blutete; Gwinever bekam Angst um das Leben ihrer Ritter und befahl ihnen sich zu ergeben. Gewappnete nahmen die Königin und ihr Gefolge in die Mitte und fort ging es, stundenlang auf geheimen, versteckten Seitenwegen, damit es keine Zeugen gab und niemand Gwinevers Entführung in Camelot melden konnte.

Als der Abend dämmerte, erreichte der Zug einen finsteren Wald. Auch hier ließ Mellegranz nicht anhalten. Bald war es stockfinster und man sah die Hand nicht mehr vor den Augen. Die ganze Zeit war ein junger Page, der Denneys hieß, neben der Königin geritten. In einem Augenblick, als gerade keiner ihrer Wächter sie hören konnte, flüsterte Gwinever ihm zu: »Denneys, versuche zu fliehen und hole Hilfe. Ich schicke dich ungern fort, aber mir bleibt kein anderer Ausweg. Möge Gott dich beschützen.«

Der Junge nickte nur. Er hielt sein Pferd ein wenig zurück, gab ihm dann jäh die Sporen und sprengte in die Dunkelheit hinein, bevor ihn einer der Wächter daran hindern konnte. Mellegranz schickte ihm eine Schar Bogenschützen nach und ritt an die Seite der Königin. »Lady, Ihr habt mich betrogen«, sagte er böse, »aber es nützt Euch nichts. Euer Page wird diesen Wald nicht lebend verlassen.«

Die Bogenschützen schwärmten aus. Der Himmel hatte sich mit Wolken überzogen, kein Stern schien und im Schutz der Dunkelheit gelang es Denneys, seinen Verfolgern zu entwischen. Er irrte die ganze Nacht durch den Wald. Bei jedem Laut zuckte er zusammen und fürchtete von einem wilden Tier oder von Mellegranz' Leuten angefallen zu werden. Nachtvögel schrien unheimlich. Bald war der Junge so erschöpft, dass er sich kaum mehr auf seinem Pferd halten konnte.

Endlich dämmerte der Morgen. Denneys fühlte sich schwach vor Hunger und hätte am liebsten geweint, weil er so allein und verlassen war. Aber Gott hatte Mitleid mit dem Jungen, er ließ ihn eine Hütte finden, in der ein Kuhhirte mit seiner Familie lebte. Die Leute nahmen ihn freundlich auf und gaben ihm zu essen und zu trinken. Denneys fasste wieder Mut und ritt weiter. Am Abend war er aber noch immer weit von Camelot entfernt, wusste auch den Weg dorthin nicht und hatte niemanden getroffen, den er um Hilfe bitten konnte. Schon wollte er wieder verzagt werden, als er das Läuten einer Glocke hörte, darauf zuritt und Licht durch die Bäume schimmern sah. Es war eine Einsiedelei, wie es zu jener Zeit viele in den Wäldern gab.

Denneys wollte kaum an sein Glück glauben, als er in der Hütte Lanzelot vom See traf, der dort zufällig Nachtquartier genommen hatte. Er fiel nieder, umklammerte die Knie des Ritters und erzählte weinend seine Geschichte. Als Lanzelot hörte, was der Königin und seinen Freunden widerfahren war, zog er sofort seine Rüstung an, dankte Denneys und machte sich auf den Weg zur Burg Mellegranz'.

Gegen Morgen kam er zu einem Bergbach, der ungestüm zwischen großen Felsbrocken dahinbrauste. Lanzelot suchte nach einer Furt und fand eine Brücke, die jedoch von fünfundzwanzig Bogenschützen verteidigt wurde. Von fünfundzwanzig Gegnern ließ sich Lanzelot nicht abhalten. Er stürmte im Galopp über die Brücke, und als die Bogenschützen an seinem weißen Schild mit den roten Querbalken erkannten, wer er war, flohen sie Hals über Kopf. Vorher schossen sie allerdings noch sämtliche Pfeile ab. Einer der Pfeile traf das Pferd so unglücklich, dass es tot zusammenbrach. Lanzelot blieb nichts anderes übrig als zu Fuß weiterzumarschieren, aber jemand, der vom Scheitel bis zur Sohle in schwerem Eisen steckt, ist ein schlechter Fußgänger. Nach einer Meile war Lanzelot zu Tode erschöpft und gänzlich außer Atem. Er rastete, stapfte wieder weiter und war mehr als einmal versucht die Rüstung fortzuwerfen, was ihm aber auch nicht viel geholfen hätte. Ohne Rüstung bestand zwar Hoffnung, das Ziel zu erreichen, aber dort wiederum keine Aussicht, den Kampf zu gewinnen.

Der Ritter befand sich nicht in bester Stimmung. Wie er in dieser Wildnis zu einem Pferd kommen sollte, das wusste der liebe Himmel! Endlich traf er einen Bauern, der auf seinem Karren, vor den ein klapperdürres Pferd gespannt war, Reisig heimführte.

»Guter Mann«, bat Lanzelot höflich, »mein Pferd wurde im Kampf getötet. Bringt mich in Eurem Karren irgendwohin, wo ich ein anderes bekommen kann.«

Der Reisigsammler starrte ihn mit offenem Mund an und dachte zuerst, der Ritter sei verrückt geworden. In jenen Tagen hielt man es nämlich für schandbar, wenn ein so hoher Herr wie Lanzelot auf einem Karren fuhr. Üblicherweise brachte man auf solchen Karren Diebsgesindel und andere Gesetzesbrecher und arme Teufel zum Galgen. Es war kein Wunder, dass der Mann sich weigerte den Ritter aufsteigen zu lassen und sich erst dann dazu herabließ, als Lanzelot ihm ein Goldstück versprach. So kam es, dass Lanzelot auf einem Karren zu einem ritterlichen Abenteuer fuhr. Er selbst dachte sich nichts dabei, denn ihm schien es keineswegs unrühmlich, wenn er dadurch seiner Königin helfen konnte.

Der Reisigsammler brachte ihn zu einer kleinen Stadt, weil er hoffte, dass der Burgherr dort seinem seltsamen Fahrgast weiterhelfen würde.

Auf einer Wiese vor den Stadtmauern vergnügten sich gerade eine Schar Damen und Herren beim Ballspiel und Lanzelot glaubte schon bald aus seiner misslichen Lage befreit zu werden. Kaum entdeckten ihn jedoch die Fräulein und Herren, als sie herbeigelaufen kamen, ihn zuerst fassungslos anstarrten und dann in lautes Gelächter ausbrachen. Der Burgherr, ein alter, würdiger Mann, eilte ebenfalls herbei. »Herr Ritter«, rief er ungehalten, »warum fahrt Ihr auf einem Karren, als wäret Ihr ein gemeiner Bursche, der zum Galgen geführt wird?«

»Ich fahre auf einem Karren, weil mir mein

Pferd hinterrücks erschossen wurde«, antwortete Lanzelot, »und weil ich eine Aufgabe vor mir habe, die ich erfüllen muss, und sonst nicht wüsste, wie ich an mein Ziel käme.«

Daraufhin lachten die Versammelten noch mehr als zuvor. Nur der Burgherr lachte nicht, sondern antwortete streng: »Herr Ritter, es gehört sich nicht, wenn einer Eures Standes auf diese Weise mit einem Karren fährt und sich zum Gelächter macht. Steigt herunter, und wenn Ihr Euch würdig zeigt, werde ich Euch ein Pferd geben.«

Zu diesem Zeitpunkt war aber Lanzelot schon so wütend über die lachende Gesellschaft, dass ihn die Aufforderung des Burgherrn, er müsse zuerst beweisen, ob er wert sei ein Pferd zu verdienen oder nicht, vollends um den Verstand brachte. »Herr«, antwortete er hochmütig, »ohne zu prahlen darf ich wohl behaupten, nicht geringer als einer Eurer Leute zu sein. Ich habe ein Abenteuer zu bestehen, das jedem Mann Ehre macht, ganz gleich, ob er auf einem Pferd sitzt oder auf einem Karren. Ich wollte Euch um ein Pferd bitten, aber da Ihr mich so unhöflich zurechtweist, will ich nichts mehr mit Euch zu tun haben. Und damit Ihr in Zukunft wisst, dass ritterliche Ehre nicht davon abhängt, ob einer ein Pferd hat oder nicht, schwöre ich, dass ich keines besteigen werde, bis meine Aufgabe erfüllt ist.«

Er befahl dem Reisigsammler weiterzufahren und saß so stolz auf seinem Karren, als ritte er auf einem prächtigen Pferd. Er verzog auch keine Miene, als die Bewohner der Stadt, durch deren Straßen er fahren musste, herbeiströmten und nicht genug Spott mit ihm treiben konnten.

Der Wagen rumpelte auf der holprigen Straße dahin. Lanzelot schien es eine Ewigkeit zu dauern, bis endlich die Burg Mellegranz' vor ihm auftauchte. Alle Knochen taten ihm vom langen Sitzen weh und er fühlte sich steif und ungelenk.

Gwinever und ihr Gefolge waren in einem Trakt der Burg untergebracht, von deren Fenstern aus man die Straße zur Zugbrücke überschauen konnte. Zufällig stand eines der Fräulein am Fenster, sah den Karren und den Ritter und brach wie die Bewohner der Stadt in Gelächter aus. »Lady, kommt her und seht!«, rief es. »Dort unten fährt ein Ritter auf einem Karren, als wäre er auf dem Weg zum Galgen.«

Die Königin und ihr Gefolge eilten an die Fenster. »Frau Gwinever« sagte Agrawain ungläubig, »ist das nicht Lanzelot vom See?«

»Redet keinen Unsinn!«, wies Kay ihn zurecht. »Lanzelot würde niemals wie ein gemeiner Dieb und Verbrecher auf einem Karren fahren.«

»Aber es ist sein weißer Schild mit den roten Querbalken! Ich kann sie deutlich sehen«, antwortete Agrawain.

Der Seneschall beugte sich aus dem Fenster, wollte seinen Augen nicht trauen und rief aus: »Was fällt ihm ein? Er muss verrückt geworden sein. Wie kann er auf einem Karren angefahren kommen, um die Königin zu retten? Welche

Schande! Und dabei ist er einer der besten Ritter der Tafelrunde! Alle Welt wird davon hören und jeder dumme Witzbold kann sich über König Arthur und seine Ritter lustig machen.«

»Herr Kay«, antwortete Gwinever, »es kümmert mich wenig, ob Lanzelot auf einem Karren fährt oder auf einem Pferd reitet. Er wird uns befreien, und wie er diese Tat zu Stande bringt, ist gleichgültig. Er braucht sich ihrer nicht zu schämen!«

Das brachte die Ritter zum Schweigen. Insgeheim schämte sich aber jeder für seinen Gefährten. Sie fragten sich, was in Lanzelot gefahren war, dass er sich kein Pferd verschaffte, wenn ihm schon eines fehlte, und ausgerechnet einen Karren als Fahrzeug benutzte. Herr Mordred, der in allem das Gegenteil seines ritterlichen Bruders Gawain war, nahm sich vor, die anderen gehörig gegen Lanzelot aufzubringen. Er war auf jedermann eifersüchtig, der auch nur ein bisschen Ruhm erhielt, und glaubte selbst der beste Ritter zu sein, ließ es aber an tapferen Taten fehlen, das zu beweisen.

Lanzelot wusste nichts von den frommen Wünschen Mordreds. Er stieg vor der Burg ab und forderte König Mellegranz auf, die Königin und ihr Gefolge freizugeben oder sich zum Zweikampf zu stellen. Trotz aller Großsprecherei war Mellegranz in Wirklichkeit ein jämmerlicher Feigling, und bei dem bloßen Gedanken, gegen einen solchen Ritter antreten zu müssen, schlotterten ihm die Knie. Er verfluchte seine Bogenschützen, die die Furt nicht besser bewacht hatten, und ließ Lanzelot melden, dass es für einen Zweikampf keinen Grund gebe. Sobald Arthur das umstrittene Stück Grenzland zurückgebe, werde Gwinever wieder frei sein.

»Hat dein Herr Angst, mit mir zu kämpfen?«, fragte Lanzelot den Boten. Als er keine Antwort erhielt, fuhr er fort: »Sage ihm, dass ich Schild und Helm ablegen und die Panzerschienen von meiner linken Seite lösen werde, wenn ihm das Mut macht. Dieser große Held scheint nicht mehr zu verstehen, als Frauen und unbewaffnete Ritter zu überfallen.«

Sobald Mellegranz hörte, dass Lanzelot sich ihm nur halb gepanzert stellen wollte, bekamen seine bleichen Wangen wieder Farbe. In seine Augen trat ein tückischer Glanz. »Ein Mann ohne Helm und Schild ist so gut wie tot«, sagte er sich und nahm die Herausforderung zum Zweikampf unter diesen Bedingungen an.

Er wappnete sich sorgfältig vom Kopf bis zu den Füßen, stürmte aus der Burg und wollte seinem Gegner mit einem mächtigen Hieb auf die linke, ungeschützte Seite das Lebenslicht ausblasen. Lanzelot drehte sich blitzschnell weg und parierte geschickt. Da der König die Wucht des Schlages nicht mehr abfangen konnte, verlor er das Gleichgewicht und stürzte nach vorne. Im nächsten Augenblick erhielt er einen Hieb auf den Helm, dass ihm schwarz vor den Augen wurde. Noch einmal schlug Lanzelot zu. Mellegranz fiel nieder und blieb im Gras liegen.

»Ich könnte dir den Kopf abschlagen, du Held«, murmelte Lanzelot, »aber nicht einmal das bist du wert.«

Es dauerte Stunden, bis Mellegranz wieder zu sich kam. Dann musste er zähneknirschend Unterwerfung schwören, und Lanzelot vom See, die Königin und ihr Gefolge zogen im Triumph nach Camelot.

Man sollte glauben, dass alles gut ausgegangen wäre, aber das Abenteuer hatte für Lanzelot keine erfreulichen Folgen. Als er nach dem Zweikampf Gwinever im Garten der Burg traf, hielt sich Mordred in einer Nische versteckt und sah, wie die beiden sich küssten.

Mordred hatte Gwinever und Lanzelot schon lange misstrauisch beobachtet; jetzt hatte er endlich den Beweis, dass die Königin untreu war. Er verlor keine Zeit und erzählte es flüsternd in ganz Camelot herum. Obwohl die meisten Herren am Hof nichts davon hören wollten und Gawain, Gaheris und Gareth ihn empört zurechtwiesen, gelang es ihm, seinen Bruder Agrawain zu beeinflussen. Später sollte aus dieser Geschichte viel Unglück für England entstehen.

Wenn auch die Herren taube Ohren für böses Gerede hatten, so verziehen sie Lanzelot doch nicht, dass er in einem Karren gefahren war. Sein Bruder Ektor und sein Vetter Lionel machten ihm heftige Vorwürfe. »Das war wirklich eine üble Sache«, sagte Ektor. »Du hättest dir doch leicht irgendwo ein Pferd besorgen können!«

»Ich sehe nicht ein, warum du dich in diese

Geschichte einmischst, Bruder«, antwortete Lanzelot zornig. »Was ich getan habe, geht nur mich etwas an und niemanden anders. In meinen Augen ist nur der unehrenhaft, der aus einem unehrenhaften Grund auf einem Karren fährt. Umgekehrt gewinnt ein Mann nicht dadurch Ehre, nur weil er zufällig auf einem Pferd sitzt. Habe ich mich nicht immer wie ein Ritter benommen?«

»Natürlich! Das bestreitet niemand«, versuchte ihn sein Vetter Lionel zu beschwichtigen. »Aber wir sind deine Verwandten und du darfst es uns nicht übel nehmen, wenn uns die Sache nahe geht. Weißt du denn nicht, dass man dich überall Karrenritter nennt, Spottlieder über dich singt und dich deswegen verachtet?«

Als Lanzelot dies hörte, kränkte er sich so sehr, dass er noch am gleichen Tag, ohne von jemand Abschied zu nehmen, Camelot verließ und auf Abenteuer auszog. Damit niemand erkennen konnte, wer er in Wirklichkeit war, überzog er seinen Schild mit weiß gegerbtem Leder und nannte sich Herr Malfait, das heißt »Der Ritter, der einen Fehler begangen hat«. Lange Zeit hörte man nichts von ihm und alle in Camelot waren in großer Sorge, besonders König Arthur, denn nach Gawain, seinem Lieblingsneffen, war er Lanzelot von allen seinen Rittern am meisten zugetan.

Wie Lanzelot den Drachen von Corbin erschlug und für Elaine, die Schöne, am Turnier von Astolat teilnahm, wie Gwinever eifersüchtig wurde und ihn aus Camelot fortjagte

Es trug sich zu, dass Lanzelot auf seiner Fahrt in eine Stadt kam, die Corbin hieß. Sie lag am Ufer eines klaren Flusses, das Land ringsum war fruchtbar und lieblich, die Kaufleute trieben Handel mit allen anderen Städten Englands und die Handwerker waren wegen ihrer Kunstfertigkeit überall angesehen. Die Bewohner von Corbin hätten also jeden Grund gehabt, glücklich zu sein, dennoch herrschte keine rechte Fröhlichkeit in der Stadt und die Menschen gingen mit bedrückten Mienen umher. Als Lanzelot nach dem Grund fragte, erfuhr er, dass mitten auf dem Marktplatz in einer unterirdischen Höhle ein Drache hauste. Höhle und Drache waren das Werk einer Zauberin, deren Zorn die Stadt einmal erregt hatte. Von Zeit zu Zeit, in den finstersten Nächten, kroch das Ungetüm hervor und verheerte die Stadt. Die Höhle war mit einem riesigen Steindeckel verschlossen. Auch den stärksten Männern war es bisher nicht gelungen, ihn zu heben, geschweige denn, dass jemand gewagt hätte mit dem Drachen zu kämpfen.

Kaum hörte Lanzelot diese Geschichte, als er auch schon entschlossen war das Untier zu töten. Er ritt zum Marktplatz, während sich alle Bewohner eilends in den Häusern versteckten, aber aus Spalten und Löchern hervorlugten. Da er einen Ring am Finger trug, den ihm die Dame vom See geschenkt hatte, fürchtete er keinen Zauber.

Tatsächlich gelang es ihm, den Deckel zu heben. Gleich darauf wünschte er sich, er hätte nicht auf die Macht seines Ringes vertraut und den Deckel auf dem Loch gelassen. Aus der finsteren Höhle kam ein schreckliches Geschöpf herausgeschossen, das einem Riesenwurm glich, Hunderte von krallenbesetzten Tatzen hatte und mit hörnernen Schuppen bedeckt war. Lanzelot sah sich einem Rachen mit drei Reihen spitzer Zähne gegenüber. Der Feueratem des Tieres roch nach Schwefel, stank fürchterlich und nahm ihm beinahe die Besinnung. Fliehen konnte er aber nicht mehr, also griff er den Drachen an; er mochte jedoch noch so sehr dreinhauen, die Schwertschneide prallte an den Schuppen ab.

Im Nu hatte ihn der Drache umklammert und fetzte mit Zähnen und Klauen ein Stück Panzerplatte nach der anderen ab. Lanzelot wurde vor Schmerz und Blutverlust fast bewusstlos und spürte, dass sein Ende nahe war. Mit letzter Kraft riss er sich los und stieß sein Schwert in den offenen Rachen. Als das hässliche Geschöpf rasend vor Wut brüllte, sich aufbäumte, zu Boden sank und sich wand, bemerkte er, dass es auf den Seiten nicht von Schuppen geschützt war. Wieder und immer wieder bohrte er die Klinge in die Weichteile, bis der Drache tot am Boden lag.

Die Bewohner von Corbin kamen aus ihren Schlupfwinkeln und brachen in lautes Jubelgeschrei aus. Lanzelot hörte es nicht. Er war mehr tot als lebendig, ihm wurde schwarz vor den Augen und dann wusste er nichts mehr. Als er wieder zu sich kam, lag er in einer prächtigen Kammer. Neben seinem Bett saß das schönste Mädchen, das er je gesehen hatte. Ihr blondes Haar glänzte wie Seide, ihre Augen waren klar wie ein Bergsee, ihr Mund war rot wie Korallen und ihre Zähne glichen Perlen.

Es war Elaine, genannt die Schöne, die Tochter König Pelles' von Corbin. Nachdem Pelles erfahren hatte, dass der Drache von einem fremden Ritter getötet worden war, ließ er den Verwundeten auf sein Schloss bringen. Elaine und Brysen, ihre Kammerfrau, hatten es sich nicht nehmen lassen, ihn zu pflegen und zu betreuen. Als Lanzelot wieder bei Bewusstsein war, schickte Elaine nach ihrem Vater. Er eilte sofort herbei, dankte dem Fremden und wollte seinen Namen wissen. Lanzelot gab sich nicht zu erkennen und sagte, dass er seinen wahren Namen verschweigen müsse und sich Herr Malfait nenne. König Pelles lud ihn ein an seinem Hof zu bleiben und Lanzelot nahm dieses Angebot gerne an. Obwohl seine Wunden bald verheilt waren, dauerte es doch fast ein ganzes Jahr, bis er wieder im Besitz seiner alten Kraft war. Er fühlte sich glücklich am Hof des Königs von Corbin, schloss Freundschaft mit Elaine und ihrem Bruder Lavaine und verbrachte in der

Gesellschaft der beiden jungen Leute viele angenehme Stunden. Elaine war ebenso gut wie schön und zum ersten Mal bedauerte es Lanzelot, dass sein Herz Lady Gwinever gehörte.

Dieses ganze Jahr wusste niemand in Camelot, was aus Lanzelot geworden war. Es geschah aber, dass König Arthur ein großes Turnier ausrief, zu dem alle Ritter des Landes geladen waren. Das Turnier sollte in der Stadt Astolat am Tag von Maria Himmelfahrt stattfinden. Auch König Pelles zog mit seinen Rittern und seinem Hof dorthin.

Lanzelot musste wohl oder übel mit, obwohl er keine Lust dazu hatte, da er fürchtete, von einem seiner Freunde erkannt zu werden. Er hatte die erlittene Kränkung noch immer nicht vergessen und glaubte seine Ehre verloren zu haben. In Astolat nahm König Pelles im Haus eines vornehmen Verwandten Quartier. Eines Abends saß Lanzelot im Garten und dachte niedergeschlagen an das Turnier. Elaine, die wohl gemerkt hatte, dass ihn etwas bedrückte, kam ihm nach, setzte sich zu ihm und wollte wissen, was ihm am Herzen läge.

»Fräulein Elaine«, gestand er, »ich nenne mich Ritter Malfait, weil meine Freunde und Verwandten glauben, ich hätte etwas getan, das ein rechter Ritter nicht tun sollte. Ich will sie erst dann wieder treffen, wenn sie eingesehen haben, dass sie mir Unrecht tun. Bei dem Turnier werden aber viele Herren sein, die mich kennen. Es darf Euch daher nicht wundern, wenn ich keine rechte Freude daran habe.«

Elaine dachte eine Weile nach. »Herr Ritter, wenn ich an Eurer Stelle wäre«, sagte sie, »würde ich eine andere Rüstung anziehen und den eigenen Schild daheim lassen. Wer sollte Euch dann erkennen? Der Sohn unseres Gastgebers ist krank«, fuhr sie eifrig fort, als sie merkte, dass Lanzelot ihrem Rat nicht abgeneigt war. »Er ist gerade so groß wie Ihr und er leiht Euch bestimmt seinen Harnisch und seinen Schild.«

»Elaine, Ihr seid eine gute Freundin!«, rief Lanzelot.

Sie schaute ihn von der Seite an, sah weg, warf ihm wieder einen Blick zu und sagte schließlich scheu: »Ihr würdet mich sehr glücklich machen, wenn Ihr in das Turnier zieht und dabei meine Schleife tragt.«

»Elaine, das habe ich noch für keine Dame getan«, antwortete Lanzelot und sagte die Wahrheit, da er immer nur für Gwinever gefochten hatte und von ihr kein Zeichen tragen durfte. »Aber ich kann Euch keine Bitte abschlagen. Bringt mir Eure Schleife! Ich werde sie tragen.«

Elaine sprang auf, klatschte in die Hände und rief fröhlich: »Dann bin ich beim Turnier jene Dame, die am meisten beneidet wird!«

Am Morgen des Turniers wappnete sich Lanzelot mit der fremden Rüstung und vertraute seine eigene Elaine an. Bevor er sich verabschiedete, wand er sich ihre Schleife – ein purpurrotes, mit Perlen besticktes Band – um den Helm. Dann ritt er mit Lavaine zum Turnierfeld. Als sie dort ankamen, hatte sich rund um die Wiese schon eine große Menschenmenge versammelt, Fürsten und Damen, Ritter und Fräulein, Knappen, Bürger, Kaufleute, Bauern und Volk vom Lande. Alle waren festlich gekleidet und ein farbenprächtigeres Bild konnte man sich nicht vorstellen. Es gab ein großes Gedränge und fröhlichen Lärm, bis jeder seinen Platz gefunden hatte. Schließlich erschienen König Arthur und Gwinever, für die eine geschmückte Tribüne errichtet worden war. Neben Arthur saß Gawain, der an diesem Tag zusammen mit dem König als Schiedsrichter dem Kampfspiel vorstand.

Auf der einen Seite des Turnierplatzes hatten die Könige von Schottland und Irland und die Ritter der Tafelrunde Aufstellung genommen, auf der anderen die Könige von Northumberland und Nordwales und ihre Gefolgsleute.

Ein Trompetenstoß des Herolds eröffnete den Kampf. Die zwei Scharen ritten in vollem Galopp aufeinander los, ein Schauspiel, das die Zuschauer so sehr in Bann schlug, dass selbst das leiseste Flüstern in ihren Reihen erstarb. Die Rüstungen funkelten und blitzten im Sonnenlicht, die bunten Wimpel an den Lanzen flatterten, die Erde dröhnte unter den Hufen der Pferde. Der Anprall war gewaltig. Lanzenspitzen schlugen gegen Schilde, Schäfte splitterten, Pferde brachen in die Knie und mancher Ritter wurde schon beim ersten Gang aus dem Sattel geschleudert. Staub stieg wie eine Wolke auf; die Schreie der Ritter und das Wiehern der Pferde übertönten den Kampfeslärm.

Am Rande des Turnierplatzes, im Schatten hoher Bäume, saßen Lanzelot und Lavaine auf ihren Pferden und sahen dem Kampf zu. Der junge Ritter brannte darauf, mit dabei zu sein, aber Lanzelot zögerte noch immer. Er konnte sich nicht dazu entschließen, auf der Seite seiner Freunde zu kämpfen, und noch weniger konnte er sich dazu entschließen, gegen sie zu reiten. Schließlich sah es aus, als würden die Ritter der Tafelrunde als Sieger hervorgehen. Die Schar der Könige von Northumberland und Nordwales war schon gegen die Barriere am Ende des Feldes zurückgedrängt worden und hielt nur noch mühsam stand.

»Herr, seht doch, wie die Ritter der Tafelrunde kämpfen!«, rief Lavaine begeistert. »Ich wollte, wir wären auf ihrer Seite!«

Lanzelot blickte seinen Gefährten an. »Nein! Wir helfen den Schwächeren!«, schrie er, gab seinem Pferd die Sporen und sprengte auf das Feld. Er stürzte sich ins ärgste Kampfgetümmel, stieß Kay aus dem Sattel und gleich darauf noch fünf weitere Ritter der Tafelrunde. Lavaine wollte ihm nicht nachstehen und hob zwei Gegner aus dem Sattel. Die unterlegene Partei fasste wieder Mut und begann mit erneutem Eifer den Kampf. Beim sechsten Ritter splitterte Lanzelots Spieß. Er holte sich von einem Knappen einen neuen und seine nächsten Opfer waren Agrawain, Gaheris und Mordred. Nur Gareth wich er aus, er war ihm so zugetan, dass er es nicht übers Herz brachte, ihn aus dem Sattel zu stechen.

Als die Zuschauer sahen, welche Wundertaten der Ritter mit der roten Schleife auf dem Helm vollbrachte, fing ein wahrer Begeisterungssturm an. Elaine weinte und lachte zugleich und wusste sich vor Freude kaum zu fassen.

»Das ist der beste Kämpfer, den es an diesem Tag gibt«, rief Arthur. »Ich möchte wissen, wer er ist!«

»Herr«, sagte Gawain begeistert, »ich würde um jeden Preis wetten, dass es Lanzelot vom See ist, aber er kann es nicht sein. Dieser Ritter trägt das Zeichen einer Dame und die ganze Welt weiß, dass Lanzelot das niemals täte.«

Da schon so viele Ritter dem Fremden unterlegen waren, schlossen sich die Männer der Lanzelot-Sippe zusammen, um die Ehre der Tafelrunde zu retten. Ektor und seine Vettern Lionel und Bors ritten gemeinsam gegen ihn an und brachten sein Pferd zu Fall. Dabei barst Lanzelots Schild und Bors' Lanze drang durch die Rüstung tief in seine Seite. Der Schaft brach ab, die Spitze blieb stecken. Einen Augenblick war Lanzelot in Gefahr, von den Hufen der Pferde niedergetrampelt zu werden, Lavaine stellte sich jedoch schützend vor ihn, bis er wieder im Sattel saß. Der rasende Schmerz machte ihn toll. Er wusste nicht mehr, was er tat, zog sein Schwert, stand in den Bügeln auf und schlug wütend um sich. Lionel und Bors stürzten. Als Ektor ihnen zu Hilfe kommen wollte, versetzte er ihm einen gewaltigen Streich. Zu diesem Zeitpunkt hatte ihn jede Vernunft verlassen, er war wie wahnsinnig. Ektor sank halb bewusstlos vornüber aufs Pferd. Er riss ihm den Helm vom Kopf und hob das Schwert zum Todesstreich. Plötzlich erkannte er seinen Bruder, kam wieder zu sich und schaute entsetzt in das weiße, blutbefleckte Gesicht. »Mein Gott, was habe ich getan!«, schrie er, wandte sein Pferd und sprengte von der Turnierwiese ohne sich auch nur einmal umzusehen.

Lavaine folgte ihm sofort nach. Er hatte ihn nicht aus den Augen gelassen und gesehen, dass er schwer verwundet war.

Als die Herolde mit Trompetenstößen das Ende des Turniers verkündeten und den fremden Ritter mit der Purpurschleife zum Sieger des Tages ausriefen, suchte man vergeblich nach ihm. Lanzelot hatte Astolat verlassen und war in den angrenzenden Wald geritten. Nur Lavaine begleitete ihn. Schließlich konnte sich Lanzelot nicht mehr länger im Sattel halten. Sein Freund half ihm herunter und bettete ihn unter der mächtigen Krone eines alten Baumes ins Moos. Als Lavaine die Rüstung aufschnürte, sah er zu seinem Entsetzen die abgebrochene Lanzenspitze in Lanzelots Seite stecken.

»Lavaine, um Christi Willen«, stöhnte Lanzelot, »zieh mir das Eisen heraus. Ich komme um vor Schmerzen.«

»Herr! Herr!«, rief Lavaine und weinte vor Mitleid. »Das wage ich nicht. Ich würde Euch töten!«

Lanzelot bat aber so lange, bis Lavaine nachgab und die Spitze herauszog. Ein Strom von

Blut schoss aus der Wunde. Lanzelot wurde weiß wie ein Leichentuch und verlor das Bewusstsein. Der junge Ritter wurde ebenfalls totenblass, weil er glaubte seinen Freund getötet zu haben. Als er jedoch die Hand auf Lanzelots Brust legte, spürte er, dass das Herz noch schlug. So gut es ging, stillte er das Blut und wollte schon das Pferd besteigen und nach Astolat um Hilfe reiten, als ihm einfiel, dass in diesem Wald ein Einsiedler lebte, der in dem Ruf stand, die schlimmsten Wunden heilen zu können. Er fällte ein paar gerade gewachsene junge Bäumchen, machte mit Hilfe seines Mantels eine Tragbahre, band sie zwischen den zwei Pferden fest und legte Lanzelot behutsam darauf. Dann führte er die Pferde vorsichtig weiter.

Die Nacht war schon hereingebrochen, als sich endlich vor ihm eine Lichtung öffnete, auf der eine einfache Hütte und eine kleine, aus rohen Steinen gemauerte Kapelle standen. Ein alter, weißhaariger Mann in einer Kutte öffnete. Lanzelot hatte die ganze Zeit das Bewusstsein nicht wiedererlangt. Der Einsiedler verlor keine Zeit mit unnützen Fragen, bettete ihn auf sein eigenes Lager, flößte ihm einen Saft aus Heilkräutern ein und versorgte die Wunde. Gegen Morgen erwachte Lanzelot aus seiner tiefen Bewusstlosigkeit. Es stand aber noch immer sehr schlecht um ihn. Lavaine wich keinen Augenblick von seiner Seite und wagte nicht, ihn zu verlassen und nach Astolat zu reiten, um seinem Vater und Elaine zu berichten, was geschehen war.

In Astolat begannen sich inzwischen verschiedene Leute um den fremden Ritter Sorgen zu machen. Als Lanzelot fortgeritten war, hielt es Elaine nicht länger am Turnierfeld aus. Sie brach sofort mit ihrem Vater auf, weil sie glaubte, dass Lavaine und Lanzelot im Haus ihres Gastgebers Zuflucht gesucht hätten.

Auch König Arthur beunruhigte das plötzliche Verschwinden des Turniersiegers. Ihm wollte der Gedanke nicht aus dem Kopf, dass nur ein Ritter in seinem Reich so zu fechten verstünde wie der Fremde, nämlich Herr Lanzelot. Er bat Gawain nach dem Ritter mit der roten Schleife zu suchen und ihm beizustehen, wenn er Hilfe brauchte.

»Herr, Ihr denkt das Gleiche wie ich«, antwortete Gawain. »Wüsste ich nicht, dass Lanzelot nie das Zeichen einer Dame trägt, so schwörte ich, er sei es!«

Nun war es wie so oft: Es gab nur einen Menschen in Camelot, der keine Ahnung hatte, wie es um Gwinever und Lanzelot stand, und das war König Arthur selbst. »Neffe«, sagte er daher fröhlich, »ich hielt es immer für jammerschade, dass Lanzelot nicht ans Heiraten denkt. Wenn endlich eine Frau seine Gunst gefunden hat, sollten wir uns alle darüber freuen.«

»Niemand würde sich mehr freuen als ich!«, antwortete Gawain und fügte im Stillen hinzu: »Wollte Gott, es wäre so! Nur kann ich es nicht glauben.«

Da der fremde Ritter der Gefährte Lavaines gewesen war, erkundigte sich Gawain, in welchem Haus König Pelles Quartier genommen hatte, und eilte sofort dahin. Er fand Pelles und Elaine ganz verstört vor. Als Gawain wissen wollte, wer der Fremde sei, antwortete Elaine, sie wisse seinen Namen nicht. Er habe sich Ritter Malfait genannt, aber seinen wahren Namen und Stand verschwiegen.

Gawain dachte nach. »Dann muss ich die Dame suchen, deren Schleife er getragen hat«, sagte er schließlich. »Sie wird wissen, wer er ist.«

»Es war meine Schleife«, gestand Elaine.

»Wie? Er trug Eure Schleife und Ihr wisst nicht einmal seinen Namen?«, fragte Gawain ungläubig.

»Nein, Herr, er hat ihn mir nie verraten. Bevor er aber ins Turnier zog, übergab er mir seine Rüstung und seinen Schild. Wenn Ihr wollt, werde ich Euch den Schild zeigen. Er trägt kein Wappen und ist mit Leder überzogen.«

Sie schickte ihre Diener um den Schild. Gawain entfernte den Überzug und sah die wohl bekannten roten Schrägbalken vor sich. »Ich dachte es mir!«, rief er aus. »Fräulein, dieser Schild gehört niemandem anders als Herrn Lanzelot! Ich weiß einen Mann, der sehr traurig sein wird, wenn er das erfährt, nämlich Bors, sein Vetter, der ihn verwundet hat.«

Als Elaine hörte, dass ihr Ritter kein Geringerer war als Lanzelot vom See, wusste sie nicht, wie ihr zu Mute war. Einmal schien ihr, in ganz England gäbe es kein Mädchen, das so glücklich sei wie sie. Im nächsten Augenblick glaubte sie, niemand könne unglücklicher sein, denn sie wusste nur zu gut, dass Lanzelot geschworen hatte nie im Leben einer Frau anzugehören.

Sobald Gawain wieder am Hof König Arthurs war und Gwinever erfuhr, wer der fremde Ritter gewesen war, glaubte sie vor Wut und Scham zu sterben. Sie rief sofort Bors zu sich, der von der ganzen Sippe Lanzelot am meisten zugetan war.

»Was hat Euer Vetter getan?«, empfing sie ihn nicht gerade freundlich. »Hat man jemals von einem Ritter gehört, der einer Frau Treue schwor und dann die Schleife einer anderen im Turnier trug? Schande über Lanzelot!«

»Herrin, kein Mann würde wagen, mir das ins Gesicht zu sagen«, antwortete Bors, »aber Ihr seid eine Frau und so will ich es nicht gehört haben. Warum sollte Lanzelot nicht die Schleife eines so schönen und guten Fräuleins tragen, wie es Elaine, die Tochter des Königs von Corbin, ist? Ein solcher Dienst kann Euch nicht beleidigen. Vergesst nicht, dass Ihr die Frau unseres Königs seid!«

Gwinever stampfte zornig mit dem Fuß auf und rief: »Schweigt! Lanzelot hat mir Treue geschworen und er hat mich nicht gebeten, dass ich ihn freigebe. Ich befehle Euch ihn zu suchen und sofort herbeizuholen, damit er mir Rede und Antwort steht.«

»Es steht mir schlecht an, mit Euch zu streiten, Königin«, antwortete Bors, »denn ich war es, der ihn unwissentlich schwer verletzt hat. Ich werde ihn suchen und zu Euch bringen.«

Er verließ Astolat. Gwinever schloss sich in ihre Kammer ein und wollte niemanden sehen.

Nicht nur Bors begab sich auf die Suche. Kaum hatte Gawain Elaine verlassen, als sie zu ihrem Vater eilte und ihn um Erlaubnis bat Lanzelot zu suchen.

»Es ist höchst ungehörig, dass ein Mädchen auszieht wie ein Ritter, der Abenteuer sucht«, antwortete König Pelles.

»Vater, erlaubt es mir!«, rief Elaine. »Wenn Ihr es mir abschlagt, werde ich Astolat heimlich verlassen. Ich kann nicht leben, wenn ich nicht weiß, was ihm widerfahren ist. Vielleicht liegt er im Sterben!«

König Pelles hatte schon lange gemerkt, wie es um seine Tochter stand; er wusste, dass er sie nicht zurückhalten konnte, gab seine Einwilligung und wählte sieben Ritter und sieben Fräulein zu ihrer Begleitung und zu ihrem Schutz aus. Elaine verließ Astolat. Weil sie gesehen hatte, dass Lanzelot und Lavaine in den Wald geflüchtet waren, der an das Turnierfeld grenzte, befahl sie ihren Rittern dorthin zu reiten. Bald waren sie so tief drinnen in der Wildnis, dass ihre sieben Fräulein sich zu fürchten begannen und umkehren wollten. Davon wollte Elaine aber nichts wissen. Die kleine Schar zog kreuz und quer durchs Dickicht ohne eine Spur der beiden Gesuchten zu entdecken. Schließlich kam ihnen ein Zufall zu Hilfe. Sie begegneten einem Holzfäller, der beobachtet hatte, wie ein Ritter einen Verwundeten zu der Einsiedelei im Wald von Astolat gebracht hatte. Elaine ritt mit ihren Fräulein und Rittern dorthin. Als sie in die Hütte kam, fand sie Lanzelot auf dem Bett des Einsiedlers liegen. Sein Gesicht war eingefallen und blass, er glich mehr einem Toten als einem Lebenden.

Elaine trat an sein Lager, kniete nieder und weinte. Nach einer Weile öffnete Lanzelot die Augen. Als er sah, wer gekommen war, lächelte er.

»Seid Ihr es, Elaine?«, fragte er.

»Ja, Herr, ich bin es«, antwortete sie.

»Woher kommt Ihr?«

»Aus Astolat.«

»Habt Ihr mich gesucht, Elaine?«

»Ja, Lanzelot.«

»Warum habt Ihr meinetwegen so große Mühe auf Euch genommen?«

Sie senkte den Kopf. »Herr, Ihr wisst den Grund.«

Eine Weile schwieg Lanzelot, dann seufzte er und sagte: »Elaine, Gott weiß, dass ich ein armer Mensch bin. Ich bräuchte nur die Hand auszustrecken nach meinem Glück, so nahe ist es, und doch kann ich es nicht tun. Ich habe meine Treue einer versprochen, die mir niemals mehr sein wird, als sie jetzt ist. Sie ist mein Schicksal, und ob es nun recht oder unrecht ist, ich kann es nicht ändern.«

»Lanzelot, ich habe Mitleid mit Euch, aber auch mit mir«, antwortete Elaine. »Gott möge sich unser erbarmen.«

Und er sagte: »Ja, möge Gott sich unser erbarmen.«

Elaine kehrte nicht nach Astolat zurück, sondern blieb mit ihren Rittern und Fräulein im Wald. Sie schlugen Zelte unter den Bäumen auf und in diesen Tagen war Elaine fast immer bei Lanzelot. Es schien ihr, als gäbe es außer ihm und ihr nichts anderes auf der Welt.

Sobald er sein Lager verlassen konnte, zogen sie gemeinsam nach Corbin, obwohl er noch immer so schwach wie ein Kind war. König Pelles empfing sie mit großer Freude. Nicht lange danach erschien Bors in Corbin und überbrachte Lanzelot den Befehl Gwinevers. Als Lanzelot keine Antwort gab, sagte Bors: »Ich sehe kein Unrecht darin, wenn du hier bleibst, Lanzelot. Ich befehle dir nicht nach Camelot zu gehen, ich überbringe dir nur den Befehl einer anderen.«

»Gingest du nach Camelot, wenn du an meiner Stelle wärst, Bors?«, fragte Lanzelot.

»Wer kann dir da raten? Du musst es selbst wissen!«

Wieder schwieg Lanzelot. »Nein, ich kann nicht gehen!«, rief er schließlich. »Du weißt, dass ich Gwinever immer lieben werde. Gott helfe mir! Aber ich fühle mich für dieses Mädchen hier verantwortlich und bringe es nicht über mich, sie unglücklich zu machen. Ich bitte dich, Bors, verlass mich sofort! Wenn du länger hier bleibst, werde ich solche Sehnsucht nach Camelot bekommen, dass nichts mehr mich zurückhält.«

Bors reiste noch am gleichen Tag ab, Lanzelot blieb in Corbin. Von diesem Tag an war er oft schweigsam und bedrückt. Elaine konnte es nicht ertragen, ihn unglücklich zu sehen. Als sie ihn einmal im Garten traf, wo er in trübsinnige Gedanken versunken saß, sagte sie: »Herr, ich weiß, woran Ihr denkt!«

»Woher wollt Ihr das wissen, Fräulein Elaine?«

»Ihr sehnt Euch nach Camelot.«

»Und wenn es auch so ist, ich werde hier bleiben.«

Elaine schaute ihn lange an und sie lächelte, obwohl ihr nicht fröhlich zu Mute war. »Nein, Lanzelot, Ihr sollt nicht hier bleiben. Geht nach Camelot! Ich merke wohl, wie bedrückt Ihr seid, seitdem Herr Bors uns verlassen hat.«

»Wollt Ihr wirklich, dass ich gehe?«

»Ja.«

Lanzelot wandte sein Gesicht ab. Er wusste, dass es ihn verraten würde, und er wollte nicht, dass Elaine seine Freude sah. »Ich werde gehen«, sagte er. »Aber ich komme wieder!«

Dann schwiegen beide. Schließlich legte Elaine ihre Hand auf die seine. »Lanzelot?«

Er wandte sich jäh um und rief: »Elaine! Befehlt mir, dass ich bleibe, und ich werde nicht fortgehen.«

Und sie sagte: »Nein, das darf ich Euch nicht befehlen. Das könntet nur Ihr selbst tun.«

Nicht lange danach reiste Lanzelot von Corbin ab. Als er Camelot erreichte, verbreitete sich die Kunde von seinem Kommen in Windeseile und großer Jubel herrschte, aber er sprach mit niemandem, sondern begab sich sofort zur Königin, trat vor sie hin und sagte: »Herrin, da bin ich!«

»Was führt Euch her?«, fragte Gwinever und sah ihn kalt an.

»Ihr habt es befohlen, Gwinever! Ihr wisst sehr gut, dass Euer Wort über mich Gewalt hat.«

»Lanzelot«, rief Gwinever leidenschaftlich, »ich habe Euch einen Boten gesandt, aber Ihr befandet es nicht für nötig, meinem Wort zu gehorchen. Jetzt ist es mir gleichgültig, ob Ihr da seid oder nicht da seid. Tut nur in Zukunft, was immer Ihr wollt, es geht mich nichts an. Ich will nichts mehr mit Euch zu tun haben.«

»Herrin, warum seid Ihr so hart?«, rief Lanzelot bitter. »Habt Ihr kein freundliches Wort für mich? Euretwegen habe ich meine Pflichten einer anderen Frau gegenüber vergessen. Euretwegen verzichte ich auf Glück und Frieden.«

»Ach, Herr Ritter, von welcher Dame redet Ihr? Ist es wahr, dass Ihr die Schleife der Tochter des Königs von Corbin getragen habt?«

»Ja, es ist wahr.«

»Schön, Herr Ritter«, rief Gwinever vor Eifersucht und Zorn bebend, »ich merke, wie es um Euch steht. Wisst Ihr nicht, dass es unritterlich und unehrenhaft ist, einer Dame die Treue zu schwören und gleichzeitig das Zeichen einer anderen zu tragen? Aber was kann man schon von einem erwarten, der in einem Henkerskarren auf Ritterfahrt auszieht? Nein, Herr Lanzelot, zwischen Euch und mir ist es aus! Geht fort und lasst Euch nie wieder sehen!«

Im nächsten Augenblick bereute sie bitter, was sie gesagt hatte, aber sie konnte es nicht wieder ungesprochen machen. Sie brachte kein Wort heraus und sah Lanzelot wie betäubt vor Schrecken an.

Die Adern traten auf seiner Stirn hervor. Er wankte, griff sich an die Kehle, als müsste er ersticken, und starrte Gwinever an wie einer, der seiner Sinne nicht mehr mächtig ist. Dann lief er zum Erker und sprang aus dem Fenster hinunter in den Hof, wo er schwer niederstürzte.

Da fand Gwinever die Sprache wieder und rief verzweifelt: »Holt ihn zurück! Holt ihn sofort zurück!« Die Diener liefen ihm nach, kamen aber zu spät. Lanzelot hatte sich aufgerafft, aufs Pferd geschwungen und war davongaloppiert.

Sobald Ektor, Lionel und Bors erfuhren, was geschehen war, eilten sie zu Gwinever, um im Namen ihrer Sippe von ihr Rechenschaft zu fordern. Als sie die Kammer der Königin betraten, fanden sie Gwinever weinend auf ihrem Bett und brauchten ihr keine Vorwürfe mehr zu machen. Das tat sie selbst, sie verfluchte sich und ihren Zorn und ihre Eifersucht.

»Ihr Herren«, sagte sie schließlich, »ich bitte Euch nicht mir zu vergeben, denn ich sehe, dass Euch nicht danach zu Mute ist. Wäre Lanzelot hier, ich würde ihn um Vergebung bitten und er würde sie mir gewähren. Aber als Eure Königin, der Ihr Gehorsam schuldig seid, befehle ich

Euch Camelot zu verlassen, Lanzelot zu suchen und wieder zurückzubringen.

So begann die große Suche nach Lanzelot, die lange Jahre dauern sollte und in deren Verlauf die Ritter viele Abenteuer bestanden. Zuerst verließen Ektor, Lionel und Bors den Hof und bald darauf brachen auf Wunsch Arthurs auch Gawain, Iwain und Parcival auf.

Wie Lanzelot als Wahnsinniger in den Wäldern lebte, wie er nach Corbin kam und dort geheilt wurde

Nachdem Lanzelot die Königin verlassen hatte, ritt er davon, als gälte es das Leben, als könnte er damit sich selbst und seiner Verzweiflung entfliehen. Funken stoben unter den Hufen seines Pferdes auf, es war ihm gleichgültig, wohin es ihn führte. Er erreichte die dunklen Schatten des Waldes und stürmte hinein, dass die Zweige seinen Körper peitschten, immer weiter und weiter, bis sein Pferd schweißbedeckt und nahe am Zusammenbrechen war. Noch immer hielt er es nicht an. Es wurde Nacht, sein müdes Pferd stolperte mit gesenktem Kopf vorwärts. Als der Morgen graute, kam er zu der Hütte des Einsiedlers, der ihn nach dem Turnier von Astolat aufgenommen hatte. Lanzelot sprang vom

Pferd, taumelte in die Hütte, schaute irr um sich und rief mit rauer Stimme: »Gott schütze mich!« Dann stürzte er zu Boden.

Der Einsiedler eilte erschrocken herbei. Er schnürte ihm die Rüstung auf, zog ihm das Waffenhemd aus und bettete ihn auf sein Lager. Dort lag Lanzelot den ganzen Tag ohne sich zu bewegen. Erst gegen Abend öffnete er die Augen. »Wo bin ich?«, fragte er.

»Ihr seid bei mir«, antwortete der Einsiedler. »Was fehlt Euch, Herr?«

Lanzelot gab keine Antwort, sondern schaute ihn nur seltsam an. »Ich weiß nicht, was geschehen ist«, murmelte er.

Da begriff der Einsiedler, dass der Ritter nicht bei sich war. »Wollt Ihr nicht etwas essen, Herr?«, fragte er mitleidig.

»Ja, gib mir zu essen«, antwortete Lanzelot.

Der Einsiedler brachte Milch, Früchte, Brot und Honig. Lanzelot aß gierig. »Ich bin so müde«, sagte er nachher, streckte sich aus und schlief sofort ein. Der alte Mann blieb ratlos und bedrückt neben seinem Lager sitzen, wusste nicht, was er tun sollte, und glaubte noch nie einen Ritter in einer so traurigen Verfassung gesehen zu haben.

Mitten in der Nacht nickte der Einsiedler ein. Bald danach erwachte Lanzelot und sah im düsteren Licht des halb erloschenen Feuers einen Mann neben sich sitzen. Er erschrak, erhob sich leise, schlich aus der Hütte und floh ins Dickicht wie ein scheues Tier, das die Menschen fürchtet.

Von dieser Zeit an hielt er sich in den Wäldern verborgen. Er hatte vergessen, wer er war; er wusste nicht mehr, was sich in Camelot zugetragen hatte, und auch aus seinem früheren Leben war ihm keine Erinnerung geblieben.

Er aß die wilden Früchte des Waldes, trank aus den Quellen und fristete damit sein Leben. Seine Kleider waren von Dornranken zerrissen und fielen ihm in Fetzen vom Leib. Haupthaar und Bart wucherten wild und ungepflegt, nichts mehr an ihm verriet, dass er einstmals ein Ritter gewesen war. Halb nackt und zottig und hager glich er keinem Menschen mehr, sondern einem hungrigen Wolf aus den Wäldern.

Manchmal geschah es, dass ein Reisender, der durch den Wald zog, ihn flüchtig erblickte, wie er durch das Dickicht huschte. Weit und breit wurde viel von dem Wilden Mann aus den Wäldern geredet und die Leute begannen jene Gebiete zu meiden, in denen er gesichtet worden war.

Bei seinem Herumirren kam Lanzelot in einen Wald, in dem ein wilder Eber hauste. Dieser Eber wurde von allen Menschen rundum gefürchtet, er verheerte die Felder der Bauern und richtete überall großen Schaden an. Die Kunde davon drang bis nach Camelot. Arthur beschloss mit seinen Rittern auf die Jagd zu ziehen und das Land von dem Untier zu befreien. Auf der Jagd wurde er von seinen Begleitern getrennt und sah sich plötzlich dem Eber allein gegenüber. Der Eber schäumte vor Wut und suchte vergeblich die Meute der Hunde abzuschütteln, die ihn bellend umringte. Als Arthur den Spieß einlegte und sein Pferd antrieb, stürzte sich der Eber auf den neuen Angreifer. Das Pferd scheute und die Lanze verfehlte ihr Ziel. In der nächsten Sekunde fiel es der Eber mit seinen mächtigen Hauern an, es stürzte und begrub den König halb unter sich.

Um Arthur hätte es schlecht gestanden, wäre nicht Lanzelot zufällig ganz in der Nähe gewesen. Er kam herbei, angelockt vom Gebell der Hunde, sah den schäumenden Eber und den Mann unter dem Pferd und floh zum ersten Mal nicht vor einem Menschen. Er lief hin, riss Arthur das Schwert aus der Scheide und griff den Eber an ohne zu wissen, warum er es tat. Bevor er das Tier mit einem mächtigen Hieb tötete, zerfetzte es ihm den Schenkel, so dass er vor Schmerz fast besinnungslos wurde. In diesem Augenblick tauchte das Gefolge des Königs auf. In seinem Wahnsinn glaubte er, dass sie es waren, die ihn verwundet hatten, und stürzte sich auf sie. Die Ritter hoben sofort ihre Spieße, doch Arthur rief: »Tut ihm nichts zu Leide! Er hat mein Leben gerettet!«

Sie senkten die Lanzen und waren drauf und dran, vor dem wilden Wesen die Flucht zu ergreifen, wenn sie es nicht angreifen durften. Lanzelot rettete sie aus dieser Verlegenheit. Die Kräfte verließen ihn, seine Beine knickten ein und er sank bewusstlos nieder. Arthur und sein Gefolge traten scheu hinzu und schauten auf ihn nieder, aber sie erkannten ihn nicht. Nichts mehr erinnerte an den einstmals so strahlenden Ritter der Tafelrunde.

Als sie jedoch sahen, dass er einen mächtigen Körper hatte, der von vielen Narben bedeckt war wie bei einem oft im Kampf verwundeten Ritter, fühlten sie Mitleid. Sie wollten gerade eine Tragbahre machen, als er aus seiner Bewusstlosigkeit erwachte, Menschen um sich sah und die alte Angst ihn wieder packte. Bevor ihn einer hindern konnte, war er aufgesprungen und ins undurchdringliche Dickicht geflohen. Dort verbarg er sich, bis die Nacht anbrach. Obwohl er dem Tod näher war als dem Leben und der Wahnsinn ihn überschattete, trieb ihn doch etwas Unerklärliches nach Corbin, als wüsste er, dass er dort Heilung finden würde.

Er brach auf und wanderte viele Tage, und Gott allein weiß, wie es möglich war, dass er den Weg fand und unterwegs nicht vor Schwäche zu Grunde ging. Eines Morgens, als der Tag gerade dämmerte, kam er nach Corbin. Er schritt durch das Tor und ging langsam und unter großen Schmerzen durch die Straßen der Stadt, in der noch alle Menschen im Schlaf lagen. So kam er zum Marktplatz, wo er einst den Drachen getötet hatte, und setzte sich auf den Stein über der Höhle. Wie er dort saß, überkam ihn eine dumpfe Ahnung von früheren Zeiten, da er kein Wilder Mann aus den Wäldern, sondern ein Ritter gewesen war, und er weinte.

Als die Bewohner der Stadt aufwachten, sahen sie mitten auf dem Marktplatz einen Mann sitzen, der halb nackt und fast verhungert war und mit scheuen Blicken umherschaute wie ein Wolf, den die Not aus den Wäldern getrieben hat. Immer mehr Neugierige strömten herbei und drängten sich um den Stein, auf dem Lanzelot saß. Sie lachten und spotteten über ihn und wussten nicht, dass es jener war, der den Drachen getötet und sie aus großer Not errettet hatte. Schließlich warfen sie Steine auf ihn und trieben ihn durch die Straßen der Stadt. Lanzelot floh zur Burg. Bevor er das Tor erreichte, traf ihn ein Stein so unglücklich am Kopf, dass er bewusstlos niederfiel. Die Bewohner von Corbin zeigten daraufhin nicht übel Lust, den Wilden

Mann zu töten; die Schlosswache hatte jedoch Mitleid mit ihm und verjagte die Menge.

Zufällig stand Elaine an ihrem Erker und sah, wie die Schlosswache einen verwundeten, halb nackten Mann in den Hof trug. Als ihr Blick auf das Gesicht des Fremden fiel, wankte sie und konnte sich nur mit Mühe aufrecht halten. Ihre Hofdame Brysen, die sie aufgezogen hatte, da ihre Mutter früh gestorben war, eilte zu ihr und fragte besorgt: »Was ist dir, Kind? Warum bist du so bleich?«

»Brysen«, flüsterte Elaine, »dort unten ist Lanzelot! O mein Gott, sieh doch! Er ist fast verhungert und voller Wunden.«

»Du träumst, Kind«, antwortete Brysen. »Dieser Mann da ist nicht Herr Lanzelot, sondern ein armer Wahnsinniger, den die Stadtbewohner gesteinigt haben.«

»Nein! Nein!«, rief Elaine. »Er ist es! Bring mich zu ihm! Sonst werde auch ich verrückt.«

Brysen sah, dass Elaine halb außer sich war, nahm sie an der Hand und ging mit ihr in den Hof hinunter, wo die Wache Lanzelot auf ein Strohlager gebettet hatte. Elaine kniete nieder, beugte sich über ihn und betrachtete lange sein Gesicht. Ihr Atem ging schneller und schneller. Sie hob Lanzelots Hand auf, sah den Ring an seinem Finger, den ihm die Dame vom See gegeben hatte, fing zu weinen an und rief mit lauter Stimme: »Er ist es!« Sie presste seine Hand an ihren Mund und küsste sie immer und immer wieder.

Dann sprang sie auf, zog den Schleier vor ihr Gesicht, damit die Wache, die neugierig herumstand, ihre Tränen nicht sehen konnte, und lief zu ihrem Vater. Als König Pelles am Lager des Wilden Mannes aus den Wäldern stand und den Ring am Finger erblickte, wusste er, dass seine Tochter sich nicht geirrt hatte. Er ließ den Ritter in die beste Kammer des Schlosses bringen und schickte sofort nach seinem Wundarzt.

Drei Tage und drei Nächte lang lag Lanzelot in einer tiefen Bewusstlosigkeit, als hätte er bereits die Grenze zwischen Leben und Tod überschritten. Am vierten Tag kam er zu sich. Sein Verstand war klar, der Wahnsinn hatte ihn verlassen, er war wieder er selbst.

In der Kammer befanden sich König Pelles, der Wundarzt, Brysen und Elaine. Lanzelot blickte auf. »Wo bin ich?«, fragte er mit schwacher Stimme.

»Herr, Ihr seid bei jenen, die Euch lieben, und wo Euch nichts Böses mehr geschehen kann«, antwortete Elaine.

»Elaine, was war mit mir?«

»Ihr seid schwer verwundet und dem Tod nahe gewesen.«

»Elaine, war ich verrückt?«, fragte er.

Als sie keine Antwort gab, fragte er noch einmal: »War ich verrückt?« Worauf König Pelles antwortete: »Ja, Herr Lanzelot!«

Lanzelot stöhnte und bedeckte sein Gesicht mit den Händen. »O mein Gott, welche Schande!«

»Keine Schande, Herr!«, sagte Elaine. »Nur ein

großes Unglück! Und es ist vorbei und vergessen.«

»Elaine, ich habe keine Ehre und keine Hoffnung mehr«, antwortete Lanzelot. »Es sei denn, ich könnte das alles durch Euch wieder zurückerhalten.«

»Ihr habt Eure Ehre nie verloren. Und was die Hoffnung betrifft, so will ich sie Euch gerne geben, wenn es in meiner Macht steht.«

König Pelles versicherte ihm, dass nur er, seine Tochter, die Dame Brysen und der Arzt wüssten, was geschehen sei, und dass keiner von ihnen auch nur ein Wort verraten würde. So kam es, dass niemand in Camelot von seinem Wahnsinn und seiner Heilung erfuhr. Er selbst wusste nicht, dass auf Gwinevers Bitte sein Bruder und zwei Vettern nach ihm suchten, wusste auch nicht, dass König Arthur noch drei andere Ritter zu dem gleichen Zweck ausgesandt hatte.

Die Wochen vergingen, Lanzelot wurde bald so kräftig, dass er aufstehen und ein wenig umhergehen konnte. Eines Tages, als er und Elaine im Burggarten saßen, sagte er: »Herrin, Ihr habt Grund, mich zu hassen.«

Sie schaute ihn an und lächelte. »Warum sollte ich Euch hassen, Lanzelot?«

Eine Weile schwieg er, dann fuhr er fort: »Elaine, du weißt, wie es um mich steht. Willst du mich nehmen, wie ich bin?«

»Ja, ich will es, Lanzelot«, antwortete sie.

Als Lanzelot vollkommen gesund war, heirateten er und Elaine. König Pelles gab ihnen die

Burg Blayne, die auf einer lieblichen Insel inmitten eines Sees lag. Lanzelot nannte sie die »Frohe Insel« und dieser Name blieb ihr fortan.

Wie Iwain das Abenteuer des Brunnens bestand, die Dame Lesolie heiratete, sie vergaß und in Camelot gedemütigt wurde

Vivien war Arthur nie wohlgesinnt gewesen. Nachdem sie ihm Merlin, den besten und weisesten aller Ratgeber, verzaubert hatte, konnte sie nicht davon lassen, hin und wieder, wenn sich eine Gelegenheit ergab, einem Ritter der Tafelrunde übel mitzuspielen. Als Iwain auf der Suche nach Lanzelot zufällig in ihr Zauberschloss geriet, nahm sie sich sofort vor, ihn auf ein Abenteuer zu schicken, das er nicht bestehen konnte. Dann wollte sie sich im ganzen Land über die Ritter der Tafelrunde lustig machen.

Sie empfing Iwain freundlich. Als er merkte, auf wessen Schloss er gekommen war, wollte er sich gleich wieder verabschieden. Er wusste nur zu gut, dass man dieser Dame nicht trauen durfte. So leicht ließ sich aber Vivien nicht um ihr Vergnügen bringen. Sie fing an die Ritter aus Camelot und insbesondere Herrn Iwain zu verspotten und behauptete mit seiner viel gerühmten Tapferkeit sei es nicht weit her. Sie wisse genau, warum er davonlaufen wolle. Hier in der Nähe gebe es ein Abenteuer zu bestehen, das aber andere Helden verlange, als man am Hof von Camelot finden könne.

Was blieb Iwain übrig als zu erklären dieses Abenteuer auf sich zu nehmen, um die Ehre der Tafelrunde zu retten. Er forderte Vivien auf ihm Bescheid zu geben.

»Reitet durch diesen Wald«, antwortete Vivien, »bis Ihr zu einer Wiese kommt, in deren Mitte eine große Linde steht, die das ganze Jahr belaubt ist. Unter dieser Linde ist ein mit Steinen eingefasster Brunnen. Daneben werdet Ihr eine Marmorplatte sehen und an einem Ast der Linde hängt eine goldene Schüssel an einer silbernen Kette. Falls Ihr genug Mut habt, was ich bezweifle, dann schöpft mit dieser Schüssel Wasser aus dem Brunnen und gießt es über die Marmorplatte. Nachher werdet Ihr schon sehen, was geschieht. Allerdings rate ich Euch die Sache sein zu lassen. Es ist kein Abenteuer für die trefflichen Ritter der Tafelrunde.«

Iwain unterdrückte das heftige Verlangen, Vivien an ihrem schönen Haar zu packen und zu schütteln, dankte für den Rat und ritt davon, obwohl er nicht die geringste Lust auf dieses Abenteuer verspürte.

Der Pfad, den ihm Vivien gewiesen hatte, führte durch einen Wald. Als die Bäume sich lichteten, sah er vor sich ein weites Tal liegen. Es war ein Tag im Frühling. Die Vögel sangen in den blühenden Bäumen, auf den Feldern wuchs die junge Saat, die Wiesen waren bunt von Blumen. Inmitten des Tales stand eine alte, riesige Linde, die einen Brunnen beschattete. Iwain ritt hin und fand alles so, wie Vivien erzählt hatte. Er nahm die goldene Schale, schöpfte Wasser aus dem Brunnen und goss es auf die Marmorplatte. Im nächsten Augenblick bebte die Erde. Dunkle Wolken überzogen den Himmel und es wurde stockfinster. Ein plötzlich einsetzender Sturm peitschte die Äste der Linde und fegte Iwain fast vom Pferd. Regen strömte sintflutartig hernieder.

Das Unwetter dauerte aber nur kurze Zeit. Der Regen hörte auf, die Wolken verzogen sich, die Sonne schien wieder. Eine Schar kleiner roter Vögel flog daher und ließ sich in den Zweigen des Baumes nieder; sie sangen so süß, dass Iwain ihnen wie verzaubert zuhörte. Gleich darauf vernahm er Hufschlag. Über die Wiesen kam ein Ritter auf ihn zugaloppiert. Der Ritter saß auf einem schwarzen Pferd, trug eine schwarze Rüstung und einen schwarzen Schild; der Rossharnisch war schwarz und der kleine Wimpel an der Lanze ebenfalls. Vor der Linde hielt der Fremde an. »Herr Ritter, warum seid Ihr hergekommen?«, rief er. »Was habt Ihr bei diesem Brunnen zu suchen? Durch Eure Schuld wurde das Land hier verwüstet, Ihr habt meinen Untertanen großen Schaden zugefügt. Nun müsst Ihr dafür zahlen! Bereitet Euch auf den Kampf vor.«

»Herr, ich wusste nicht, dass ich jemandem

schaden würde, wenn ich Wasser auf diesen Stein gieße«, antwortete Iwain. »Trotzdem bin ich bereit mit Euch zu kämpfen, wenn Ihr es wollt.«

Er schloss sein Visier. Schon beim ersten Treffen splitterten die Lanzen, die beiden warfen die gebrochenen Schäfte fort und kämpften mit den Schwertern weiter. Eine Weile sah es aus, als ob keiner dem anderen überlegen wäre, bis Iwain schließlich zornig wurde. Er stand in den Steigbügeln auf und versetzte seinem Gegner einen gewaltigen Streich. Die Schneide drang durch den Helm, der Schwarze Ritter schwankte, ließ den Schild fallen und klammerte sich mit beiden Händen an den Sattelknopf.

Iwain erschrak und senkte das Schwert. Er hatte in der Hitze des Kampfes stärker zugeschlagen, als er wollte. »Herr Ritter«, rief er, »ich fürchte, ich habe Euch schwer verwundet. Vergebt mir, das wollte ich nicht. Lasst uns Frieden schließen, und dann will ich Eure Wunde versorgen.«

Der Schwarze Ritter gab keine Antwort, riss das Pferd herum und floh. Sobald Iwain sich von seinem Erstaunen erholt hatte, gab er seinem Pferd ebenfalls die Sporen. Immer wieder rief er dem Flüchtigen zu doch stehen zu bleiben. Der andere trieb jedes Mal sein Pferd nur schneller an. Im Eifer der Verfolgung merkte Iwain zuerst gar nicht, dass sie sich einer Stadt näherten, die von einer prächtigen Burg mit vielen Türmen und steilen Dächern überragt wurde. Die Mauern der Stadt waren schwarz

von Menschen. Iwain wurde sich dessen erst bewusst, als sie schon sehr nahe waren.

Das Pferd des Schwarzen Ritters donnerte über die Zugbrücke, Iwain folgte dicht hinter ihm nach. Als der Schwarze Ritter das Stadttor erreichte, wurde das Fallgatter hochgezogen und im nächsten Augenblick wieder fallen gelassen. Das schwere Eisen zerschmetterte die Kruppe von Iwains Pferd. Es verendete sofort, der Ritter wurde aus dem Sattel geschleudert und blieb bewusstlos liegen.

Als er wieder zu sich kam, war kein Mensch mehr zu sehen. Neben ihm lag das tote Pferd. Benommen richtete er sich auf und blickte um sich. Er saß wie in einem Käfig zwischen dem Fallgatter und dem inneren Stadttor fest, konnte weder hinaus noch hinein. Im Tor befand sich eine kleine vergitterte Pforte, er stand auf und spähte durch die Eisenstäbe. Es musste eine wohlhabende Stadt sein. Die Straßen waren gepflastert, die bunt bemalten Häuser hatten spitze, reich verzierte Giebel. In den Läden der Kaufleute waren die vielfältigsten Waren zur Schau gestellt. Nicht weit entfernt, auf einem viereckigen, gepflasterten Platz, drängte sich eine große Schar Menschen. Zuerst verhielten sie sich ganz still, dann brachen sie plötzlich in lautes Klagen aus. Bestimmt haben sie jetzt erfahren, dass der Schwarze Ritter im Sterben liegt, dachte Iwain niedergeschlagen. Die Vorstellung, schuld am Tod eines tapferen Mannes zu sein, bedrückte ihn. Außerdem stand es auch für ihn schlecht. Er war ein Gefangener zwischen den Stadtmauern und ihm blieb nichts anderes übrig als zu warten, bis die Bewohner der Stadt kamen um den Tod des Ritters zu rächen.

Während er in trübe Gedanken versunken dastand, eilte ein junges Edelfräulein mit langen blonden Zöpfen zum Tor, blieb vor der Pforte stehen und betrachtete ihn mitleidig.

»Fräulein, warum kommt Ihr hierher?«, fragte Iwain. »Wollt Ihr einen armen Gefangenen sehen, der auf seinen Tod wartet?«

»Herr Ritter«, antwortete das Fräulein, »ich kam her, weil Ihr mir Leid tut.«

»Dafür danke ich Euch, Fräulein. Aber noch dankbarer wäre ich Euch, wenn Ihr mir helfen könntet von hier lebend zu entkommen.«

Das Fräulein gab keine Antwort und zog nur die Stirn kraus. »Warum habt Ihr unseren Herrn fast erschlagen?«, fragte es nach einer Weile. »Er hat doch nur das Land und seine Bewohner verteidigt!«

»Ich wollte niemandem Böses antun«, antwortete Iwain bedrückt, »weder Eurem Land noch dem Ritter. Ich wusste nicht, was geschehen würde, wenn ich Wasser aus dem Brunnen schöpfte. Auch Euren Herrn wollte ich nicht töten. Er forderte mich zum Kampf auf und in der Hitze des Streites schlug ich härter zu, als ich beabsichtigte. Sobald ich merkte, was ich getan hatte, wollte ich ihm beistehen, aber er floh. So kam es, dass ich hier ein Gefangener wurde.«

»Wie heißt Ihr, Herr, und woher kommt Ihr?«

»Ich bin ein Ritter der Tafelrunde und heiße Iwain. Mein Vater ist König Urien von Gore.«

Noch immer betrachtete ihn das Fräulein nachdenklich. »Unsere Männer werden bald kommen und Euch töten«, sagte es. »Aber es wäre schade, wenn ein solcher Held umkommen sollte. Ich habe keinen Schlüssel und kann die Pforte nicht aufschließen. Für Euch kämpfen kann ich auch nicht, denn uns Frauen lehrt man nicht, wie man das Schwert führt. Es würde auch nicht viel nützen. So ist es ein Glück, dass ich eine Frau bin und kein Mann. Ich weiß ein besseres Mittel. Seht Ihr hier meinen Ring? Ich bekam ihn von meinem Vater, der ihn wiederum von Merlin erhielt, und wenn ich Euch das sage, werdet Ihr schon wissen, dass es ein besonderer

Ring ist. Tragt ihn mit dem Stein nach innen! Dann seid Ihr unsichtbar und könnt aus der Pforte schlüpfen, sobald man sie öffnet. Nachher kommt in den Garten der Burg. Ich werde dort sein und Euch erwarten. Legt mir die Hand auf die Schulter, damit ich weiß, dass Ihr da seid. Ich will Euch verbergen, bis alle Gefahr vorüber ist.«

»Fräulein, ich weiß nicht, wie ich Euch danken soll! Wie heißt Ihr?«

»Eloise. Da! Beeilt Euch!«

Sie reichte ihm den Ring durch die Eisenstäbe, er steckte ihn mit dem Stein nach innen an den Finger und wurde unsichtbar. Gerade zur rechten Zeit! Mehr als sechzig Männer kamen, mit Schwertern und Spießen bewaffnet, heranmarschiert. Eloise lief davon. Die Männer öffneten das Tor, fanden aber nur das tote Pferd zwischen den Mauern und keinen Ritter. Daraufhin fingen sie ein großes Geschrei an, eilten dahin und dorthin und schauten in jeden Winkel, während Iwain unsichtbar durch ihre Reihen schritt und in die Stadt entkam. Er ging durch die Straßen und niemand sah ihn. Im Burggarten fand er Eloise auf einer Bank sitzen. Als er ihr die Hand auf die Schulter legte, lächelte sie, stand auf und schritt ihm voran in die Burg. Sie führte ihn eine steile Wendeltreppe hinauf bis zu einer kleinen Kammer. Dort hatte sie Wein und Essen und ein Becken mit Wasser bereitgestellt. Iwain gab ihr den Ring zurück, wusch sich und aß und trank. Danach fragte er: »Fräulein Eloise, warum seid Ihr so freundlich zu mir?«

»Ich werde schon einen Grund dafür haben!«

»Mein ganzes Leben lang will ich Euch dankbar sein. Aber sagt mir jetzt bitte, welches Geheimnis es mit dem Brunnen auf sich hat.«

Eloise erzählte ihm, dass der Brunnen ein Werk der Zauberin Vivien sei, die gegen Lesolie, die Herrin der Burg, eine alte Feindschaft hegte. Nun, da Lesolies Mann sicherlich bald sterben müsse, sei der Brunnen ohne Wächter.

Iwain bedauerte seine Tat noch mehr als vorher. Nachdem Eloise ihn verlassen hatte, verbrachte er eine unruhige Nacht auf dem einfachen Lager in der kleinen Dachkammer. Am Morgen weckte ihn Glockengeläute und feierliches Singen. Er hatte sich kaum angekleidet, als Eloise erschien und berichtete, der Herr der Stadt sei in der Nacht gestorben und werde in die Kirche getragen. Iwain trat ans Fenster und schaute hinunter. Er sah den Zug der Trauernden, den Priester, die Chorknaben mit Kerzen in den Händen, den Ritter auf der Bahre und dahinter eine schöne Frau mit aufgelöstem, rotblondem Haar. Sie trug keinen Schmuck.

»Wer ist das?«, fragte Iwain.

»Es ist Lesolie, deren Mann Ihr erschlagen habt.«

Iwain konnte den Blick nicht von ihr abwenden, bis der Trauerzug in der Kirche verschwunden war. »Fräulein Eloise«, sagte er dann, »ich wollte diesen Ritter nicht töten. Gott möge mir verzeihen! Jetzt, da ich die Frau gesehen habe, die ich zur Witwe machte, weiß ich erst, was ich getan habe. Ich liebe sie. Ich wünschte, ich könnte ihr den Mann ersetzen, den ich ihr genommen habe. Jedenfalls werde ich keine andere Frau heiraten als sie.«

»Da müsst Ihr vermutlich ledig bleiben. Welche Frau heiratet schon den Mörder ihres Mannes?«

Als Iwain schwieg, fuhr Eloise fort: »Liebt Ihr sie wirklich, Herr Ritter?«

»Ja«, antwortete Iwain.

»Ich sagte, dass ich einen Grund hatte, Euch zu retten. Der Brunnen braucht einen Hüter und Ihr habt mir gleich von Anfang an gefallen. Wartet hier! Ich werde tun, was in meiner Macht steht.«

Sie verließ Iwain und ging zu ihrer Herrin, die in ihrer Kammer auf dem Bett lag und weinte. »Lady, seid guten Mutes!«, sagte Eloise.

Lesolie schaute empört auf. »Solche Worte stehen dir schlecht an, Eloise«, erwiderte sie ungehalten. »Ich hätte nicht gedacht, dass du so herzlos sein kannst.«

»Unseren Herrn bringt Ihr mit Tränen nicht zurück«, antwortete Eloise ruhig, »Weinen und Klagen hat noch nie jemandem geholfen. Ihr braucht einen Beschützer für den Brunnen und solltet darüber nachdenken, was jetzt zu tun ist, sonst steht es übel um unsere Leute.«

»Das weiß ich selbst«, entgegnete Lesolie erbittert. »Aber was soll ich tun?«

»Es gibt einen Ausweg. Heiratet wieder, und zwar einen so tapferen Ritter wie Euren toten Herrn.«

Nun wurde Lesolie wirklich zornig und befahl ihrer Freundin sofort wegzugehen und sich nicht mehr blicken zu lassen. Kaum hatte aber Eloise die Tür hinter sich zugemacht, als sie ihr nachrief und wissen wollte, warum sie auf diese Weise zu ihr gesprochen hatte.

»Herrin, hier in der Burg befindet sich einer, der Euch liebt«, antwortete Eloise. »Es ist Herr Iwain, der Sohn König Uriens von Gore. Einen besseren Ritter findet Ihr im ganzen Land nicht. An Eurer Stelle würde ich lieber ihn nehmen als einen anderen Mann.«

Lesolie sah ihr Fräulein forschend an. »Wieso ist ein so berühmter Ritter in meiner Burg und ich weiß nichts davon?«

»Er kam erst an diesem Morgen«, sagte Eloise rasch.

Lesolie presste die Lippen ungläubig aufeinander, befahl aber Eloise den Ritter zu holen. Es dauerte nicht lange, da beugte Iwain das Knie vor ihr. Lesolie betrachtete ihn misstrauisch.

»Eloise, wie kommt es, dass jemand, der nach einer langen Fahrt hier eingetroffen ist, so frisch und ausgeruht ist?«, fragte sie. »Und wie kommt es ferner, dass dieser Ritter hier die gleiche Rüstung trägt wie jener, der meinen Herrn erschlug? Man hat mir Rüstung und Schild genau beschrieben und die Beschreibung passt sehr gut auf diesen da.«

»Herrin, Ihr habt die Wahrheit erraten«, sagte Iwain. »Ich bin es, der Euch dieses Leid zugefügt hat.«

Die Augen der Dame blitzten. »Ihr gebt es zu und wagt vor mich hinzutreten und von Liebe zu reden!«

»Soll ich mit einer Lüge Euer Vertrauen erschwindeln? Ich wollte Euch kein Leid zufügen, ich handelte nur so, wie man es von uns Rittern erwartet. Man hat uns zum Kampf erzogen und ist stolz auf unsere Tapferkeit. Wenn das Schicksal es gewollt hätte, läge ich tot da und Euer Mann wäre am Leben.«

»Wisst Ihr nicht, dass ich Euch töten lassen kann?«, fragte Lesolie.

»Ich weiß es.«

»Wenn ich nun meinen Dienern befehle Euer Leben zu nehmen, was werdet Ihr dann tun?«

»Mich Eurem Willen fügen.«

»Ihr habt gesagt, dass Ihr Euch schuldlos am Tod meines Herrn fühlt. Warum wollt Ihr dann mein Urteil annehmen?«

Iwain sah sie lange an. »Mein Herz treibt mich dazu«, sagte er.

»Wie soll ich das verstehen, Herr Ritter? Was treibt Euer Herz?«

»Meine Augen, Lady Lesolie.«

»Und was treibt Eure Augen?«

»Eure Schönheit.«

»Was hat meine Schönheit damit zu tun?«

»Herrin, sie macht, dass ich Euch liebe.«

»Ihr seid ein seltsamer Mensch, Herr Ritter, und Ihr führt seltsame Reden«, antwortete Lesolie.

»Wenn ich einen Fehler gemacht habe, will

ich es wieder gutmachen. Und wie könnte es besser geschehen als dadurch, dass ich die Pflichten des Mannes übernehme, dessen Tod ich verschuldet habe?«

»Wollt Ihr meinen Brunnen schützen und mit jedem kämpfen, der sich ihm nähert?«

»Ja, Lesolie«, sagte Iwain.

Er blieb auf der Burg. Nach einiger Zeit entdeckte Lesolie, dass auch sie ihn liebte, und wieder nach einiger Zeit heirateten die beiden. Sie waren glücklich und wünschten sich nichts anderes als immer beisammen zu sein. Nachdem aber ein Jahr vergangen war, dachte Iwain immer öfter an Camelot, an seine Gefährten und an den vermissten Lanzelot. Es geschah, dass er manchmal in Gedanken versank und kaum merkte, was rund um ihn vorging. Als Lesolie eines Tages nach dem Grund fragte, gestand er Sehnsucht nach Camelot und nach seinen Freunden zu haben und bat um Urlaub.

»Du wirst mich dort vergessen!«, antwortete Lesolie.

»Das wird nie der Fall sein, du weißt es!«, beteuerte Iwain.

Lesolie ließ ihn ziehen, trug ihm aber auf, nicht zu lange fortzubleiben. Am Tag seiner Abreise verfiel sie in trübe Vorahnungen, schloss sich in ihre Kammer ein und nicht einmal Eloise konnte sie aufheitern.

Davon wusste Iwain nichts. Wieder war es Frühling. Er ritt fröhlich auf seinem Pferd durch die blühenden Wiesen, vorbei am Brunnen und durch den düsteren Wald. Ohne Mühe fand er den Pfad, den Vivien ihm einst gewiesen hatte, und als er den Saum des Waldes erreichte, sah er das Zauberschloss vor sich liegen. Er beschloss hinzureiten und Vivien zur Verantwortung zu ziehen. Vivien erriet, was er im Sinne hatte, und nahm sich vor, ihn mit ihren Zauberkünsten zu umgarnen. Iwain war viel zu redlich, um diese verschlagene und schlaue Dame zu durchschauen. Es fiel Vivien leicht, ihn zu täuschen. Schon nach kurzer Zeit glaubte er alles, was sie sagte, und fragte sich, ob die vielen bösen Dinge, die man über sie erzählte, auch der Wahrheit entsprächen. Vivien beklagte die Feindschaft mit der Tafelrunde und bereute aus ganzem Herzen die Sache mit dem Brunnen. Sie versprach den Zauber zu lösen und in Zukunft jedem Ritter aus Camelot aufs Freundlichste gesinnt zu sein. Als Zeichen und Unterpfand dieser neuen Freundschaft schenkte sie Iwain einen Ring. Er sollte ihn immer tragen und nie vom Finger nehmen.

Es war aber ein Ring des Vergessens. Kaum hatte Iwain ihn angesteckt, als er nichts mehr von der Dame des Brunnens wusste; er hatte Eloise vergessen und das Jahr auf der Burg, vergessen auch den Kampf mit dem Ritter des Brunnens. Er schaute Vivien an, als wäre er aus tiefem Schlaf erwacht. »Herrin, mir ist, als hätte ich gerade eben etwas geträumt, aber ich weiß nicht mehr, was es war.«

Vivien lachte. »Träume sind nicht wichtig,

mein lieber Herr Ritter. Reitet jetzt nach Camelot! Nehmt aber den Ring nie vom Finger, er ist das Pfand unserer Freundschaft.«

In Camelot entdeckte Iwain, dass er über ein Jahr fortgewesen war, obwohl er glaubte, nur wenige Wochen seien in der Zwischenzeit vergangen. Er konnte sich das nicht erklären und zerbrach sich vergeblich den Kopf darüber. Da er fürchtete von seinen Freunden für verrückt gehalten zu werden, wenn er zugab ein Jahr seines Lebens vergessen zu haben, antwortete er nur ausweichend auf alle Fragen, die sie ihm stellten. Lanzelot war noch immer nicht gefunden. Iwain beschloss später wieder auf die Suche zu gehen.

Eines Tages im frühen Sommer, als die Damen und Herren des Hofes gerade in der Halle versammelt saßen, trat ein fremdes Fräulein ein. Sie war sehr hübsch, hatte blondes Haar und trug einen goldenen Reifen um die Stirn. Ein reich besticktes gelbes Seidenkleid fiel bis zu ihren Knöcheln hinab. Es war Eloise. Sie beugte das Knie vor Arthur. Als er fragte, was ihr Wunsch sei, antwortete sie: »Sagt mir bitte, ob Ritter Iwain in Camelot ist.«

»Fräulein, dort sitzt er!«, antwortete Arthur. Eloises Augen blitzten. Sie trat vor Iwain und rief: »Herr, ich klage Euch an ein treuloser und falscher Ritter zu sein.«

Iwain blickte sie erstaunt an, erkannte sie nicht und fragte verwundert: »Wer seid Ihr, Fräulein? Warum macht Ihr mir Vorwürfe?«

»Ihr wisst sehr wohl, wer ich bin«, antwortete Eloise und lachte verächtlich.

Er betrachtete sie lange und forschend. »Ich kenne Euch nicht«, antwortete er endlich.

»Als Ihr gefangen wart, habt Ihr mich gekannt«, sagte Eloise bitter. »Aber damals seid Ihr in Lebensgefahr gewesen! Jetzt lasst Ihr es Euch am Königshof gut gehen und erinnert Euch nicht mehr an jemanden, der so unbedeutend ist wie ich, mag er auch einmal Euer Leben gerettet haben. Das könnte ich vergeben, nicht vergeben kann ich, dass Ihr meine Herrin vergessen habt. Wo sind nun Eure Treueschwüre? Mein Herr, Ihr habt ein kurzes Gedächtnis!«

»Ich verstehe nicht, was Ihr wollt!«, rief Iwain gequält.

Eloise trat dicht zu ihm, nahm seine Hand und sagte: »Seht mich an! Kennt Ihr mich wirklich nicht?«

»Nein, ich kenne Euch nicht«, antwortete Iwain bedrückt.

Darauf schlug Eloise ihm mit ihrem rechten Handschuh so kräftig ins Gesicht, dass ein roter Streifen zurückblieb. Iwain wehrte sich nicht, er schaute sie noch immer wie traumverloren an und sagte nur: »Fräulein, wäret Ihr ein Mann, Ihr müsstet mir für diesen Streich mit Eurem Leben bezahlen.«

Eloise lachte laut auf. Sie verließ die Halle, bestieg ihr Pferd und ritt davon. Iwain blieb reglos auf seinem Platz sitzen, den Kopf auf die Brust gesenkt, als hätte ihm jemand einen tödlichen Hieb versetzt.

»Neffe, wer war dieses Fräulein?«, wollte König Arthur wissen.

Iwain hob den Kopf. »Ich weiß es nicht, Herr! Ich kann mich nicht erinnern sie jemals gesehen zu haben.«

Arthur gab keine Antwort. Die Herren in der Halle saßen zuerst schweigend da, dann steckten sie die Köpfe flüsternd zusammen und warfen zwischendurch immer wieder Blicke auf Iwain. Was sollten sie von ihm halten? Wenn sie ihn nach den Abenteuern des vergangenen Jahres fragten, behauptete er einmal dies und dann jenes und erzählte nie, was wirklich geschehen war. Und nun wollte er ein Mädchen nicht mehr kennen, das ihm das Leben gerettet hatte? Warum verleugnete er es? Warum verleugnete er die Frau, der er angeblich Treue geschworen hatte? Hatte er sich unehrenhaft verhalten? Welches dunkle Geheimnis suchte er zu verbergen?

Iwain ahnte, was sie sich zuflüsterten. Schließlich hielt er es nicht länger aus. Er floh aus der Halle, wappnete sich und verließ Camelot. Er wusste, dass er sich an irgendetwas hatte erinnern müssen. Aber woran?

Viele Tage zog er dahin und achtete nicht darauf, wohin sein Pferd ihn führte. So geschah es, dass er in einen wilden Wald kam und immer tiefer hineingeriet. Als die Dunkelheit einfiel, hatte er keine Ahnung, wie er aus dieser Wildnis wieder hinauskommen sollte. Er schaute ratlos um sich, ritt einmal dahin und einmal dorthin. Überall versperrte ihm undurchdringliches Dickicht den Weg, bis er plötzlich Licht durch die Stämme schimmern sah und eine kleine Lichtung fand, auf der eine ärmliche Hütte stand. Er klopfte an die windschiefe Tür. Ein altes, hässliches Weib öffnete. Als sie den Ritter erblickte, wollte sie ihm die Tür vor der Nase wieder zuschlagen. Iwain hielt rasch die Lanze dazwischen und bat um Nachtlager und Essen.

Die Alte brach in Gelächter aus. »Ihr sollt Euren Willen haben«, antwortete sie. »Tretet ein, edler Ritter, und bleibt nur recht lange hier!«

Sie schlurfte zum Herd, füllte eine Schüssel mit heißer Suppe und stellte sie auf den roh behauenen Bohlentisch. Iwain war so hungrig, dass ihm die dünne Suppe ebenso gut schmeckte wie das feinste Gericht am Königshof. Er löffelte die Schüssel leer, nahm den Helm ab und streckte sich auf der hölzernen Bank aus. Nicht lange danach schlief er fest.

Die Hütte war aber ein Diebesnest. Um Mitternacht kam die ganze Bande von einem Raubzug zurück, nicht weniger als siebenundzwanzig wüste Kerle. Als sie den Ritter friedlich schlafend auf der Bank liegen sahen, beschloss der Anführer sich diese einfache Beute nicht entgehen zu lassen. Sie schlichen leise hin und nahmen Iwain alle Waffen fort. So tief war sein Schlaf, dass er nichts merkte; er drehte sich nur seufzend zur Seite, als sie ihm eine Schlinge über die Arme zogen und ihm die Beine zusammenbanden. Endlich wachte er doch auf, aber da war er bereits wie ein Kartoffelsack mit Stricken verschnürt. Als ihm bewusst wurde, in welche Hände er gefallen war, sagte er verächtlich: »Ihr feigen Burschen! Im offenen Kampf würdet ihr nicht wagen mir entgegenzutreten. Ich warne euch! Ich bin ein Ritter der Tafelrunde, und wenn bekannt wird, was ihr getan habt, möchte ich nicht in eurer Haut stecken.«

»Holla! Ein Ritter der Tafelrunde also?«, antwortete der Anführer höhnisch. »Wenn das wirklich so ist, Herr Großsprecher, wird das Lösegeld umso größer ausfallen. Einstweilen wollen wir Euren hübschen Tand nehmen. Ihr braucht ihn hier nicht und wir haben Verwendung dafür.«

Er riss Iwain die goldene Kette vom Hals, die jeder Ritter trug, und zog ihm den Ring Viviens vom Finger. In diesem Augenblick hörte der Zauber zu wirken auf. Die Erinnerung an das Jahr seines Lebens, das er vergessen hatte, kehrte schlagartig zurück.

»Sie hat mich verraten!«, schrie er auf. Die Räuber glaubten, er meinte das alte Weib, aber er meinte Vivien. Ihm war, als müsste er vor Kummer über so viel eigene Treulosigkeit sterben, und kam sich wie der ehrloseste Mensch unter der Sonne vor. Wenn er an Lesolie dachte, wünschte er sich, die Räuber sollten ihn sofort töten, damit er erlöst wäre. Dann aber fiel ihm wieder Vivien ein und heißer Zorn erfüllte ihn, so dass er übermenschliche Kraft bekam. Er spannte alle Muskeln an. Die Stricke schnitten tief in sein Fleisch ein. Im nächsten Augenblick zerrissen sie. Er war frei, sprang auf und schaute wild um sich. Da er keine Waffen hatte, packte er die hölzerne Bank, hob sie hoch und drosch damit auf die verdutzten Diebe ein. Wahrscheinlich hätte er in seiner Wut alle erschlagen, wäre es nicht dem Anführer gelungen, in eine Ecke zu flüchten und von dort aus einen kleinen Wurfspeer auf ihn zu schleudern. Der Speer traf Iwain an der Schulter und nagelte ihn an der Wand fest.

Noch immer war er fast besinnungslos vor Zorn. Er riss den Speer mit einem gewaltigen Ruck aus der Wand ohne auf die Schmerzen zu achten. Obwohl der Speer in seiner Schulter stecken blieb, stürzte Iwain sich wieder auf die Diebe. Sie wichen zur Seite und er konnte aus der Hütte fliehen. Die Bande verfolgte ihn, freilich nur zaghaft, weil er elf von ihnen alle Knochen im Leib zerschlagen hatte. Sie wagten nicht ihm nahe zu kommen und er entkam im Schutz der Dunkelheit. Gerettet war er aber noch nicht, er fühlte sich schwach und elend und war halb betäubt vor Schmerzen. Als er den Speer abbrach und die Spitze aus der Wunde zog, verlor er so viel Blut, dass er ohnmächtig niedersank. Nach einer Weile kam er wieder zu sich. Die Nachtvögel schrien unheimlich, sonst war kein Laut zu hören. Wollte er nicht ohne Hilfe hier jämmerlich zu Grunde gehen, musste er irgendwie aus dem Wald herauskommen. Er raffte sich auf und stolperte zwischen den Stämmen dahin, schwankend wie ein Betrunkener.

Schließlich dämmerte der Morgen. Die Bäume standen weniger dicht, der Wald hatte sich gelichtet. Iwain konnte sich kaum mehr weiterschleppen, er hatte gerade noch so viel Kraft einem kleinen Pfad zu folgen, der sich durchs Unterholz schlängelte. Der Pfad führte zu einem See. Am jenseitigen Ufer lag eine Burg, aber Iwain sah sie nicht mehr. Seine Augen hatten sich getrübt, er fiel nieder und blieb wie tot liegen.

Es trug sich zu, dass an jenem Morgen die Herrin der Burg zufällig mit ihren Fräulein und Pagen am Ufer spazieren ging und den bewusstlosen Mann entdeckte. Zuerst glaubte sie, er wäre tot, kniete nieder und betrachtete ihn mitleidig. Als sie jedoch die Hand auf sein Herz legte, spürte sie, dass es noch schlug. Sie ließ Iwain auf ihre Burg bringen und pflegte ihn dort gesund.

Nach einigen Wochen fühlte er sich wieder so kräftig, dass er weiterziehen konnte. Seine Gastgeberin ließ ihn nur ungern fort, sie hätte es lieber gesehen, wenn er auf der Burg geblieben wäre. Er hielt es aber nicht länger aus, bat sie um ein Pilgerkleid und verabschiedete sich.

Nach vielen Tagen kam er endlich zu der Wiese, wo die Linde mit dem Brunnen stand. Er ging in die Stadt, bat um Einlass und um Erlaubnis, mit Lesolie sprechen zu dürfen. Niemand erkannte ihn, denn er hatte seine Kapuze tief ins Gesicht gezogen.

»Herrin«, sagte er mit verstellter Stimme zu Lesolie, »ich bringe Euch Nachricht von einem, der Euch unwissentlich großes Unrecht zugefügt hat.«

»Wenn Ihr von jenem falschen Ritter kommt, der sich Iwain nennt«, rief Lesolie und wurde blass, »dann geht sofort wieder zurück und sagt ihm, dass ich nichts mehr von ihm hören will.«

»Ich kann nicht zu ihm zurückkehren, das ist unmöglich«, antwortete Iwain.

Als Lesolie diese Worte hörte, wurde sie noch bleicher. »Bringt Ihr schlechte Nachrichten?«, fragte sie nach einer langen Weile.

»Das müsst Ihr selbst entscheiden! Es ist noch nicht lange her, da sah ich diesen unglücklichen Ritter sterbend am Ufer eines Sees liegen.«

Wieder schwieg Lesolie und Eloise ließ den Fremden nicht aus den Augen.

»Guter Pilger«, sagte Lesolie schließlich, »erzählt mir alles, was Ihr von Ritter Iwain wisst.«

»Es gibt nicht viel zu erzählen, schöne Dame. Als Iwain auszog, um nach Camelot zu reiten, fiel er in die Hände der Zauberin Vivien. Sie gab ihm einen Ring des Vergessens, so dass er sich an nichts mehr erinnern konnte. Nach einiger Zeit kam ein Fräulein aus Eurer Burg nach Camelot und klagte den Ritter der Untreue an. Er erkannte sie nicht und wusste nicht, wer sie war. Trotzdem verließ er König Arthur und seine Freunde und irrte umher. Er versuchte sich zu erinnern, aber es war wie ein Traum, den man vergessen hat, sobald man erwacht. Eines Nachts geriet er in die Hände einer Diebesbande; sie raubte ihn aus und verwundete ihn schwer. Als sie ihm den Ring vom Finger zogen, erinnerte er sich wieder an alles, aber es war zu spät. Ich fand ihn am Ufer eines Sees im Sterben liegen.«

Als Lesolie dies hörte, saß sie ganz still da, die Hände im Schoß, und weinte.

»Herrin, liebt Ihr diesen Mann noch immer?«, fragte Iwain.

»Ja, ich liebe ihn«, antwortete sie.

»Lesolie, kannst du mir verzeihen?«, sagte Iwain ohne seine Stimme zu verstellen, schlug die Kapuze zurück und kniete vor seiner Frau nieder. Und Lesolie weinte noch mehr, aber diesmal aus Freude.

Wie Lanzelot gefunden wurde, mit Elaine nach Camelot reiste und wie Königin Gwinever eifersüchtig war und Elaine fortwies

Drei Jahre waren vergangen seit jener Zeit, da Königin Gwinever und König Arthur sechs der besten Ritter ausgesandt hatten, um Lanzelot zu suchen. Sie hatten viele Abenteuer erlebt, waren weit herumgekommen, aber wo Lanzelot sich aufhielt und was aus ihm geworden war, das wussten sie so wenig wie am ersten Tag.

Es geschah aber, dass Parcival und Ektor sich

auf ihrer Fahrt trafen und gemeinsam weiterzogen. Eines Tages kamen sie zu einem See, in dessen Mitte eine Insel lag. Vom Ufer aus sah man eine stattliche Burg mit Türmen und hohen Giebeldächern, eine kleine Stadt, Wiesen und fruchtbare Felder und Haine voller Obstbäume. Den beiden Rittern schien es, als hätten sie noch nie einen so schönen und friedlichen Flecken auf Gottes Welt erblickt. Sie erfuhren von einem Fischer, dass der Herr der Burg ein gewisser Ritter Malfait sei. Alle seine Untertanen seien stolz auf ihn, denn noch nie habe ihn ein anderer im Turnier besiegt. Parcival und Ektor bekamen sofort Lust, sich mit diesem ausgezeichneten Helden zu messen. Sie beschlossen, dass zuerst Ektor sein Glück versuchen sollte. Der Fischer setzte sie samt ihren Pferden auf seinem Boot über und es dauerte nicht lange, bis der Burgherr gewappnet und gerüstet auf der Turnierwiese erschien. Als er den Schild seines Gegners erblickte – Ektor hatte als Wappenzeichen ein Einhorn auf blauem Grund –, stutzte er. Er ritt nur zögernd an und schlug nur mit halber Kraft zu. Ein paar Mal nützte er einen Vorteil nicht aus, obwohl Ektor genau wusste, dass er sich eine Blöße gegeben hatte. Ektor geriet dadurch immer mehr in Eifer, doch der Kampf blieb unentschieden, mochte er Herrn Malfait noch so sehr zusetzen.

Schließlich hielten die beiden inne und stützten sich keuchend auf ihre Schwerter. »Bei Gott«, rief Ektor, »Ihr kämpft wie Lanzelot vom See!«

»Man redet viel von diesem Herrn«, antwortete Malfait. »Aber Gerede stimmt nicht immer! Manchmal übertreibt man.«

Diese Antwort brachte Ektor erst recht in Hitze. »Herr Ritter, nehmt das sofort zurück!«, rief er. »Oder kämpft weiter! Ihr wisst nicht, was Ihr sagt.«

»So? Weiß ich das nicht?«, fragte der Burgherr, lachte und schlug das Visier zurück.

Eine solche Wiedersehensfreude gab es wohl nie, und auch kein solches Fest, wie es dann auf der Frohen Insel gefeiert wurde. Elaine trug ein Gewand aus weißer Seide, mit Perlen bestickt und mit Silberborten besetzt, ein goldenes Geschmeide um den Hals und einen goldenen Stirnreifen. Ein Netz aus Goldfäden bedeckte ihr Haar. Wer sie ansah, glaubte in die Sonne zu schauen, so sehr strahlte ihre Schönheit. Arme Gwinever!, dachte Ektor. Ihr seid nicht mehr die Jüngste. Wer würde Euch noch schön nennen, nachdem er Lady Elaine gesehen hat! Und er meinte, die unglückselige Geschichte zwischen Lanzelot und der Königin hätte nun ein Ende gefunden.

Eines Tages waren Lanzelot und Ektor allein im Garten. »Bruder, ich bitte dich um Antwort auf eine Frage«, bat Ektor.

»Welche Frage?«

»Was soll ein Mann tun, zu dem ein Bote von seiner Königin kommt, der er Treue geschworen hat und die verlangt, er müsse zurück an ihren Hof? Soll er diesen Befehl missachten oder soll er gehorchen?«

Lanzelot wandte das Gesicht ab. »Ich werde nicht nach Camelot gehen.«

»Warum, Lanzelot?«

»Weil ich einer anderen Treue geschworen habe, die mehr Rechte hat.«

»Bruder, ich würde dir nie etwas raten, das gegen deine Ehre verstößt. Aber bist du dir deiner selbst so wenig sicher, dass du nicht wagst die eine Pflicht zu erfüllen, aus Angst, die andere zu verletzen? Königin Gwinever hat uns aufgetragen dich zu suchen und zurückzubringen, damit wieder Friede zwischen dir und ihr sei. Wenn du Elaine liebst, warum hast du Angst vor Camelot?«

»Schweig!«, rief Lanzelot heftig.

Er zog sich in seine Kammer zurück, saß dort lange und seine Gedanken waren bitter und traurig. Nach einiger Zeit kam Elaine, setzte sich zu ihm und fragte: »Lanzelot, was fehlt dir?«

»Nichts, Elaine!«

»Du brauchst es mir nicht zu sagen«, antwortete Elaine. »Ich kann erraten, was dein Bruder mit dir gesprochen hat.«

Lanzelot schwieg.

»Glaubst du, dass ich so wenig Vertrauen zu dir habe?«, fuhr Elaine fort. »Geh mit Ektor nach Camelot, wie es deine Pflicht ist. Ich werde Gott bitten, dass du nicht zu lange fortbleibst.«

»Elaine, ich werde nicht von hier weggehen, es sei denn, du gehst mit mir.«

Nach einigen Wochen brachen Lanzelot und Elaine nach Camelot auf, begleitet von Lavaine,

Ektor und Parcival. Auf ihrer Reise kamen sie zufällig zum verzauberten Brunnen unter der Linde, und als sie Iwain trafen, überredeten sie ihn mit Lesolie ebenfalls nach Camelot zu ziehen. Gemeinsam suchten sie nach dem Schloss der Zauberin Vivien, fanden es aber nicht. Es war verschwunden und niemand sollte je erfahren, warum Vivien fort war, ob sie Angst vor so vielen ausgezeichneten Rittern bekommen hatte oder einfach ihrer Bosheit müde geworden war. Jedenfalls löste sich nach ihrem Verschwinden auch der Zauber des Brunnens und Iwains und Lesolies Land war in Zukunft vor Unwettern dieser Art sicher.

In Camelot wollte die Freude kein Ende nehmen. König Arthur war überglücklich, Lanzelot und seine Ritter wieder am Hof zu haben, und niemand hätte freundlicher und gnädiger sein können zu Elaine als Gwinever. In Wirklichkeit hasste sie ihre Rivalin vom ersten Augenblick an. Sie feierte, lachte und war fröhlich und glaubte im gleichen Augenblick vor Verzweiflung sterben zu müssen. Da sie es nicht ertragen konnte, die beiden beisammen zu wissen, befahl sie Elaine in ihre eigenen Gemächer zu ziehen, die kein Mann ohne ihre Erlaubnis betreten durfte. Das geschah unter dem Vorwand, Elaine vor allen anderen Frauen des Hofes auszuzeichnen. Gwinever ließ jedoch keine Gelegenheit vorübergehen, die junge Frau zu demütigen. Nachts musste Elaine in einer kleinen Kammer neben ihrem Gemach schlafen. Tagsüber fand die Königin stets einen Grund, sie festzuhalten und zu verhindern, dass Lanzelot und seine Frau sich trafen.

Elaine litt umso mehr unter der Trennung, als sie schwanger und nicht bei bester Gesundheit war. Sie durchschaute Gwinever und wollte sich doch nicht bei Lanzelot beklagen. Nach ein paar Wochen sah sie aber so elend und krank aus, dass Brysen eines Nachts heimlich Lanzelot zu ihr führte. Er blieb bis zum Morgen. Elaine fasste wieder Mut, lachte über ihre eigene Verzagtheit und die beiden machten Pläne, wann sie zur Frohen Insel zurückkehren wollten.

Gwinever hatte einem ihrer Mädchen aufgetragen Lanzelot nicht aus den Augen zu lassen. Am Morgen erfuhr sie, was geschehen war, und fing zu toben an, als hätte sie den Verstand verloren. Sobald sie sich einigermaßen gefasst hatte, befahl sie Lanzelot zu sich. Als er vor ihr stand, war sie unfähig auch nur ein Wort herauszubringen.

Schließlich sagte sie: »Ist es wahr, dass du in dieser Nacht in meinen Gemächern gewesen bist?«

»Ja, Herrin«, antwortete Lanzelot.

Gwinever wurde totenblass. »Verräter! Verräter!«, stieß sie hervor. »Wie kannst du es wagen, ohne meine Erlaubnis hierher zu kommen?«

»Bin ich ein Verräter, wenn ich zu meiner Frau gehe, die du wie eine Gefangene hältst?«

Die Königin und ihr Ritter starrten sich zornig an. Nach einer Weile begann Gwinever am ganzen Körper zu zittern und bedeckte ihr Gesicht mit den Händen. »Lanzelot«, rief sie, »Gott möge sich meiner erbarmen. Ich bin die unglücklichste Frau in ganz England.«

»Gott möge sich unser beider erbarmen«, antwortete Lanzelot. Er trat zu ihr, nahm ihr die Hände vom Gesicht und hielt sie fest.

Sie wandte das Gesicht ab. »Hast du kein Mitleid mit mir?«, fragte sie.

»Ja, Gwinever«, antwortete er traurig, »ich habe Mitleid mit dir, aber ich weiß nicht, wer ärmer ist, du oder ich. Gott weiß, dass ich meine Pflicht tun will. Du willst es anders haben.«

»Was ist Pflicht und Treue, wenn man liebt?«

»Gwinever, um Gottes willen, rede nicht so!«, rief Lanzelot.

Im gleichen Augenblick wurde ihm bewusst, dass sie nicht mehr allein waren. Er schaute auf. Unter der Tür stand Elaine. Sie war unbemerkt eingetreten und hatte gehört, was die beiden miteinander sprachen.

Gwinever wurde flammend rot im Gesicht. »Lady, es ist gut, dass Ihr gekommen seid«, sagte sie hochmütig. »Ich wollte Euch rufen lassen. War es Euer Wille, dass dieser Ritter letzte Nacht hier war?«

»Ja, Herrin«, antwortete Elaine, »es war mein Wille. Er kam, weil ich ihn darum bat.«

»Dann habt Ihr Euch eines schweren Vergehens schuldig gemacht! Ihr wisst sehr gut, dass kein Mann ohne meine Erlaubnis in diese Gemächer darf. Ich könnte Euch töten lassen, aber ich will barmherzig sein. Ich befehle Euch jedoch auf der Stelle Camelot zu verlassen.«

»Herrin, ich gehe gerne«, antwortete Elaine ruhig. »Hier ist kein Ort, an dem man glücklich sein kann. Aber sagt mir nur eines, bevor ich Euch verlasse! Was haltet Ihr von einer Frau, die einer anderen, die ihr nichts Böses getan hat, alles Glück und alle Freude nimmt? Und was würdet Ihr sagen, wenn jene erste, die der zweiten den Mann nimmt, selbst einen guten Herrn hat, der noch dazu König ist?«

»Geht!«, stammelte Gwinever. »Verlasst mich auf der Stelle! Ihr wisst nicht, was Ihr sprecht.«

Elaine wandte sich um, schaute nicht einmal zurück und ging aus der Kammer der Königin.

Lanzelot stand da ohne sich zu rühren. Gwinever biss sich auf die Lippen, bis sie blutig waren. »Ich befehle dir in Camelot zu bleiben«, sagte sie. »Und zwar so lange, wie es mir gefällt!«

Lanzelot gab keine Antwort.

Am nächsten Tag reiste Elaine ab. Lavaine, ihr Bruder, suchte Lanzelot auf und fragte, ob er sie nicht begleiten würde.

»Nein«, antwortete Lanzelot. »Ich werde ihr später folgen.«

»Weißt du nicht, dass ihre Zeit bald kommt und dass sie sehr schwach ist?«

»Ich weiß es.«

Daraufhin wurde Lavaine zornig. »Was ist das für ein Ritter, der seine Frau um das Lächeln einer anderen verlässt?«, rief er. »Wenn du das tust, bist du in meinen Augen ehrlos. Ich habe dich einmal bewundert, jetzt verachte ich dich.«

Lanzelot schaute ihn fest an. »Lavaine, du sprichst bittere Worte, die kein anderer als du ungestraft sagen dürfte.«

Sie schieden voneinander ohne sich zu versöhnen. Elaine aber wollte nicht hören, wenn ihr Bruder schlecht von Lanzelot sprach, und verbot ihm auch nur ein böses Wort über ihn zu sagen. Am zweiten Tag kamen sie zu einem kleinen Kloster, das am Rande eines Wäldchens lag. Elaine war so schwach geworden, dass ihre Begleiter nicht mehr wagten, die Reise fortzusetzen. Sie brachten Elaine in das Kloster. Dort blieb sie, bis die Zeit gekommen war, da sie ihr Kind auf die Welt brachte.

Wie Gawain die Prophezeiung Merlins hörte und wie Galahad geboren wurde

Während sich das alles zutrug, suchten noch immer zwei Ritter nach Lanzelot und wussten nicht, dass er längst in Camelot war, obwohl es für ihn besser gewesen wäre, niemals mehr dorthin zurückzukehren. Diese beiden Ritter waren Gawain und Bors de Ganis. Sie hatten die anderen aus den Augen verloren und streiften allein

umher. Wäre es nicht Lanzelots wegen gewesen, den Gawain wie einen Bruder liebte, so hätte er sich sofort nach Camelot aufgemacht. Er ritt schon monatelang durch England, erlebte nicht das kleinste Abenteuer, schlief in Köhlerhütten oder in Bauernhäusern, in fremden Burgen oder unter freiem Himmel, begegnete keinem Ungeheuer und keinem Ritter, der Böses tat und bestraft werden musste. Auch war kein Fräulein aus irgendwelchen Nöten zu erretten und Gawain wurde immer trübseliger.

Zur selben Zeit, da Elaine im Kloster Zuflucht suchte, sah Gawain in den Zweigen eines Baumes einen fremdartigen Vogel, dessen Gefieder in der Sonne wie reines Gold schimmerte. Er ritt neugierig näher, der Vogel flatterte auf und flog vor ihm her. Als die Nacht anbrach, umgab ein seltsamer Lichtschein das Gefieder. Gawain merkte, dass es kein gewöhnlicher Vogel war, sondern einer aus Faery, und es war ihm zu Mute wie damals, als er seinem Freund Pellias und Nymue gefolgt war. Der Vogel flog weiter und weiter. Am Morgen kam Gawain in ein ödes, unheimliches Tal. Obwohl der Himmel sonnengleißend darüber stand, stieg Nebel auf und verdichtete sich zu einer Wolkensäule. Gawain wäre am liebsten umgekehrt, aber der Vogel flog ohne Zögern darauf zu. So folgte er ihm, wenn auch mit klopfendem Herzen.

Als er vor der Wolkensäule anhielt, hörte er eine Stimme: »Gawain! Gawain! Bist du endlich gekommen?«

»Wer seid Ihr?«, fragte Gawain. »Ich kann Euch nicht sehen.«

»Ich bin Merlin«, antwortete die Stimme. »Zwölf Jahre lag ich schlafend unter einem Stein. Einmal in sechs Jahren erwache ich für eine Stunde, um nachher wieder einzuschlafen. Du wurdest hierher geführt, damit du meine Prophezeiung hören kannst. Das ist es, was ich zu verkünden habe: Der Heilige Gral, der dieser Erde für lange Zeit verloren ging, soll wieder zurückgebracht werden. In wenigen Tagen wird ein Knabe geboren; er wird die Fahrt nach dem Heiligen Gral zu Ende führen. Bis seine Zeit gekommen ist, soll er im Verborgenen vom würdigsten Ritter in ganz England aufgezogen werden. Du, Gawain, bist ein sündiger Mann, daher wirst nicht du es sein, dem der Knabe anvertraut wird, sondern Bors der Gute, der noch nie etwas Böses getan hat. Folge dem Vogel mit dem goldglänzenden Gefieder. Er wird dich zu dem Knaben bringen. Wenn achtzehn Jahre vergangen sind, wird der Knabe in Camelot erscheinen. Dann verkünde allen in England, dass die Ritter der Tafelrunde zur großen Fahrt nach dem Heiligen Gral aufbrechen sollen. Ist er gefunden, ist das Ende der Tafelrunde nahe, doch ihr Ruhm wird bis zum Ende der Welt nicht vergessen werden.«

So sprach die Stimme. Als es still wurde, wagte Gawain lange kein Wort zu sagen. Schließlich rief er: »Merlin! Merlin!« Er erhielt keine Antwort. Da versuchte er in die Wolkensäule hineinzugelangen, aber sooft er auch herumritt, er fand keinen Eingang. Die Wolke glich einer festen Mauer. Die ganze Zeit umflatterte ihn der Vogel, flatterte von der Wolkensäule weg und wieder zurück. Gawain begriff, dass er fortreiten musste. Bevor er sein Pferd wandte, rief er laut: »Lebt wohl, Merlin!« Es war ihm, als hörte er wieder die Stimme, nur wie aus weiter Ferne: »Leb wohl, Gawain!«

Gawain trieb sein Pferd an und ließ das öde Tal hinter sich. Der Vogel führte ihn durch Felder, Wiesen und Wälder, vorbei an Bauernhütten und Dörfern. Gawain ritt wie im Traum, er verspürte keinen Hunger und keinen Durst. Am dritten Tag kam er zu jener Einsiedelei, in der Lanzelot damals Zuflucht gefunden hatte. Dort wartete Bors, dem ein Traumgesicht befohlen hatte hinzureiten. Sie umarmten sich und Gawain erzählte, was ihm zugestoßen war. Dann folgten sie gemeinsam dem Vogel. Am Abend sahen sie ein kleines Kloster vor sich liegen. Der Vogel flog hin, ließ sich auf dem Dach nieder und begann zum ersten Mal auf dieser Fahrt zu singen. So süß sang er, dass Bors und Gawain wie verzaubert lauschten. Bevor sie es recht begriffen, war der Vogel plötzlich verschwunden. Da wussten sie, dass sie an den Ort gekommen waren, wo sie den Knaben finden würden. Sie stiegen ab und klopften an die Pforte. Ein junger Ritter öffnete, es war Lavaine. Er führte sie in eine kleine Zelle. Dort fanden sie Elaine auf einem einfachen Lager und neben ihr einen neugeborenen Knaben. Ein zarter Schein erfüllte die Zelle, unwirklich wie das Mondlicht.

Die Ritter knieten nieder. Elaine lag da, ihre Augen in die Ferne gerichtet, als sähe sie etwas, das keiner der anderen wahrnehmen konnte.

Nach langer Zeit sagte sie mit schwacher, aber klarer Stimme: »Herr Bors, seid Ihr es?«

»Ja, Herrin«, antwortete er.

»Herr Bors, dieser Knabe hier soll den Heiligen Gral wieder auf die Erde bringen. Er wird der beste aller Ritter werden und freundlich und gut und ohne Sünde sein. Nennt ihn Galahad!«

Und wieder sagte sie: »Herr Bors, seid Ihr es?«

Er antwortete: »Ja, Herrin.«

»Herr Bors, ich weiß, dass ich sterben muss. Seid nicht traurig! Wer stirbt, der geht dorthin, wo es kein Leid und keine Traurigkeit mehr gibt.«

Und zum dritten Mal sagte sie: »Herr Bors, seid Ihr da?«

Bors weinte und sagte: »Ja, Herrin.«

»Nehmt dieses Kind und bringt es an jenen Ort, zu dem Euch der Vogel mit dem goldenen Gefieder hinführen wird. Lasst das Kind dort und sagt niemandem, wo es ist. Es muss im Verborgenen aufwachsen, bis seine Zeit gekommen ist. Hört Ihr mich, Herr Bors?«

»Ja, Elaine.«

»Geht jetzt, nehmt das Kind mit und wartet nicht länger.«

Da stand Bors auf, nahm das Kind, wickelte es in seinen Mantel und ging fort. Gawain und Lavaine aber blieben in der Zelle. Beide weinten.

Noch am gleichen Abend starb Elaine. Als sie tot war, sagte Gawain: »Lasst mich nun gehen, Lavaine. Ich muss Lanzelot holen.«

Lavaine wollte es nicht haben. Er sandte Gawain nach Camelot und trug ihm auf, nichts von der Geburt des Knaben zu verraten und auch nicht zu melden, dass Elaine tot war. Gawain ritt bedrückt fort. Sobald Lavaine allein war, brachte er Elaine ans nahe Ufer eines Flusses, der an Camelot vorbeifloss. Dort lag ein Boot für ihn bereit. Es war mit schwarzem Tuch ausgeschlagen und wurde von einem stummen Fährmann gerudert. Lavaine bettete Elaine in das Boot und befahl dem Fährmann nach Camelot zu fahren.

In Camelot erhielt Arthur Nachricht von dem schwarzen Boot, dem Ritter, dem stummen Fährmann und der schönen toten Frau. Daraufhin eilten der König und alle Damen und Herren ans Ufer des Flusses. Nur Lanzelot zögerte, als wüsste er, was ihn erwartete, und folgte als Letzter.

Arthur und sein Gefolge sahen, dass die Tote im Boot Elaine war. Gwinever wurde bleich und sagte kein Wort. Als Lanzelot langsam herankam, wichen alle stumm zur Seite und machten ihm Platz. Er blieb am Ufer stehen. Lavaine hatte sich im Boot aufgerichtet und sah ihn schweigend an. Lanzelot war weiß wie der Tod. Endlich drehte er sich um und ging stumm durch die Reihen. Niemand wagte ihn anzusprechen, nicht einmal Arthur. Er ging in den Hof der Burg, sattelte sein Pferd und ritt fort.

König Arthur ließ Elaine im Münster von Camelot aufbahren. Zwei Tage später wurde sie begraben. Lanzelot war noch immer nicht zurückgekehrt. Nachdem er Camelot verlassen hatte, war er lange Zeit dahingeritten ohne darauf zu achten, wohin ihn sein Pferd führte. Schließlich merkte er, dass er in jenen Wald gekommen war, in dem der heilige Mann lebte, der ihn einmal gesund gepflegt hatte. Er suchte die Hütte, stieg vom Pferd und kniete vor dem Alten nieder. »Ich habe gesündigt und Gott hat mich dafür bestraft«, sagte er.

Der Einsiedler hob ihn vom Boden auf, führte ihn in seine Zelle, und als Lanzelot alles erzählt hatte, sagte er: »Gott hat Euch geschaffen, Herr.

Er wird Euch nicht verlassen, wenn Ihr auch gesündigt habt. Nichts geschieht ohne seinen Willen und auch in unserer Schwachheit können wir ihm dienen.«

Nach diesen Worten fasste Lanzelot wieder Mut. Er blieb aber noch viele Tage bei dem alten Mann in der Einsamkeit des Waldes, bevor er es über sich brachte, in die Welt zurückzukehren.

Wie Ritter Erek Fräulein Enid heiratete, wie er allzu ruhig lebte und wie Enid ihn als Knappe auf seiner Fahrt begleitete

Es geschah, dass Erek, der Sohn des Königs von Erbin, auf einer seiner Fahrten zu einer halb verfallenen Burg kam, in der ein alter, verarmter Graf mit seiner Frau und seiner Tochter lebte. Schon vom ersten Abend an, den Erek auf der Burg verbrachte, gefiel ihm das Mädchen, das Enid hieß. Nach ein paar Tagen war er entschlossen sie oder keine andere zur Frau zu nehmen, obwohl Enid kaum zwanzig Jahre alt war und er selbst fast doppelt so viele Jahre zählte. Da er merkte, dass auch Enid an ihm Gefallen fand, warb er bei ihrem Vater um sie. Als er die Einwilligung erhalten hatte, setzte er das Mädchen kurzerhand vor sich aufs Pferd und ritt mit ihm nach Camelot.

Enid besaß nur ein einfaches blaues Kleid. Um ihren Hals hing kein Schmuck und ihre langen blonden Zöpfe waren nicht mit Gold- oder Silberfäden durchflochten, wie es damals bei Edelfräulein üblich war. Als Erek sie aber in die Halle von Camelot führte, vergaßen viele der Ritter, dass es andere und reich geschmückte Frauen am Hof gab. Gwinever nahm Enid freundlich auf und schenkte ihr ein prächtiges Kleid. Die Hochzeit wurde gefeiert, König Arthur küsste die Braut und alle in Camelot waren sich einig, dass Erek keine bessere Frau hätte finden können.

Es ist aber nicht immer gut für einen Mann, wenn er eine Frau hat, die um so vieles jünger ist. Das sollte Erek zu seinem Kummer bald erfahren. Enid war heiter und unbeschwert und liebte die harmlosen Vergnügungen, die jungen Leuten gefallen, denen aber ein Mann in mittleren Jahren nichts mehr abgewinnen kann. In Camelot war damals ein junger Ritter aus Irland, mit einem frischen, runden Gesicht und roten Locken, gerade so alt wie Enid. Ganz von selbst ergab sich, dass die beiden bei allen Spielen beisammen waren. Erek war viel zu stolz sich etwas anmerken zu lassen, aber es setzte ihm arg zu, wenn er zusehen musste, wie Enid und der junge Ritter miteinander fröhlich waren. Er brütete vor sich hin und dachte, es sei ein Jammer, seine Enid an sich gebunden zu haben. Er wäre zu alt für sie und dieser junge Bursche mit den roten Locken würde besser zu ihr passen. Enid spürte, dass ihren Mann etwas bedrückte, ahnte aber den Grund nicht. Sie dachte sich nichts Böses, wenn ihr der junge Ritter Gesellschaft leistete.

Schließlich hielt Erek es in Camelot nicht länger aus, er bat König Arthur um Urlaub und zog mit Enid nach Erbin. In Erbin, weit entfernt von dem rotlockigen Ritter aus Irland, fühlte sich Erek wieder glücklich. Er war verliebt wie am ersten Tag in seine junge Frau und wollte sie keine Minute verlassen. So blieb ihm für Turniere oder für die Jagd keine Zeit und auch um seine neuen Pflichten kümmerte er sich wenig. Das wollte den anderen Rittern am Hof von Erbin nicht gefallen und allmählich verloren seine besten Männer die Lust, unter einem solchen Herrn zu dienen. Einer nach dem anderen zog fort. Bald wurde überall davon gesprochen, dass Erek durch die Liebe seinen früheren Mut und alle Tatkraft eingebüßt habe. Selbst das Gesinde auf der Burg flüsterte sich insgeheim zu: »Es war keine gute Stunde, als unser Herr heiratete.«

Sein Vater, der sich alt und müde fühlte, hätte ihm nur zu gerne seine Rechte und Pflichten übergeben und fing ebenfalls an ihm Vorwürfe zu machen.

Niemand kränkte sich mehr darüber als Enid, sie wagte jedoch nicht mit Erek darüber zu sprechen. Eines Tages im Sommer erwachte sie, als der Morgen gerade graute. Sie setzte sich auf und betrachtete ihren Mann, der neben ihr lag, und dachte daran, was seine Ritter über ihn sprachen. Da sie ihn schlafend glaubte, flüsterte sie traurig: »Ist es wirklich meine Schuld? Erek, warum vergisst du deine Pflichten? Es wäre besser, wenn du mich nie geheiratet hättest.«

Erek schlief aber nicht. Er hörte Enid flüstern, öffnete die Augen und sah sie an. »Was redest du da?«, fragte er und seine alte Eifersucht regte sich wieder.

Obwohl sie merkte, wie zornig er war, fasste sie sich ein Herz und hielt ihm vor kein rechter Ritter mehr zu sein. Er hörte finster zu und antwortete: »Ich habe geglaubt, auch du fändest an unserem Leben in Erbin Gefallen, da es für uns nichts anderes gibt als unsere Liebe. Ist es nicht so?«

Sie wusste keine Antwort und eine Weile betrachteten sie sich schweigend. Dann stand Erek auf, befahl Enid sich anzukleiden und wappnete sich. Er ging in den Stall, sattelte zwei Pferde, hieß Enid aufsteigen und ritt mit ihr aus der Burg, ohne dass jemand es merkte. Die Sonne war erst im Aufgehen und alle lagen noch in tiefem Schlaf.

Es war ein frischer, stiller Morgen, nur der Fluss jenseits der Burg rauschte in seinem tief eingeschnittenen Bett zwischen steilen, moosüberwachsenen Ufern.

»Enid, reite vor mir her«, sagte Erek nach einer Weile, »ganz gleich wohin, nach rechts oder nach links oder geradeaus, wie es dir gefällt. Ich werde dir zeigen, dass ich noch ein rechter Ritter bin. Du sollst mein Knappe sein und während unserer ganzen Fahrt kein Wort sprechen. Ich meine es ernst und rate dir mein Gebot nicht zu brechen.«

Als die Burg schon weit hinter ihnen lag und die Sonne hoch gestiegen war und heiß herniederbrannte, erreichten sie einen dichten, unwegsamen Wald. Enid sah durch das Laub der Büsche am Waldrand das Blinken einer Rüstung. Als sie näher kam, merkte sie, dass dort drei Männer versteckt lagen. Sie hörte, wie der eine sprach: »An diesem Morgen haben wir Glück. Schaut euch nur diesen Kerl an! Er ist so in Gedanken versunken, dass er nicht sieht, was um ihn vorgeht. Wir werden ihn vom Pferd stechen und dann gehören seine Rüstung, sein Pferd und die Dame uns.«

Enid wusste nicht, was sie tun sollte. Wenn ich Erek warne, sagte sie sich, wird er noch zorniger sein, als er schon ist, und mich vielleicht bestrafen, weil ich sein Gebot nicht halte. Aber was macht das schon aus? Warne ich ihn nicht, kommt er bestimmt in große Gefahr. Sie wandte ihr Pferd und ritt zu Erek, packte ihn am Ärmel und flüsterte: »Gib Acht! Dort sind drei Räuber, die uns überfallen wollen.«

Erek gab keine Antwort, sondern ritt weiter, als wäre nichts geschehen. Sobald die drei Räuber sich auf ihn stürzten, stach er den ersten mit der Lanze aus dem Sattel. Den zwei anderen schlug er mit dem Schwert die Köpfe ein, bevor sie wussten, wie ihnen geschah. Hernach fing er die reiterlosen Pferde ein und befahl Enid:

»Führe sie am Zügel, wie es sich für einen Knappen geziemt. Du hast natürlich den Mund nicht halten können. Ich rate dir in Zukunft vorsichtiger zu sein. Einmal will ich es dir vergeben, ein zweites Mal vielleicht nicht mehr.«

Wieder ritten sie weiter, Enid voran, die drei Pferde am Zügel, und Erek hinterdrein, als wäre das Paar ein fahrender Ritter mit seinem Knappen. Als sie tief drinnen im Wald waren und undurchdringliches Dickicht sie von allen Seiten umgab, gewahrte Enid wieder Räuber, die sich hinter den Bäumen versteckt hielten. Diesmal waren es nicht drei, sondern fünf. Sie hörte, wie die Kerle miteinander sprachen und sich lustig machten über den einzelnen Mann, der da mit einer schönen Frau und drei Pferden geradewegs in ihre Arme geritten kam.

Wenn ich Ereks Gebot noch einmal breche, dachte Enid, wird er mich vielleicht töten. Aber ich kann nur einmal sterben, und wenn es sein muss, dann lieber durch seine Hand als durch diese Elenden da. Ich werde ihn warnen!

Sie ritt zu Erek. Er starrte sie finster an. »Herr, erlaubst du mir zu sprechen?«, fragte sie.

»Mir scheint, dass du dir selbst die Erlaubnis dazu nimmst, wann immer es dich gelüstet«, antwortete er bitter.

»Dort hinter den Bäumen sind fünf bewaffnete Männer. Sie wollen dich überfallen und töten.«

»Ist das alles? Wer auf Abenteuer auszieht, muss sich auf kleine Unannehmlichkeiten gefasst machen. Bleibe hier, ich will diesen fünf Burschen eine Lehre erteilen und den Weg für dich freimachen.«

Er schloss das Visier, legte die Lanze ein und gab seinem Pferd die Sporen. Wie vorher stach er den ersten seiner Angreifer vom Pferd.

Den zweiten erschlug er mit dem Schwert und den restlichen drei fuhr der Schreck so in die Glieder, dass sie von den Pferden sprangen und schlotternd ins Dickicht flohen. Erek fing die fünf Pferde ein, übergab Enid die Zügel und befahl ihr voranzureiten.

Es war schwierig genug gewesen, drei Pferde am Zügel zu führen, mit acht Pferden aber wäre nicht einmal ein Knappe fertig geworden. Enid tat, was sie konnte, aber die Weiterreise ging nur noch langsam vonstatten. Einmal wollte dieses und dann jenes Pferd ausbrechen. Die Arme schmerzten Enid, die Beine taten ihr weh und sie glaubte, ihr Rücken müsste brechen. Erek dachte nicht an Rast. Der Wald nahm kein Ende. Schließlich sank die Sonne und die Dämmerung brach herein. Es wurde dunkel, der Mond ging auf und versilberte die Wipfel der Bäume.

»Ich glaube nicht, dass wir heute noch aus diesem Wald herauskommen«, sagte Erek. »Wir bleiben bis morgen früh hier.«

»Ich bin hungrig«, sagte Enid, bevor sie Zeit hatte, an ihr Verbot zu denken.

Erek runzelte nur die Stirn und antwortete: »Meine liebe Enid, es ist nicht ungewöhnlich, dass ein fahrender Ritter einen ganzen Tag lang nichts zum Essen hat. Manchmal muss er sogar noch längere Zeit hungern.«

Dann stieg er ab, sammelte Zweige und Blätter und breitete seinen Mantel darüber. »Leg dich nieder, Enid«, sagte er etwas freundlicher. »Ich werde Wache halten.«

Enid streckte sich auf dem einfachen Lager aus, so erschöpft wie noch nie in ihrem Leben. Eine Weile beobachtete sie ihren Mann, der sich in einiger Entfernung auf einen Baumstrunk gesetzt hatte. Der Harnisch glänzte im Mondlicht. Ein leichter Wind strich durch das Laub, die Pferde stampften und irgendwo in der Ferne schrie ein Nachtvogel. Enid wusste nicht, ob sie froh sein sollte, dass Erek sein untätiges Leben aufgegeben hatte, oder ob sie es bereuen sollte, ihm Vorwürfe gemacht zu haben. Bevor sie noch einen vernünftigen Gedanken fassen konnte, war sie schon eingeschlafen.

Am nächsten Morgen fühlte sie sich wieder frisch, war aber noch hungriger als am Abend zuvor. Sie beklagte sich nicht, sondern ritt schweigend voraus. Nach ein paar Stunden lichtete sich der Wald, sie kamen in ein weites, fruchtbares Land. Nicht weit entfernt, auf einem Hügel, lag eine kleine Stadt. Daneben stand eine Burg.

Ein Bach floss durch die Wiesen. Enid und Erek stiegen ab, wuschen sich und tranken. Als sie gerade wieder aufsteigen wollten, kam ein Junge daher, der einen Leinenbeutel und einen Krug in der Hand trug. Er starrte sie verwundert an. Es war auch kein alltägliches Bild, einen fahrenden Ritter zu sehen, begleitet von einer schönen Frau, die acht Pferde am Zügel führte.

»Herr«, rief der Junge, »woher kommt Ihr?«

»Aus dem Wald dort«, antwortete Erek, »wo wir heute unser Nachtlager hatten.«

»Dann seid Ihr bestimmt hungrig«, antwortete der Junge eifrig. »Ich habe Brot und Käse in meinem Beutel, und im Krug ist Milch. Mein Herr, der Graf, ist sicher nicht böse, wenn ich Euch bewirte. Wäre er hier, würde er es selbst tun.«

Bevor Erek antworten konnte, hatte der Junge schon seinen kurzen Mantel im Gras ausgebreitet, stellte den Krug darauf und holte aus seinem Beutel Brot und Käse. Enid und Erek setzten sich, aßen und tranken. Der Junge sorgte für seine Gäste, als wäre er ein kleiner Edelmann und hätte köstlichere Dinge anzubieten als nur die einfachen Speisen, die er besaß. Um die Wahrheit zu sagen, schmeckte es auch Enid besser als selbst die reichlich gedeckte Tafel in Camelot.

Hernach fragte Erek den Jungen nach dem besten Gasthof in der Stadt, und als sie aufbrachen, bot er ihm eines der Pferde als Dank für seine Gastfreundlichkeit an.

»Ein Pferd!«, stammelte der Junge. »Für so einen kleinen Dienst ein Pferd?«

»Wähl dir nur jenes aus, das dir am besten gefällt«, antwortete Erek lachend. »Ob wir deinen Dienst groß oder klein schätzen, das musst du uns überlassen.«

Der Junge glaubte zu träumen und war davon überzeugt, dem großmütigsten und edelsten Ritter von ganz England begegnet zu sein. Er wählte ein Pferd und ritt schnurstracks zur Burg seines Herrn. Erek und Enid zogen in die Stadt, suchten den Gasthof, stiegen dort ab und baten um Quartier. Inzwischen hatte der Junge sein Abenteuer in der ganzen Burg herumerzählt und konnte sich nicht damit genugtun, den fremden Ritter und die Dame zu loben. Schließlich kam sein Gerede dem Grafen zu Ohren. Er wurde neugierig und am Abend, als Enid und Erek in der Wirtsstube saßen, tauchte er mit einem Gefolge von zwölf Rittern auf. Nachdem sich die beiden Herren begrüßt hatten, setzten sie sich zueinander und unterhielten sich. Der Graf wollte wissen, wer die Fremden seien.

Erek antwortete ausweichend, er sei ein fahrender Ritter wie viele andere, auf der Suche nach Abenteuern.

Während des Gesprächs blickte der Graf immer wieder zu Enid hin und wunderte sich, warum sie allein an einem Tisch saß. Je öfter er hinblickte, desto besser gefiel sie ihm. Es dauerte nicht lange, da bildete er sich ein bis über die Ohren in die schöne Unbekannte verliebt zu sein und bat Erek sich mit ihr unterhalten zu dürfen.

»Wenn es Euch gefällt, so nehmt neben ihr Platz«, antwortete Erek. »Mir ist es recht.«

Also setzte sich der Graf zu Enid. »Schöne Dame«, sagte er, »Eure Hände sind zu weiß und weich, um wie ein Knappe Pferde am Zügel zu führen. Es kann für Euch nicht angenehm sein, mit diesem Mann dort in der Welt umherzuziehen.«

»Oh, es macht mir aber Freude!«, antwortete Enid.

»Lady«, fuhr der Graf schon etwas eindringlicher fort. »Ihr solltet Pagen und Fräulein haben, die Euch bedienen.«

»Es gefällt mir besser, mit ihm zu reiten, als nicht bei ihm zu sein und mich von Pagen und Fräulein bedienen zu lassen.«

»Gebt diesen Mann auf«, bat der Graf, »und kommt mit mir. Alles, was mir gehört, soll Euch gehören. Ihr sollt meine Herrin und die Herrin meines Landes werden.«

»Herr Graf, ich werde nicht mit Euch gehen«,

antwortete Enid zornig. »Glaubt Ihr, ich werde meinen Mann um Eurer kleinen Grafschaft willen verlassen? Ich habe ihm Treue versprochen. Wir waren in guten Zeiten beisammen, ich werde auch die schlechten ertragen. Hört sofort mit Euren Reden auf, ich will sie nicht hören.«

»Ihr irrt Euch, schöne Dame, wenn Ihr glaubt, dass ich Euch ziehen lasse. Kommt Ihr nicht freiwillig mit mir, werde ich Euren Mann töten und Euch mit Gewalt auf meine Burg führen. Entscheidet Euch! Entweder Ihr geht mit mir und er darf heil und gesund die Stadt verlassen, oder Ihr sagt Nein und dann muss er sterben.«

Als Enid das hörte, erschrak sie, weil sie wusste, dass niemand den Grafen mit seinen zwölf Rittern hindern würde Erek zu überfallen. »Herr, ich habe alles nur um meiner Ehre willen gesagt«, antwortete sie daher. »Wenn es Euch ernst ist und Ihr mir wirklich zugetan seid, will ich gerne Eure Frau werden. Kommt morgen früh mit den Rittern wieder und entführt mich. Dann werden alle glauben, dass ich nicht freiwillig mit Euch gegangen bin, sondern mich nur der Gewalt gefügt habe.«

»Alles wird geschehen, wie Ihr es wünscht, meine schöne Dame«, erwiderte der Graf und konnte kaum seinen Triumph verbergen.

Nach einer Weile verließ er den Gasthof. Erek und Enid gingen in ihre Kammer. Schon nach kurzer Zeit schlief Erek tief und fest, Enid machte jedoch kein Auge zu und wachte die ganze Nacht. Bevor der Morgen dämmerte, erhob sie sich, trat an Ereks Lager und weckte ihn auf. »Weißt du, welchen Vorschlag mir der Graf gestern Abend gemacht hat?«, fragte sie.

Als er den Kopf schüttelte, erzählte sie ihm alles. Erek wurde zornig und rief aus: »Deine Schönheit bringt nur Böses, wo immer du hinkommst. Nun werde ich diesen Grafen töten müssen, bevor ich von hier fortgehe, denn er hat Schande über mich gebracht.«

»Lass den Grafen!«, flüsterte Enid eindringlich. »Was er vorhat, schadet nur seiner eigenen Ehre. Ich sehe nicht ein, warum sie deiner schaden soll. Wie willst du als Einzelner gegen seine Ritter streiten? Es ist besser, wenn wir in aller Eile fortgehen und diese Stadt in Frieden verlassen.«

Erek schaute düster drein, wusste aber, dass Enid Recht hatte. Gegen ein Dutzend Ritter zu kämpfen hatte wenig Sinn. Er weckte den Wirt auf, gab ihm alle sieben Pferde für Essen und Unterkunft und verließ mit Enid heimlich die Stadt. Als der Graf am Morgen mit seinen Rittern kam, fand er das Nest leer und nahm sofort die Verfolgung auf.

Enid hatte es befürchtet und blickte immer wieder suchend zurück. Nach ein paar Stunden sah sie in der Ferne eine Staubwolke aufsteigen und schon in kurzer Zeit konnte sie den Grafen und seine Ritter ausnehmen. »Bereite dich auf den Kampf vor, Erek«, rief sie. »Dort kommen deine Feinde.«

Erek war tief in Gedanken versunken gewesen und hatte nicht einmal das Dröhnen der Pferdehufe gehört. Jetzt schreckte er auf, schloss das Visier und legte die Lanze ein.

Als der Graf sah, dass sein Gegner zum Kampf bereit war, befahl er seinen Rittern zu halten und ritt allein näher. »Wir wollen Euch kein Leid zufügen, Herr Ritter«, sagte er. »Reitet weiter, nur gebt die Dame frei, die Ihr gegen ihren Willen mit Euch führt und deren Wunsch es ist, mit mir zu gehen.«

»Enid, ist das wahr?«, fragte Erek. »Wenn es so ist, werde ich dich nicht daran hindern.«

»Nein«, antwortete sie, »ich will nicht zu ihm.«

»Gestern Abend habt Ihr anders gesprochen!«, rief der Graf.

»Ihr habt mich dazu gezwungen, Herr!«, erwiderte Enid.

Daraufhin verlangte der Graf, Erek müsse mit seinen zwölf Herren um den Besitz von Enid kämpfen. Er war sich seiner Sache sicher, weil er dachte, auf der ganzen Welt gäbe es keinen Ritter, der im Zweikampf zwölf Gegnern standhalten könnte. Er sollte sich irren! Erek stach alle zwölf aus dem Sattel. Der Graf wurde unter seinem Helm blass. Enid schien ihm auf einmal viel weniger verführerisch; er bot Erek Frieden an und wollte schleunigst auf seine Burg zurückreiten. So leicht ließ ihn aber Erek nicht davonkommen, er forderte ihn zum Zweikampf auf und bald lag der Graf wie seine Ritter bewusstlos im Gras.

Erek und Enid zogen wieder weiter.

Nach einiger Zeit kamen sie in ein Tal, durch das ein breiter, silberglänzender Fluss strömte. Blühende Sommerwiesen und Felder, auf denen Getreide reifte, säumten das Ufer. Auf der anderen Seite stand eine mit Türmen und Mauern befestigte Stadt. Tal und Stadt gehörten einem Grafen, der den Beinamen »Kleiner König« erhalten hatte, weil er in seinem Land, das abseits aller anderen bewohnten Gegenden lag, wie ein König herrschte, wenn er auch keiner war. Erek bat einen Bauern, der auf einem Feld arbeitete, um Auskunft und erfuhr, dass der

Kleine König niemandem erlaubte ohne seine Einwilligung durch das Land zu ziehen. Trotzdem befahl er Enid über die Brücke zu reiten, die über den Fluss führte. Als sie entlang der Stadtmauern dahintrabten, hörten sie hinter sich Hufschlag. Es war der Kleine König. Er wollte Genugtuung dafür haben, dass ein Fremder durch sein Land ritt. Die beiden Herren schlossen das Visier und sprengten aufeinander los. Schon beim ersten Zusammenprall stürzten die Pferde. Erek und der Kleine König warfen die Lanzen fort, sprangen aus den Sätteln und zogen die Schwerter. Keiner konnte einen Vorteil über den anderen erringen. Schließlich bluteten beide aus vielen Wunden und Erek spürte, wie seine Kraft nachließ. Er raffte sich noch einmal auf, parierte einen Hieb und schlug dann seinem ebenfalls erschöpften Gegner den Schild aus der Hand. Der Kleine König wich zuruck und bat um Gnade.

Erek senkte sofort das Schwert. »Bei Gott, ich habe selten einen Ritter getroffen, der so tapfer kämpfte«, sagte er. »Euch hätte ich gerne zum Freund!«

»Mit niemandem würde ich lieber Freundschaft schließen als mit Euch«, antwortete der Kleine König. »Auch ich habe noch nie einen getroffen, der mir ärger zusetzte. Kommt mit mir auf meine Burg, Herr Ritter! Ihr dürft nicht weiterreisen, bevor Euch nicht mein Wundarzt versorgt hat und Eure Wunden geheilt sind.«

»Vielen Dank!«, antwortete Erek. »Ich würde

Euer Angebot gern annehmen, aber ich muss weiter.«

Der Kleine König warf einen Blick auf Enid. »Ist das vernünftig, Herr Ritter? So, wie es um Euch steht, könnt Ihr Euch nicht zur Wehr setzen. Wenn Euch aber etwas zustößt, was wird dann aus der Dame?«

»Ich habe geschworen, dass nichts meine Fahrt unterbrechen soll«, erwiderte Erek eigensinnig. »Versucht nicht mich zum Bleiben zu überreden. Ich bin entschlossen und Ihr verschwendet nur Eure Worte.«

Der Kleine König musste seinen neuen Freund wohl oder übel ziehen lassen, er empfand aber keine Freude darüber und schaute ihm lange besorgt nach. Auch Enid freute es nicht, dass Erek weiterzog. Es stand schlecht um ihn und er konnte sich kaum im Sattel halten.

Die Sonne brannte heiß hernieder, die schwere Rüstung klebte an den Wunden. Erek litt ärgere Schmerzen als je zuvor. Endlich hielt er es nicht mehr aus, er zügelte sein Pferd im Schatten einer großen Eiche und stieg ab. Enid sprang ebenfalls aus dem Sattel, eilte zu ihm und wollte die Riemen des Panzers lösen. Erek wehrte sie unwillig ab.

»Ich habe dir bis jetzt immer deinen Willen gelassen, Erek«, sagte Enid, »und ich habe alles getan, was du wolltest. Jetzt müsste ich mich aber vor mir selbst schämen, wenn ich dir gehorchte. Ich werde nicht zusehen, wie du dich zu Grunde richtest!«

Erek wollte gerade eine heftige Antwort geben, als Kay, der Seneschall, auftauchte. Zufällig jagte nämlich König Arthur mit seinem Gefolge in jenem Wald. Kay erkannte Enid und Erek nicht, beiden hatte die Fahrt übel mitgespielt. Enids Kleid war zerrissen und schmutzig, Ereks Rüstung mit Blut verkrustet und sein Gesicht von den Strapazen ganz entstellt. Kay kam erstaunt näher und wollte wissen, wer der verwundete Ritter sei.

»Mein Name spielt keine Rolle«, antwortete Erek. »Ich bin ein fahrender Ritter auf der Suche nach Abenteuern.«

»Abenteuer habt Ihr für diesen Tag genug erlebt«, sagte Kay mit einem Blick auf die zerhauene Rüstung. »Ich werde Euch zu König Arthur führen, der sich nicht weit von hier befindet. Ihr seid verwundet und braucht Pflege.«

»In meinem Zustand schickt es sich nicht, vor einen König zu treten. Ich bleibe hier!«

»Das lasst nur mich entscheiden. Kommt jetzt!«, sagte Kay leichthin und packte Erek am Arm. Dem armen Herrn Erek, der sonst von durchaus freundlicher Gemütsart war, hatten die letzten Tage so sehr zugesetzt, dass ihn jede Kleinigkeit in Wut brachte. Er drehte seine Lanze um und versetzte dem Seneschall mit dem Griff einen kräftigen Schlag auf den Kopf. Kay landete im Gras, ihm war, als brummte ein Schwarm Hornissen in seinem Schädel. Er blickte den fremden Ritter verblüfft an, raffte sich beschämt auf und eilte zum Lager des Königs. Dort fand er Gawain und teilte ihm mit, dass er einen verwundeten Ritter im Wald gefunden habe, trug ihm aber auf vorsichtig zu sein. Dieser Herr sei ohne Zweifel ein Hitzkopf und aufbrausender Bursche.

Gawain lächelte nur, denn Kay war nicht gerade als Held bekannt. Dann ritt er zur Eiche. Auch er erkannte seinen Freund nicht. Als Erek sich wieder weigerte mit ihm zu gehen, hielt Enid es nicht länger aus.

Sie trat einen Schritt vor und rief: »Herr Gawain, ich bitte Euch, nehmt meinen Mann mit zu König Arthur!«

Gawain starrte die beiden an, glaubte zu träumen oder nicht mehr recht im Kopf zu sein. Auch in Camelot hatte man erfahren, wie Erek in Erbin lebte, und längst die Hoffnung aufgegeben, dass er jemals wieder auf Ritterfahrt gehen würde. Gawain nahm Enid beiseite und bat sie ihm alles zu erklären. Enid senkte den Kopf und erzählte, was sich zugetragen hatte.

»Erek, guter Freund, was soll das?«, fragte daraufhin Gawain. »Komm mit mir! Du brauchst einen Arzt!«

»Ich werde dich nicht zu König Arthur begleiten. Ich weiß, was man sich in Camelot über mich erzählt. Wenn du wirklich mein Freund bist, so lass mich endlich in Ruhe«, stieß Erek mit schwacher Stimme hervor.

Gawain kam plötzlich ein guter Einfall. »Ich gehe«, erklärte er. »Du willst nichts mehr mit mir zu tun haben, weil ich nur ein einfacher Ritter bin und dein Vater dir, wie ich höre, die Herrschaft übergeben hat. Du bist nicht der Erste, der auf dem Thron seine Freunde vergisst.« Diesen Vorwurf konnte Erek nicht auf sich sitzen lassen. Er folgte Gawain und König Arthur hieß ihn herzlich willkommen. Gwinever küsste Enid. Dann zogen alle gemeinsam auf die Burg, in der Arthur eben Hof hielt. Während die Ärzte sich um Erek bemühten, führte die Königin Enid in ihre Gemächer, schenkte ihr zum zweiten Mal ein neues Kleid und wollte wissen, was geschehen war. Enid berichtete von den Abenteuern der Fahrt und die Königin und ihre Frauen wunderten sich sehr über ihre Erzählung.

Es dauerte einen ganzen Monat, bis Ereks Wunden verheilt waren. Kaum fühlte er sich besser, wurde er rastlos und wollte weiterziehen. Arthur und Gawain redeten ihm zu doch zu bleiben. Sie erklärten, niemand zweifle an seiner Ritterehre, und hielten ihm vor, dass es nicht nur töricht, sondern reiner Wahnsinn sei, was er Enid zumute. Er wollte nicht darauf hören.

Und wieder ritt Enid voran, als wäre sie der Knappe. Erek folgte hinterdrein. Diesmal kamen sie auf ihrer Fahrt in einen dichten, unheimlichen Wald. Enid hatte böse Vorahnungen. Es dauerte auch nicht lange, da hörten die zwei einsamen Reiter lautes Wehklagen. Als sie darauf zuritten, fanden sie auf einer Lichtung einen toten Ritter und eine weinende Frau.

»Herrin, was ist Euch zugestoßen?«, fragte Erek mitleidig.

Die fremde Frau erzählte, dass sie mit ihrem Mann friedlich durch den Wald geritten sei, als plötzlich drei riesenhafte Kerle über sie hergefallen seien, den Ritter erschlagen und beraubt hätten.

»Liebe Enid, bleibe bei dieser Dame und tröste sie«, sagte Erek. »Ich werde den drei Burschen nachreiten und sie bestrafen.«

»Vergiss nicht, dass deine Wunden kaum verheilt sind!«, rief Enid.

Er zuckte nur die Achseln und trieb sein Pferd an. Schon nach kurzer Zeit sah er vor sich auf dem Weg drei riesenhafte Kerle, zweimal so groß und breit wie jeder anständige Christenmensch. Sie waren von Kopf bis Fuß gepanzert und jeder hatte eine mächtige eisenbeschlagene Keule geschultert. Erek gab seinem Pferd die Sporen und stach den ersten mit der Lanze nieder. Dem zweiten Riesen erging es nicht besser; bevor aber Erek die Lanze herausziehen konnte, versetzte ihm der dritte mit der Keule einen gewaltigen Hieb. Die kaum verheilten Wunden fingen von neuem zu bluten an. Dennoch gelang es Erek, auch den dritten Riesen mit einem Schwertstreich zu töten. Er selbst wankte im Sattel, konnte sich kaum mehr aufrecht halten und fand nur mit Mühe zur Lichtung zurück. Dort verließen ihn die Kräfte und er fiel bewusstlos vom Pferd.

Enid stürzte hin, kniete nieder und bettete

seinen Kopf in ihren Schoß. Sein Gesicht war weiß wie Leinen. Blut sickerte unter dem Panzer hervor. Da auch sein Atem kaum mehr ging, glaubte Enid, er sei tot, und fing nicht weniger verzweifelt zu klagen an als die fremde Frau zuvor.

Nun geschah es, dass ein Graf mit seinen Rittern im Wald jagte und zufällig zu jener Lichtung kam. Dieser Graf war der Herr von Limors. Enids Schönheit gefiel ihm so sehr, dass er beschloss sie zu heiraten. Nachdem er freundlich gefragt hatte, was geschehen sei, suchten seine Ritter die drei Riesen und fanden sie nicht weit entfernt tot am Boden liegen. Der Graf ließ daraufhin den toten Ritter begraben. In Erek war noch ein Lebensfunken; die Gefolgsleute des Grafen machten aus dünnen Baumstämmen eine Tragbahre und nahmen ihn mit auf die Burg. Dort stellten sie die Bahre in der Halle nieder. Ein Wundarzt untersuchte ihn und sagte, er liege im Sterben.

Der Graf befahl nun den zwei Damen ihre Kleider zu wechseln und sich dann mit ihm zum Essen niederzusetzen. Enid weigerte sich dieser Bitte nachzukommen.

»Herrin, ich meine es gut mit Euch«, sagte der Graf. »Ihr seid eine wunderschöne Frau und taugt nicht dazu, eine Witwe zu sein. Wenn Euer Gemahl tot ist, will ich Euch heiraten. Meine Burg und mein Land und alles, was mir gehört, wird dann auch Euch gehören.«

Als Enid diese Rede hörte, weinte sie und sagte: »Schweigt doch, ich bitte Euch! Wie könnt

Ihr nur so reden! Wenn mein Herr stirbt, werde ich nie mehr im Leben fröhlich sein können.«

»Das glaubt Ihr jetzt«, versuchte der Graf sie zu trösten. »Ich werde Euch glücklich machen, das verspreche ich. Nun fasst wieder Mut und hört zu weinen auf.«

Er ließ ein Festmahl vorbereiten, ging wieder zu Enid und sagte: »Kommt und setzt Euch neben mich und esst!«

»Ich werde keinen Bissen essen«, antwortete Enid. »Und ich werde mich nicht an Euren Tisch setzen, wenn nicht mein Herr auch dort Platz nimmt.«

Der Graf lachte laut auf. »Herrin, Ihr seid sehr töricht. Dieser Ritter wird nie mehr an einem Tisch sitzen, er ist tot oder doch schon beinahe tot. Wenn Ihr es aber wollt, dann soll er zu uns kommen.«

Seine Diener trugen die Bahre zum Festtisch. Der Graf nahm Enid bei der Hand, führte sie hin und zwang sie neben ihm Platz zu nehmen. Er reichte ihr einen Becher Wein und forderte sie ungeduldig auf: »Trinkt! Das wird Euch helfen Euren Kummer zu vergessen.«

»Ich werde erst dann trinken«, antwortete sie, »wenn mein Mann aufsteht und mit mir trinkt.«

Nun wurde der Graf wütend. Er schlug Enid ins Gesicht und schrie: »Zum Teufel mit Euch und Eurem Ritter!«

Als die Diener die Bahre zum Tisch getragen hatten, war Erek aus seiner tiefen Ohnmacht erwacht. Er glaubte im Fieber zu träumen und war noch so schwach, dass er die Augen nicht öffnen konnte. Trotzdem hörte er jedes Wort, das gesprochen wurde, und als er Enid bitterlich aufschluchzen hörte, kam er ganz zu sich. Er fuhr auf und sah den Grafen mit erhobener Faust vor Enid stehen. Neben ihm auf der Tragbahre lag sein Schwert, er packte es und streckte den Grafen mit einem Streich nieder.

Er war aber totenblass und ganz mit Blut befleckt. Den Dienern, Pagen und Rittern in der Halle musste es scheinen, als sei ein Toter aufgestanden, um das schlechte Benehmen ihres Herrn zu strafen. Sie flüchteten schreiend und kopflos und ließen die beiden allein in der Halle zurück. »Erek! Erek!«, rief Enid. »Bist du tot oder lebst du?«

»Ich lebe, meine Liebe«, antwortete er. »Lass uns schnell fliehen, bevor diese Leute wieder zurückkommen.«

Sie liefen die Treppe hinunter in den Hof. Dort stand noch sein gesatteltes Pferd. Er verlor keine Zeit, ein zweites zu suchen, zog Enid vor sich aufs Pferd und galoppierte aus der Burg. Niemand wagte sie aufzuhalten.

Es war Nacht geworden. Sterne zogen am Himmel auf, aber das Dach der Bäume schirmte ihr Licht ab. Erek hielt den Kopf gesenkt und lange Zeit sprachen sie kein Wort. Schließlich schaute er auf. »Enid, kannst du mir verzeihen? Ich habe dich schlecht behandelt, denn ich glaubte, du wärest eines jener Mädchen, die einen Mann nur deshalb heiraten, weil er ein

angesehener Ritter ist und Macht und Einfluss besitzt. Jetzt weiß ich, dass ich dir Unrecht getan habe.«

Der Wind flüsterte im Laub der Bäume, die Hufe des Pferdes pochten dumpf auf dem weichen Moosboden. Es war so dunkel, dass sie einander nicht sehen konnten. »Auch ich habe etwas gelernt, mein lieber Erek«, antwortete Enid. »Heldentaten mögen sich in Geschichten schön anhören, die Wirklichkeit dagegen ist bitter. Ich habe gelernt, dass man nicht aus Übermut Abenteuer suchen soll, und ich werde mich nie mehr darum kümmern, was andere Leute reden. Also bitte auch ich dich um Verzeihung.«

Sie hielten sich eng umschlungen und waren glücklich. Vielleicht wären sie stundenlang aus ihrer Träumerei nicht aufgewacht, hätten sie nicht plötzlich Hufschlag hinter sich gehört. Erek setzte Enid auf den Boden und machte sich zum Kampf bereit. Es waren aber nicht die Ritter von Limors, sondern der Kleine König mit einer Schar Bewaffneter. Er hatte erfahren, dass Erek in Gefahr war, und sich aufgemacht ihn zu suchen. Der Kleine König brachte die beiden auf seine Burg. Die besten Ärzte bemühten sich um Erek und nicht lange danach kehrte er mit Enid nach Erbin zurück.

Er liebte Enid mehr als zuvor, aber er vergaß über seiner Liebe nicht, dass er auch andere Pflichten hatte. Er ritt auf die Jagd und nahm an den Turnierspielen seiner Ritter teil, wenn es sein musste, er regierte gut und war ein umsichtiger und gerechter König. Niemand mehr wagte in Erbin an seinem Mut und an seiner Tapferkeit zu zweifeln und Erek und Enid lebten glücklich und in Frieden.

Wie Lanzelot seinen Sohn Galahad zum Ritter schlug und wie die Ritter der Tafelrunde auszogen, um den Gral zu suchen

Eines Tages erschien ein Mädchen in einem weißen Kleid und mit einem scharlachroten Gürtel in Camelot und forderte Lanzelot vom See auf mit ihm zu kommen. Als er wissen wollte, warum, antwortete das Mädchen, das werde er schon sehen. Er erhob sich und folgte der Fremden so, wie er war, in den leichten Hofkleidern und ohne Rüstung und Waffen. Draußen im Hof warteten ein weißes und ein schwarzes Pferd. Das Mädchen bestieg das weiße, Lanzelot das schwarze. Sie ritten den ganzen Tag. Gegen Abend hielten sie bei einem Nonnenkloster an. Das Mädchen führte ihn in die Kapelle. Dort, vor dem Altar, knieten Bors und die Äbtissin des Klosters. Als Lanzelot eintrat, stand Bors auf und die Äbtissin verließ die Kapelle.

»Bors, was soll das bedeuten?«, fragte Lanzelot.

»Du wirst es sehen«, antwortete Bors wie das Fräulein.

Schon nach kurzer Zeit kam die Äbtissin mit einem Jüngling zurück. Er war achtzehn Jahre alt, groß gewachsen, schön wie eine Blüte im Tau und ganz in weißes Leinen gekleidet.

Lanzelot konnte die Augen nicht von dem jungen Mann abwenden. Er hatte ihn noch nie im Leben gesehen, aber ihm war, als müsste er ihn kennen. »Herrin, wen bringt Ihr uns?«, fragte er.

»Herr Lanzelot«, antwortete die Äbtissin, »es ist Euer Sohn Galahad. Seine Mutter war Elaine, die Schöne.«

»Gott erbarme sich meiner!«, rief Lanzelot. »An einem schwarzen Tag, den ich nie vergessen werde, sah ich Elaine tot in einem Boot liegen.

Ich wusste nicht, dass sie mir einen Sohn geboren hat.«

»Und doch ist es so!«, antwortete die Äbtissin. »Er wurde der Obhut Herrn Bors' übergeben. Die Welt und auch Ihr, Herr Lanzelot, durften nichts von ihm wissen, weil er es ist, der den Heiligen Gral finden wird. Wer dazu bestimmt ist, muss anderes lernen, als was man die Knaben auf den Burgen der Ritter und an den Höfen der Könige lehrt. Jetzt ist die Zeit gekommen, da er die große Suche antreten muss, und Ihr sollt ihn vorher zum Ritter schlagen.«

In dieser Nacht wachte Lanzelot mit seinem Sohn in der Kapelle. Am Morgen schlug er ihn zum Ritter und bat ihn mit nach Camelot zu ziehen, denn es verlangte ihn danach, seinen Sohn vor König Arthur und aller Welt anzuerkennen. Galahad schüttelte den Kopf, versprach aber nach Camelot zu kommen, sobald es ihm aufgetragen werde.

Lanzelot und Bors kehrten allein nach Camelot zurück, schwiegen jedoch über ihr Erlebnis.

Nicht lange danach feierte man in Camelot das Pfingstfest. An jenem Tag trug sich etwas Wunderbares zu. Als die Wasserträger früh am Morgen zum Fluss kamen, fanden sie am Ufer einen großen Block aus rotem Marmor, glatt und glänzend und wie Glas spiegelnd. Im Block steckte ein Schwert bis zum Schaft. Der Knauf war mit funkelnden Edelsteinen besetzt.

Die Wasserträger liefen in die Burg zurück und berichteten, was sie gesehen hatten. König

Arthur und seine Ritter eilten ans Ufer, betrachteten staunend den Block und lasen die Inschrift, die darauf stand:

DAS SCHWERT IST FÜR DEN BESTEN RITTER DER WELT BESTIMMT. ER MUSS EINEN FLECKENLOSEN SCHILD HABEN. NUR IHM WIRD ES GELINGEN, DAS SCHWERT AUS DEM BLOCK ZU ZIEHEN. WER ES VERGEBLICH VERSUCHT, DEN WIRD DAS SCHWERT VERWUNDEN. WER ES ABER HERAUSZIEHT, DER WIRD DEN HEILIGEN GRAL FINDEN.

Als Arthur die Inschrift gelesen hatte, wandte er sich an Lanzelot. »Es gibt keinen besseren Ritter als Euch hier in Camelot. Vielleicht seid Ihr berufen den Heiligen Gral zu finden.«

»Nein, Herr!«, antwortete Lanzelot. »Ich weiß, dass ich nicht der beste Ritter bin. Und ganz gewiss ist mein Schild nicht fleckenlos.«

Nun liebte Arthur von allen Rittern der Tafelrunde am meisten seinen Neffen Gawain. Er befahl ihm einen Versuch zu machen, weil er hoffte, Gawain würde den Gral finden. Gawain weigerte sich. Er hatte die Prophezeiung Merlins nicht vergessen und wusste, dass ein anderer auserwählt war. Als er jedoch merkte, wie enttäuscht Arthur über seine Weigerung war, trat er hin und wollte das Schwert herausziehen. Er konnte es nicht einen Zentimeter bewegen.

»Ach, Gawain«, sagte Lanzelot, »wenn dich

diese Klinge dort trifft, wird es kein guter Tag für uns sein. Du hättest es besser nicht getan.«

»Mag sein«, antwortete Gawain. »Aber soll man von König Arthurs Rittern sagen dürfen, dass es nicht einmal *einen* gab, der so viel Mut hatte, es zu versuchen?«

»Da hast du auch wieder Recht«, sagte Lanzelot. Er runzelte die Stirn. Welche Gedanken ihm durch den Kopf gingen, wusste niemand. Es kann sein, dass er an Elaine dachte und an seinen Sohn, von dem er achtzehn lange Jahre nichts gewusst hatte. »Gawain, wir sind immer Freunde gewesen«, fuhr er fort. »Wenn von diesem Schwert Unheil kommt, dann sollst du nicht allein sein.«

Er packte den Schwertgriff, aber auch er vermochte die Klinge nicht herauszuziehen.

Die anderen Ritter drängten sich um den Block und bestaunten ihn, doch hütete sich jeder dem Knauf des Schwertes auch nur nahe zu kommen. Als sie wieder in die Burg zurückgekehrt waren und beim Festmahl saßen, traten plötzlich ein alter Mann und ein Jüngling in die Halle. Der Alte war der Einsiedler aus dem Wald und der Jüngling kein anderer als Galahad. Diesmal trug er eine silberne Rüstung. Er hatte keinen Schild und an seinem Gürtel hing eine leere Schwertscheide.

Der Einsiedler nahm ihn an der Hand, führte ihn vor den König hin und sagte: »Herr, durch Gottes Gnade kann ich Euch jenen Ritter bringen, der dazu auserwählt ist, den Gral zu finden.

Mein König, mir wurde geweissagt und aufgetragen es hier zu verkünden: Der Tag ist gekommen, an dem die Zahl der Tafelrunde voll ist. Jetzt sollt Ihr das Geheimnis des Tisches wissen. Er ist rund, weil er als Gleichnis für die ganze Welt steht. Er ist aber auch eine Erinnerung an das letzte Mahl des Heilands. Darum gebührt einer der Plätze nur dem, der dazu berufen ist, Gott in seinem Glanz zu schauen und in ihm aufzugehen. Wer unberufen diesen Platz einnimmt, dem droht Gefahr. Deshalb nannte ihn Merlin den »Gefährlichen Sitz«. Ihr alle werdet ausziehen den Weg zum Licht zu suchen. Aber nur drei sind auserwählt und ein Vierter sieht es bloß im Traum. Von den dreien ist einer dazu bestimmt, in die Welt zurückzukehren und Kunde zu geben, einer bleibt, um das Licht zu bewahren, und einer geht im Licht auf.«

In der Halle war es still geworden. Die Herren saßen reglos da, wie erstarrt, und sahen den jungen Ritter an, der fast noch ein Knabe war und so ruhig und gelassen dastand, als gäbe es die vielen Augenpaare nicht, die auf ihn gerichtet waren.

König Arthur erhob sich. »Wenn er es ist, der den Heiligen Gral finden wird«, sagte er, »dann gehört das Schwert im Marmorblock ihm.«

Sie gingen zum Flussufer. Galahad trat an den Block, ergriff den Schwertknauf mit einer Hand, zog die Waffe mühelos aus dem Stein und steckte sie in die leere Scheide an seinem Gürtel. Und alle, die es sahen, wunderten sich sehr.

Nachher kehrten sie in die Halle zurück. Der Einsiedler führte den jungen Ritter zum Gefährlichen Sitz. Galahad setzte sich und nichts Böses widerfuhr ihm. Auf der Lehne des Stuhls aber stand plötzlich in goldenen Buchstaben:

GALAHAD

»Bei Gott!«, rief König Arthur. »Dieser junge Mann ist es, auf den wir die ganze Zeit gewartet haben. So erfüllen sich Merlins Worte. Es fehlt kein Ritter mehr in meiner Tafelrunde. Ich habe viele wunderbare Dinge in meinem Leben gesehen, aber Euer Kommen scheint mir das größte aller Wunder. Bleibt an meinem Hof, Galahad! Ich will Euch alle Ehren erweisen, die einem edlen und guten Ritter zustehen.«

Galahad ließ seinen Blick über die versammelten Ritter gleiten, er sah die Frauen und Fräulein an, den Runden Tisch, den Stuhl mit den leuchtenden Goldbuchstaben. »Herr, Euer Hof ist schön«, antwortete er, »aber ich kann nicht hier bleiben. Draußen wartet ein Pferd auf mich. Ich weiß nicht, wohin es mich bringen wird, und ich frage auch nicht danach. Auf mich wartet eine Aufgabe, die ich erfüllen muss. Ich darf nicht an eigene Wünsche denken. Lebt wohl, Herr!«

Er verneigte sich vor dem König, verneigte sich vor Bors und Lanzelot und verließ die Halle. Als die Ritter ihm nacheilten, sahen sie im Hof ein weißes Pferd stehen. Galahad bestieg es und ritt fort.

König Arthur aber sagte: »Dieser junge Mann kam zu uns wie ein Engel vom Himmel. Und wie ein Engel verlässt er uns wieder.«

Einer der Herren, der schon lange auf Lanzelots Ruhm und Ansehen eifersüchtig war, konnte es nicht lassen, etwas boshaft zu fragen: »Herr Lanzelot, ist das nicht ein trauriger Tag für Euch? Man hat Euch immer den besten Ritter genannt und jetzt kommt einer daher, von dem noch nie jemand gehört hat, und schon gehört diese Ehre ihm!«

»Ich war auch früher nicht der Beste«, antwortete Lanzelot. »Und ganz gewiss ist dies kein trauriger Tag für mich. Es ist keine Schande, einen Sohn zu haben, der als der beste Ritter gilt und noch dazu auserwählt ist, den Heiligen Gral zu finden.«

So erfuhren alle in Camelot, dass Lanzelot vom See der Vater Galahads war. Viele freuten sich darüber, aber es gab auch manche, die es ihm nicht gönnten.

Der Tag der vielen Wunder war noch nicht zu Ende. Gawain wusste, dass die Zeit gekommen war, Merlins Prophezeiung zu verkünden.

Nach der Pfingstmesse im Münster, der Arthur und alle Ritter beiwohnten, berichtete er, was ihm vor achtzehn Jahren widerfahren war. Er verschwieg auch nicht, dass Merlin das Ende der Tafelrunde geweissagt hatte, sobald der Gral gefunden wäre. Trotzdem gab es keinen einzigen Mann, der daraufhin nicht aufstand, sein Schwert zog, die Hand an den Griff legte, als wäre es das Kruzifix, und schwor den Hof des Königs zu verlassen und nach dem Heiligen Gral zu suchen.

König Arthur aber wurde traurig. »Gawain, mein Sohn«, sagte er mit Tränen in den Augen, »du bringst großes Leid über mich. Meine Tafelrunde verlässt mich. Ihr alle wart meine Freude und mein Stolz. Mein Reich war sicher vor Feinden, weil es euch gab, und meine Untertanen lebten in Frieden und Wohlstand. Viele von euch werden zurückkommen, aber viele werden sterben. Mir ist, als fiele ein Schatten über mich und als könnte ich in die Zukunft sehen. Diese Zukunft ist düster und bedeutet Tod und Verwüstung.«

»Herr«, sagte Lanzelot, »es mag sein, dass die Tafelrunde zu Grunde geht und viele von uns nicht zurückkehren. Aber sterben müssen wir alle. Ist es nicht besser, sein Leben auf dem Weg zu Gott zu verlieren als in irgendeinem wertlosen Streit oder Abenteuer?«

»Das ist wahr, Lanzelot. Wir wissen auch alle, dass aus Leid Gutes entstehen kann. Solange wir leiden, sehen wir aber nur das Leid und nicht das Heil. Es gibt keine größere Ehre als den Gral zu finden, aber es bedeutet auch, dass das Ende der Tafelrunde gekommen ist. Gott sei geklagt, dass es so sein muss.«

Als die Nacht anbrach und es still in Camelot geworden war, schritt Arthur mit einer Fackel allein durch die langen Gänge der Burg. Er hielt vor jeder Tür, hinter der einer seiner Ritter schlief, ging zur nächsten, blieb wieder stehen, bis er schließlich zur letzten kam, wo Gawain schlief. Er trat ein und hob die Fackel. Ihr Licht fiel auf Gawains Lager. »Neffe«, sagte er, »nie wirst du so traurig sein um mich, wie ich es um dich bin. Muss diese Fahrt sein?«

Gawain richtete sich im Bett auf. »Herr, ich habe wie die anderen geschworen und einen Schwur muss man halten. Gott weiß, ich wollte lieber bei dir bleiben. Ich wollte, ich hätte Merlins Prophezeiung nie gehört. Aber willst du, dass ich mein Wort breche?«

Arthur sah ihn lange an, dann schüttelte er den Kopf, wandte sich um und schloss die Tür hinter sich. Wieder wanderte er allein durch die langen Gänge und die Wachen im Hof sahen den Schein seiner Fackel ruhelos von Fenster zu Fenster gleiten.

Wie Galahad einen Schild fand und dem Weißen Ritter begegnete

Als Galahad von Camelot fortritt, hatte er wohl ein Schwert, aber noch keinen Schild. Er saß ruhig und gelassen auf seinem Pferd und ließ es traben, wohin es wollte. Es führte ihn durch Wiesen, auf denen das Gras hoch und dicht stand. Die Hagedornbüsche blühten. Vögel huschten durch die Zweige. Im Blau des Himmels zog ein Falke seine Kreise.

Galahad legte die Hand auf die weiße Mähne seines Pferdes. »Wohin wirst du mich bringen?«, fragte er. Als das Tier den Kopf hob und wie zur Antwort wieherte, lächelte er und fuhr fort: »Nein, du brauchst es mir nicht zu sagen! Mir genügt, dass ich auf dir reite. Ich weiß nicht, was mich erwartet. Aber ist das nicht gleichgültig? Als ich ein Kind war, erzählten mir die Nonnen, bei denen ich aufwuchs, vom Heiligen Gral, der der Erde verloren ging. Ich sehnte mich danach, ihn zu finden. Jetzt sagen mir alle, ich sei auserwählt dazu. Bin ich wirklich auserwählt? Ich weiß es nicht. Ich weiß so wenig. Was macht das schon! Ich wäre gern bei meinem Vater in Camelot geblieben. Es ist schön, einen Vater zu finden, wenn man nie einen gekannt hat. Wenn ich aber bei ihm bleibe, was wird dann aus der Suche nach dem Gral? Lauf nur weiter, mein Pferd!«

Auf den Feldern arbeiteten Bauern. Kaufleute zogen mit schwer beladenen Packpferden vorbei. Allen, die Galahad sahen, war es, als ritte da einer, der nicht von dieser Welt, sondern aus einer anderen und besseren war. Und allen war es, als erfüllte sie plötzlich Sehnsucht, sie wussten nicht, wonach.

Der Abend dämmerte. Noch immer hielt das weiße Pferd nicht an. Galahad fragte sich nicht, wo er die Nacht verbringen sollte. Er war sicher, dass irgendwo ein Quartier auf ihn wartete.

Schließlich sah er vor sich ein Kloster liegen. Es stand am Rande eines dichten Waldes, fern jeder anderen menschlichen Behausung.

Das Pferd trabte darauf zu und hielt dann plötzlich auf halbem Weg an. Vor Galahad stand eine schöne Frau in einem grünen Gewand und mit reichem, schwarzem Haar. Es war Nymue, die Dame vom See.

»Ich habe dich erwartet, Galahad«, begrüßte sie ihn. Galahad stieg ab, verbeugte sich und grüßte höflich.

»Du bist ein seltsamer Ritter, Galahad«, sagte Nymue. »Wo ist dein Schild? Willst du ohne Schild auf große Fahrt gehen?«

»Herrin, am Morgen hatte ich auch noch kein Schwert. Ich erhielt eines ohne es zu suchen.

Wenn ich einen Schild brauche, werde ich ihn schon zur rechten Zeit finden.«

»Und wenn du keinen findest, Galahad?«

»Dann werde ich eben ohne Schild den Gral suchen.«

»Und wenn du auch den Gral nicht findest?«

»Herrin, danach frage ich nicht. Mir wurde aufgetragen ihn zu suchen. Und das genügt.«

»Galahad«, sagte Nymue, »siehst du das Kloster dort?«

»Ja, Herrin.«

»Hinter dem Altar in der Kapelle hängt ein Schild. Sage dem Abt, dass er ihn dir geben soll.«

Im nächsten Augenblick schien sich die Dame vom See in Luft aufzulösen. Zuerst sah Galahad noch ihre Umrisse, dann verschwammen auch sie in der Dunkelheit. Er bestieg sein Pferd, ritt zum Kloster und klopfte an die Pforte. Ein Bruder führte ihn zum Abt. Als dieser Galahads Bitte hörte, sah er den jungen Mann betroffen an. »Wollt Ihr wirklich den Schild, Herr?«

»Ja, Vater.«

»Dann kommt mit mir.«

Der Abt führte ihn in die Kapelle. Am Altar brannten Kerzen und in ihrem schwachen Licht sah Galahad hinter dem Kreuz einen weißen Schild ohne Wappenzeichen an der Wand hängen.

»Ihr seid noch sehr jung, Herr Ritter«, sagte der Abt. »Es täte mir Leid, wenn Euch etwas zustoßen würde. Dieser Schild wurde unserem

Kloster in den Tagen König Uther-Pendragons zur Aufbewahrung übergeben. Man sagt, es sei der wunderbare Schild Ritter Balans, der seinen Bruder erschlug. Ein Verhängnis liegt darauf. Wer kein reines Herz hat und ihn nimmt, dem bringt er Unglück. Ich frage Euch noch einmal: Wollt Ihr ihn trotzdem nehmen?«

»Ja, ich will ihn nehmen«, antwortete Galahad.

Er blieb die Nacht im Kloster und brach am nächsten Morgen sehr früh auf. Wie am Tag zuvor ließ er sein weißes Pferd traben, wohin es ihn führte. Das Licht der Morgensonne säumte die Wipfel der Bäume. Eine seltsame Stille umgab den einsamen Reiter. Die Vögel schwiegen, nichts regte sich. Plötzlich schien es Galahad, als nähme das Licht zu, als strahlte die Sonne heller, so dass sie seine Augen blendete. Er hob schützend die Hand vors Gesicht und ließ sie im nächsten Augenblick wieder sinken.

Vor ihm, auf einem weißen Pferd, saß ein Ritter in weißer Rüstung.

Der Ritter hatte das Visier geschlossen, als wäre er zum Kampf bereit, aber an seinem Gürtel hing kein Schwert, noch trug er Lanze oder Schild.

»Woher kommt Ihr?«, fragte der waffenlose Ritter.

»Von jenem Kloster dort«, antwortete Galahad.

»Wie kommt es, dass Ihr diesen Schild tragt?«

»Der Abt des Klosters gab ihn mir.«

»Wisst Ihr nicht, dass dieser Schild jenem, der ihn zu Unrecht trägt, zum Verhängnis wird?«

»Ja, Herr, ich weiß es.«

Der Ritter schlug das Visier zurück. Galahad sah in ein altersloses, weises Gesicht.

»Galahad, woher nimmst du den Mut, den Schild Balans zu tragen? Bist du so sicher, dass du seiner würdig bist?«

»Herr, ich hatte keinen Schild und mir wurde aufgetragen diesen zu nehmen. Ob ich seiner würdig bin oder nicht, das zu bestimmen steht mir nicht zu.«

Der Ritter betrachtete ihn prüfend. Dann sagte er: »Ich habe lange auf diesen Tag gewartet. Komm, steig vom Pferd und setz dich zu mir, Galahad. Ich habe dir eine Geschichte zu erzählen.«

Sie stiegen ab und Galahad setzte sich neben dem Weißen Ritter ins Gras. »Es ist die Geschichte des Heiligen Grals«, begann der Weiße Ritter. »In den Tagen König Uther-Pendragons lebten zwei Ritter, Zwillingsbrüder mit Namen Balan und Balin. Zu jener Zeit wurden in der Burg Sarras, die am Meer liegt, zwei der wunderbarsten Dinge dieser Erde aufbewahrt: die Lanze, mit der unser Herr Jesus Christus am Kreuz in die Seite gestochen wurde, und die Schale, in der das Blut aus der Wunde floss, der Heilige Gral. Zum Hüter des Grals und der Lanze war der Herr von Sarras, der Fischerkönig, auserwählt worden. Der Fischerkönig hasste Ritter Balan, dieser aber wusste nichts davon. Eines Tages kam er ahnungslos auf die Burg Sarras. Als er schlief, überfiel ihn der

Fischerkönig mit seinen Rittern. Balan gelang es, in die Kapelle zu fliehen, wo Schale und Lanze aufbewahrt wurden. Da er ohne Waffen war, ergriff er die Heilige Lanze und fügte dem Fischerkönig eine tiefe Wunde an der Schulter bei. Im gleichen Augenblick verschwanden Lanze und Gral. Balan floh voll Schrecken aus der Burg. Kein Mensch in England hat seither den Weg dorthin gefunden und niemand weiß mehr, ob sie nur ein Traum ist oder Wirklichkeit. Der Fischerkönig starb nicht an seiner Wunde, sie heilte aber auch nicht. Er siecht kläglich dahin, zu schwach zum Leben und nicht fähig zu sterben. Jetzt ist die Stunde endlich nahe, da er von seinen Leiden erlöst werden soll. Wisse, Galahad, dass Ritter Parcival auserwählt wurde Gralskönig zu werden. Du aber sollst es sein, der ihn nach Sarras führt. Durch dich wird der Heilige Gral wieder der Erde zurückgegeben.«

»Herr, wie soll ich den Weg nach Sarras finden?«, fragte Galahad. »Niemand weiß, wo die Burg liegt.«

»Frage nicht«, antwortete der Ritter. »Du wirst sie finden!«

»Und der Schild, Herr?«

»Es ist der Schild Balans. Als er die Heilige Lanze nahm um einen Menschen damit zu töten, lud auch er Schuld auf sich. Seine Augen waren verdunkelt. Bald darauf tötete er einen Ritter im Zweikampf ohne zu wissen, dass es sein Bruder Balin war. Sobald er sah, was er getan hatte, wünschte er sich tot und wollte sein Leben selbst beenden.

Aber Gott hatte Mitleid mit Balan. Er erschien ihm im Traum und ließ ihn wissen, dass ihm die Sünde vergeben sei. Als Zeichen dafür sollte sein Schild einmal jenem gehören, der den Heiligen Gral auf die Erde zurückbringt. Balan zeichnete mit dem Blut seines Bruders ein Kreuz auf den Schild. Seither hing der Schild in der Kapelle jenes Klosters, um auf den zu warten, dem er gehören soll.«

»Herr, wer seid Ihr?«, rief Galahad.

Der Ritter lächelte müde. »Ich habe lange Zeit den Schild gehütet. Jetzt weiß ich, dass er in den rechten Händen ist. Leb wohl, Galahad!«

»Herr!«, rief Galahad – aber niemand war mehr da. Das Pferd war verschwunden, der Weiße Ritter war verschwunden. Nicht einmal das Gras war niedergebeugt an der Stelle, wo er gesessen hatte. Ein Schwarm weißer Vögel erhob sich aus der Wiese, stieg singend zur Sonne empor und schien im Licht aufzugehen, das sich funkelnd und strahlend auf dem Schild brach. Dann verstummte der Gesang der Vögel. Alles war wie zuvor. Die Sonne schien auf die Wiesen. Ein leichter Wind strich über das Gras. Nur auf der leeren Schildfläche leuchtete ein großes rotes Kreuz.

Galahad kniete nieder. »Herr, ich bin bereit«, flüsterte er.

Bald danach, in einer wilden Sturmnacht, kämpfte er mit zwei schrecklichen Rittern, einem roten und einem schwarzen, den Sinnbildern von Grausamkeit und Hass. Als er zu einer Burg kam, in der zehn ungeschlachte Kerle zwölf unschuldige Mädchen gefangen hielten, besiegte er ganz allein die zehn und befreite die Mädchen. Noch viel wird berichtet von den Abenteuern und Kämpfen, die er bestehen musste, aber er tat es nie um Ruhm oder Ehre und Ansehen willen wie die anderen Ritter.

Er half den Bedrängten und Verfolgten und zog weiter, bevor ihm jene, denen er beigestanden hatte, danken konnten. Schöne Frauen und Mädchen zeigten ihm ihre Gunst. Galahad war freundlich und höflich, aber er suchte etwas anderes als die Liebe einer Frau. Reichtum und Macht wurden ihm angeboten. Er wollte auch davon nichts wissen. Er schlief keine zweite Nacht an einem Ort; wenn der Morgen dämmerte, brach er wieder auf. Es war jedoch nicht Ruhelosigkeit, die ihn weitertrieb, sondern eher das Gegenteil, eine große Gelassenheit und ein sicheres Wissen, dass eine Aufgabe auf ihn warte, für die er bereit sein müsse. Seine Augen schauten in die Ferne, als sähe er etwas, das noch entrückt war und seinem Blick verschlossen, sich ihm aber zur rechten Zeit offenbaren würde.

Wie Lanzelot den Heiligen Gral im Traum sah und in die Einsamkeit ging und wie Gawain nach Camelot zurückkehrte

Nachdem die Ritter der Tafelrunde ausgezogen waren, um den Heiligen Gral zu suchen, ritt einer dahin, der andere dorthin, manche zogen zu zweit und zu dritt dahin, wieder andere allein. Unter jenen, die allein ritten, war auch Lanzelot. Er hatte sich von seinen Freunden verabschiedet und saß gedankenverloren auf seinem Pferd. Mein Schild ist nicht fleckenlos, dachte er. Gott weiß, dass ich vieles getan habe, was nicht recht war, und doch habe ich zeit meines Lebens Sehnsucht danach gehabt, das Gute zu tun. Diese Fahrt scheint ziemlich hoffnungslos. Ganz sicher bin ich keiner der Ritter, die den Gral sehen durfen. Mein Sohn Galahad wird ihn finden. Ich wünschte, ich wäre wenigstens jener, der den Gral im Traum erblickt. Ich fürchte aber, es wird nicht so sein.

Eines Tages kam er gegen Mittag in ein freundliches Hügelland. Die Wiesen waren saftig und grün. Überall weideten Schafherden. Am blauen Himmel wanderten weiße Wolken. Die Schafe blökten und in den Büschen pfiffen Amseln. Mitten durch eine Niederung rann ein kleiner, klarer Fluss, über den eine hölzerne Brücke führte. Als Lanzelot darauf zuritt, tauchte von der anderen Seite ein Ritter mit geschlossenem Visier auf. Sie erreichten zur gleichen Zeit die

Brücke. Der fremde Ritter trug eine silberschimmernde Rüstung und einen weißen Schild mit blutrotem Kreuz. Lanzelot erkannte seinen Sohn nicht. Er dachte, es wäre einer der vielen jungen Ritter, die auf ihr erstes Abenteuer auszogen.

Lanzelot hob die Hand. »Herr, wartet drüben«, rief er. »Wir können nicht beide gleichzeitig über diese Brücke reiten.«

»Nein, Herr«, war die Antwort. »Was ich tun muss, darf keinen Aufschub leiden. Ich bitte Euch, macht mir Platz.«

Lanzelot musste lachen, weil ein so junger Bursche ihm den Vorrang streitig machen wollte. Nun, kleiner Mann, dachte er, hast du es so eilig? Mit Worten tapfer zu sein ist keine Kunst. Wir wollen einmal sehen, ob du auch sonst deinen Mann stehst.

»Ich werde Euch erst dann den Weg freigeben«, sagte er, »wenn Ihr bewiesen habt, dass Euch der Vorrang zusteht. Wollt Ihr einen Gang mit mir wagen?«

Er legte die Lanze ein. Mitten auf der Brücke trafen sie aufeinander. Lanzelots Spieß glitt harmlos ab. Sein Pferd strauchelte und er stürzte in den Fluss.

Als Lanzelot merkte, dass er aus dem Sattel gehoben worden war, noch dazu von einem ganz unbekannten Ritter, wurde er zornig. Er riss sein Schwert heraus und verstellte, triefend nass, wie er war, seinem Gegner den Weg und holte zu einem wuchtigen Hieb aus. Galahad hob das Schwert, wehrte spielend ab und verletzte dabei Lanzelot leicht am Arm. Dann senkte er das Schwert und öffnete das Visier. »Lebt wohl, Herr«, sagte er. »Ich wünschte, dass ich bei Euch bleiben könnte. Aber ich muss weiter.«

Er hielt den Zügel locker, trieb das weiße Pferd nicht an und doch trabte es weiter, so sicher und unbeirrt, als lenkte es sein Reiter.

»Galahad!«, rief Lanzelot.

Galahad ritt über die Wiesen. Seine Rüstung glänzte in der Sonne. Noch einmal wandte er sich um und hob grüßend die Hand. Lanzelot blickte seinem Sohn nach, bis er nicht mehr zu sehen war. Aus der Schramme am Arm sickerte Blut. »Das Schwert aus dem Marmorblock!«, murmelte er. »Die Prophezeiung hat sich erfüllt.«

Er stieg auf, ritt weiter und kümmerte sich nicht darum, welchen Weg das Pferd wählte. Gegen Abend kam er in ein ödes Land. Auf der Suche nach einer Unterkunft fand er eine halb verfallene Kapelle, die auf einem mit Ginster und Heidekraut bedeckten Hügel stand. Er beschloss die Nacht darin zu verbringen. Zu seinem Erstaunen hatte die Kapelle aber keinen Eingang, nur leere Fensterhöhlen, hoch über dem Boden. Lanzelot stieg verwundert vom Pferd und legte sich unter einen Dornbusch, der neben dem Gemäuer wuchs.

Als er dort lag, überfiel ihn große Müdigkeit, er war wie im Schlaf gefangen und doch bei vollem Bewusstsein und hellwach. Er sah den hohen, dunklen Himmel über sich, auf dem ein Stern nach dem anderen zu leuchten begann, heller als in jeder anderen Nacht. Er hörte sein Pferd neben sich grasen. Er spürte den leichten Nachtwind auf seinem Gesicht, aber aufstehen oder auch nur die Hand heben, das konnte er nicht.

Nach einiger Zeit wurde er gewahr, dass jemand auf die Kapelle zukam, er hörte Stimmen und Hufeklappern. Gleich danach tauchten ein Ritter und ein Knappe auf. Der Ritter war schwer verwundet und hielt sich nur mit Hilfe des Knappen im Sattel. Bei der Kapelle sprang der Knappe ab, half seinem Herrn vom Pferd und bettete ihn ins Heidekraut. In seinem Wachtraum sah Lanzelot deutlich das Gesicht des Fremden. Es war weiß, der Todesschweiß stand auf der Stirn.

»Meine Kraft verlässt mich«, sagte der Ritter, »und meine Augen sind getrübt. Siehst du ein Licht, Floradin?«

»Ja, Herr«, antwortete der Knappe. Aus den Fenstern der Kapelle drang ein seltsames, blaues Licht, das immer stärker wurde, bis sich die Mauern wie ein Tor öffneten und eine Schale herausschwebte. Sie strahlte heller als die Sonne.

Und Lanzelot wusste, dass er den Heiligen Gral sah, nach dem er aufgebrochen war. Er wollte aufstehen und konnte es nicht, sosehr er sich auch bemühte. Tränen rannen aus seinen Augen. Sein Körper gehorchte ihm nicht, er lag da wie in tiefem Schlaf.

Der Kelch senkte sich zu dem verwundeten Ritter hinab. Der Knappe nahm die Hand seines Herrn und hob sie hoch, damit er die Schale berühren konnte. Im gleichen Augenblick hörten die Wunden zu bluten auf. Farbe kehrte in sein Gesicht zurück, der Ritter stand auf und kniete nieder. Langsam verblich der strahlende Schein wieder, wurde schwächer und schwächer. Dann war die Schale verschwunden. Noch immer liefen Tränen aus Lanzelots Augen, aber er war nicht fähig auch nur einen Finger zu heben.

»Herr, wer ist dieser Mann dort, der schläft und nicht aufwacht, obwohl ein solches Wunder geschehen ist?«, fragte der Knappe.

Der Ritter blickte zu Lanzelot hin und antwortete: »Er muss ein sündiger Mensch sein. Bring mir sein Pferd! Meines ist müde und erschöpft.«

Er bestieg Lanzelots Pferd und ließ sein eigenes zurück. Als die beiden fort waren, wich der Bann von Lanzelot. Zuerst dachte er, alles wäre nur ein Traum gewesen, dann vermisste er sein Pferd und fand stattdessen das erschöpfte Tier des fremden Ritters. Da lief er wie ein Verrückter zur Kapelle, lief immer wieder herum und suchte nach dem Eingang, der nicht vorhanden war.

Sobald der Morgen dämmerte, brach er auf. Ohne sich irgendwo aufzuhalten ritt er in den Wald von Astolat, in dem der Einsiedler lebte. Als er die Hütte erreichte, legte er seine Rüstung und seine Waffen ab, kniete vor dem alten Mann nieder und beichtete.

»Herr Lanzelot«, sagte der Einsiedler, »geht in Frieden. Gott hat Euch verziehen. Wenn Ihr auch den Heiligen Gral nicht mit wachen Augen gesehen habt – denkt daran, dass nur drei auserwählt sind! –, so seid Ihr derjenige, zu dem er im Traum gekommen ist. Warum seid Ihr so verzagt?«

»Schickt mich nicht fort«, bat Lanzelot. »Ich kann nicht mehr nach Camelot zurück. Einst dachte ich, es gäbe nichts Edleres auf dieser Welt als ein Ritter zu sein. Jetzt bin ich mir nicht mehr so sicher. Meinem Sohn bedeutet das alles nichts, wofür wir unser Leben einsetzen und das Leben anderer vernichten. Ich bin müde, Vater! Lasst mich bei Euch bleiben.«

Von dieser Stunde an lebte er mit dem alten Mann in der Einsamkeit des Waldes.

Wie es seinen anderen Gefährten erging, wusste er nicht. Sie streiften durch England, manche erlebten Abenteuer, andere zogen umher, ohne dass irgendetwas geschah. Jeder hoffte einer der drei Auserwählten oder jener zu sein, der den Gral im Traum sehen durfte. Nur Gawain dachte nicht an den Heiligen Gral. Zum ersten Mal in seinem Leben lockte ihn nicht die Aussicht, große Heldentaten zu verrichten, über die man dann Lieder an den Fürstenhöfen sang. Er sehnte sich nach Camelot, und wenn er an Arthur dachte, wäre er am liebsten auf der Stelle umgekehrt.

Der Sommer ging vorüber, es wurde Herbst. Trübselige Regentage hüllten das Land in Nebel und Schwermut. Einmal, als Gawain in einer einfachen Bauernhütte schlief, hatte er einen seltsamen Traum. Er sah auf einer Weide fünfzig Stiere, drei waren weiß, einer war grau und die anderen waren alle schwarz. Die fünfzig Stiere brachen auf, um eine bessere Weide zu suchen. Von den schwarzen Stieren erreichte keiner sein Ziel, manche kehrten nicht heim, andere mager und müde. Gawain grübelte lange über den Traum nach. Er war sicher, dass die Brüder der Tafelrunde damit gemeint waren, von denen drei den Gral finden würden, und hätte zu gerne gewusst, ob er der graue oder einer der drei weißen war. Als er einen alten Einsiedler traf, erzählte er ihm den Traum. Der Einsiedler meinte, dass jene der Tafelrunde, die zu viel Freude am irdischen Leben hatten, gewiss nicht zu den Auserwählten gehörten.

Dann bin ich einer der schwarzen Stiere, dachte Gawain, als er weiterritt. Ich möchte nichts aufgeben, was mir bisher vergönnt war: Camelot, meine Frau, den König, die Feiern und Feste, die Abenteuer und die Gefahren, meine Burgen und meine Länder und meine Söhne und Freunde. Ich liebe das alles viel zu sehr.

Jetzt, da er genau zu wissen glaubte kein Gralsritter zu sein, verflog seine Traurigkeit. Für ihn hielt das Leben andere Aufgaben bereit, es genügte, wenn er seine Pflichten als Ritter des Königs erfüllte.

Es war ein schöner Herbsttag. Das Laub der Bäume leuchtete in bunten Farben. Die Luft war klar und rein. Gawain fühlte sich so unbeschwert wie schon lange nicht mehr. Als er einen Ritter erblickte, der wie er gewappnet und gerüstet daherzog, lachte er und sagte zu sich: »Hei, der Bursche kommt mir wie gerufen! Ich habe Lust auszuprobieren, ob mein Schwert noch nicht eingerostet ist. Ich will mit dem Fremden tjosten und sehen, ob ich ihn aus dem Sattel stechen kann.«

Er legte gleich die Lanze ein und gab seinem Pferd die Sporen. Der Fremde hob abwehrend die Schildhand. Als er merkte, dass sein Gegner kaum mehr im Stande war das Pferd in vollem Galopp zum Stehen zu bringen, drückte er den eigenen Gaul mit der Ferse herum, wich der Lanze aus und ließ Gawain an sich vorüberrasen.

Das muss ein Feigling sein!, dachte Gawain enttäuscht. Aber nein! Er hatte keine Angst vor mir, er wartete bis zum letzten Augenblick und die Wendung war geschickt. Ich hätte es auch nicht besser machen können.

Jetzt packte ihn erst recht die Lust am Kämpfen. Er wendete das Pferd in vollem Galopp, kam in einem großen Bogen zurück und griff neuerlich an. Diesmal hob der Ritter den Schild – einen weißen mit rotem Kreuz –, ritt Gawain aber nicht entgegen, sondern erwartete ihn im Stand.

So kann er den Stoß nie abfangen, dachte Gawain. Er müsste auf mich zureiten. Warum tut er es nicht?

Gleich danach wusste er, warum ihm der

Fremde nicht entgegenritt. Er konnte auch im Stand den Stoß der Lanze abfangen. Sie glitt am Schild ab, bohrte sich in die Erde und Gawain flog im Riesenbogen von seinem Pferd. Er sprang auf und zog das Schwert. Der Fremde stieg ab, zog ebenfalls und wartete ruhig auf ihn. Außer Lanzelot hatte Gawain noch nie jemanden getroffen, der ihm überlegen war, aber nun merkte er sofort, dass er nicht siegen konnte. Der fremde Ritter wehrte seine Hiebe so leicht mit dem Schild ab, als wäre er der Fechtlehrer und Gawain der Schüler. Als Gawain sich eine winzige Blöße gab, nützte er die Gelegenheit sofort aus und traf ihn mit voller Wucht auf den Helm. Gawain wurde es schwarz vor den Augen, er sank langsam in die Knie. Der andere senkte das Schwert, steckte es in die Scheide und hob grüßend die Hand. »Herr Gawain, lebt wohl!«, sagte er mit einer hellen, jungen Stimme. »Ich wollte nicht mit Euch kämpfen. Vergebt mir, wenn ich Euch verwundet habe.«

»Galahad!«, stöhnte Gawain.

Galahad saß schon wieder auf seinem Pferd und trabte so ruhig weiter, als wäre nichts geschehen.

Gawain nahm den Helm ab und wusch sich bei einem nahen Bach das Blut ab. Es hat so kommen müssen, dachte er. Nun ist die Prophezeiung erfüllt. Das Schwert aus dem Marmorblock hat mich getroffen. Wie mag es Lanzelot gehen? Auch er wollte das Schwert herausziehen. Ich glaube, es ist besser, ich suche ihn als den Gral.

Nachdem er lange umhergestreift war, fand er Lanzelot in der Hütte des Einsiedlers und versuchte ihn zu überreden mit ihm nach Camelot zurückzukehren. Lanzelot wollte nicht wieder an den Königshof. So zog Gawain allein nach Camelot und niemand freute sich mehr über seine Rückkehr als König Arthur.

Wie es Parcival und Bors de Ganis auf der Suche erging und wie sie mit Galahad den Heiligen Gral fanden

Die Monate vergingen. Noch immer war Galahads Fahrt nicht zu Ende, er hatte kein Zeichen erhalten, wo die Gralsburg zu finden war. Eines Abends, als er sich bereitmachte auf dem bloßen Erdboden unter dem Dach der Bäume zu schlafen, weil er keine Unterkunft gefunden hatte, sah er plötzlich vor sich die Dame vom See. Sie saß auf einem weißen Pferd.

»Galahad, so lange suchst du schon!«, sagte sie. »Bist du es nicht müde geworden?«

»Warum soll ich es müde geworden sein, Herrin?«, antwortete er. »Und müsste ich mein ganzes Leben lang suchen, was macht es schon!«

»Wenn aber deine Suche vergeblich wäre? Wenn alles nur ein falscher Traum ist, der nicht einhält, was er verspricht?«

Galahad beugte den Kopf. »Herrin, mir wurde aufgetragen den Gral zu suchen. Das tue ich und nur das scheint mir wichtig zu sein. Ob ich ihn finde, liegt nicht in meiner Macht.«

»Bist du noch immer bereit, Galahad?«, fragte daraufhin Nymue.

»Ich bin bereit«, antwortete Galahad.

»Dann steig auf dein Pferd und folge mir!«

Die Dame vom See führte ihn über weites, ödes Moorland. Der Mond ging auf und hüllte alles in bleiches Licht. Die Ginsterbüsche standen schweigend da. Nichts regte sich, nur die Schatten der beiden einsamen Reiter wanderten über das verlassene Land.

Nachdem sie lange Zeit so dahingeritten waren, erreichten sie eine Anhöhe und sahen vor sich in einem weiten Bogen das mondbeschienene Meer liegen, ein heller Streifen gegen den dunklen Nachthimmel. Nymue ritt zur Küste hinunter. Galahad folgte ihr. Als er näher kam, sah er auf dem Meer ein Boot. Das Boot hatte keine Segel, niemand war darin zu sehen und doch zog es so sicher dahin, als lenkte es ein Steuermann. Es kam zum Ufer und legte an.

»Steige vom Pferd, Galahad, und geh in das Boot!«, befahl Nymue. »Dieses Boot wird dich dorthin bringen, wo Parcival und Bors dich erwarten.«

Er folgte ihrem Befehl. Kaum hatten seine Füße das Boot berührt, als es wie von unsichtbaren Händen gelenkt wieder hinaus auf das weite Meer glitt.

Noch zwei andere Ritter waren gleich Galahad durch das Land gezogen, ohne weltliche Gedanken, ohne nach Ruhm und Ehre zu suchen. Sie brachen auf, wenn der Morgen dämmerte, und legten sich zur Ruhe, wenn der Abendstern aufzog. Es waren Parcival und Bors, dem man den Namen »der Gute« gegeben hatte. Sie wussten nicht, ob sie auserwählt waren den Gral zu finden, sie zerbrachen sich aber nicht wie Gawain den Kopf darüber. Ihnen genügte, dass sie diesen Auftrag erhalten hatten. Wie die Suche ausgehen würde, daran verschwendeten sie keinen Gedanken. Beide hätten aber beinahe um einer Frau willen den Gral vergessen.

Einmal, als Parcival durch wildes Moorland zog, stolperte sein Pferd und fing an zu lahmen. Er wusste nicht, was er tun sollte, ganz allein in der Wildnis, wo weit und breit kein Anzeichen

einer menschlichen Behausung zu sehen war. Das Pferd lahmte immer jämmerlicher, Parcival stieg ab, fasste es am Zügel und führte es. Ringsum gab es nichts als Steine, kümmerliche Kräuter und zerzauste Ginsterstauden und hie und da einen Tümpel mit fauligem Wasser. Zu seinem Erstaunen sah er aber plötzlich ein kleines Tal vor sich liegen, in dem Bäume wuchsen und das Gras üppig stand. In der Mitte sprudelte eine klare Quelle. Neben der Quelle saß ein Mädchen in einem roten Kleid, das ein schwarzes Pferd am Zügel hielt. Das Pferd war riesig, hatte mächtige Schultern, sehnige Beine und Augen, die wie Feuer sprühten. Schwarze Haarbüschel hingen an den Fesseln, Mähne und Schwanz waren dick und schwarz. Von der Schwanzspitze bis zu den Nüstern war nicht ein weißes Haar zu sehen.

Das Mädchen begrüßte den Ritter lächelnd und sagte, es habe auf ihn gewartet. Das schwarze Pferd gehöre ihm. Parcival wunderte sich, aber das Pferd war so prächtig, dass er nicht widerstehen konnte und sich sofort in den Sattel schwang. Dann wollte er den Mund aufmachen und fragen, was das alles zu bedeuten habe. Er kam nicht mehr dazu. Kaum saß er oben, sprang das Pferd mit einem mächtigen Satz vorwärts und stürmte davon. Es lief rascher als der Sturmwind. Mähne und Schwanz flatterten straff. Parcival versuchte alle Reitkunst, um das Pferd unter seine Kontrolle zu bringen. Er mochte aber am Zügel ziehen, so viel er wollte, seine Fersen einsetzen und die Schenkel andrücken, das Pferd schnaubte nur wie ein Löwe und preschte dahin, als säße ein hilfloses Kind auf seinem Rücken und nicht ein erfahrener Reiter. »Bist du ein Pferd oder ein Teufel!«, rief Parcival. »Das möchte ich wirklich wissen!«

Schließlich fügte er sich in sein Schicksal, genoss den wilden Ritt und war nur neugierig, wohin ihn das seltsame Tier bringen würde. Nach einer Stunde etwa sah er in der Ferne das Meer, schwarz gegen den dunklen Horizont. Das Pferd raste darauf zu. Als er schon Angst bekam, es würde mit ihm ins Wasser hineinstürmen, blieb es so plötzlich stehen, wie es zu laufen angefangen hatte.

Parcival wollte seinen Augen nicht trauen. Am Ufer stand ein seidenes Zelt aufgeschlagen. Musik und Gesang ertönten. Er stieg ab und im gleichen

Augenblick trat aus dem Zelt eine schöne Frau in einem golddurchwirkten roten Kleid. Ihre flammend roten Haare wurden durch ein Netz aus Goldfäden zusammengehalten. Die hübschesten Fräulein und Pagen folgten ihr, alle rot gekleidet.

Die Frau lächelte Parcival freundlich an und geleitete ihn ins Zelt, als wäre er ein lang erwarteter Gast. Parcival wusste nicht, wie ihm war. Er setzte sich neben der Dame auf seidene Kissen nieder. Pagen brachten erlesene Speisen und Wein in goldenen Bechern. So einen Wein hatte Parcival noch nie getrunken. Nach einem Schluck fühlte man sich leicht und frei, nach dem zweiten wurde man so fröhlich wie sonst nie. Hatte man aber erst einmal den dritten Schluck zu sich genommen, wollte man für immer in diesem Zelt neben der schönen Frau bleiben und nie wieder fortgehen. Parcival trank einen Becher nach dem anderen und glaubte glücklicher zu sein als je in seinem Leben zuvor. Gleichzeitig war sein Kopf so schwer, als hätte er betäubenden Mohnsaft statt Wein getrunken. »Herrin, wer seid Ihr?«, flüsterte er.

»Ich bin die Göttin der Liebe, Parcival«, antwortete sie. »Nimm mich! Nicht jeder ist so glücklich wie du, dass er in mein Zelt findet.«

Und sie küsste ihn. Parcival küsste sie zurück und umarmte sie. In dieser Umarmung vergaß er Camelot, er vergaß die Tafelrunde und vergaß den Gral. Fräulein spielten auf Harfen und sangen dazu. Er wünschte sich nur noch eines: diese wunderbare Frau zu umarmen und festzuhalten.

An seinem Finger trug er noch immer den Ring, den er einst Yvette genommen hatte. Die Frau sah den Ring und bat: »Gib ihn mir, Parcival! Gib mir den Ring als Pfand deiner Liebe.«

Da erinnerte er sich an Yvette. Plötzlich kam ihm die Dame in seinen Armen abstoßend vor. Ein böses Lächeln spielte um ihren Mund. Der Traum nach dem Tod Yvettes fiel ihm ein, in dem er den Gral gesehen hatte. Er riss sich los, stieß die Frau heftig fort und schlug die Hände vor das Gesicht. »O Gott, was tue ich?«, rief er.

Im gleichen Augenblick zog ein schreckliches Unwetter herauf, es donnerte und blitzte. Parcival sah voller Schrecken, dass vor ihm nicht mehr die fremde schöne Frau stand, sondern die Zauberin Vivien. Er zog sein Schwert. Sie lachte höhnisch, hob die Hand, und ihr Gefolge, das Zelt und sie selbst waren wie durch Zauberei verschwunden.

Parcival fand sich allein am Meeresstrand, kniete nieder und dankte Gott, der ihm noch rechtzeitig die Augen geöffnet hatte. Dann setzte er sich auf einen Felsen und schaute um sich. Was er sah, war nicht dazu angetan, ihm das Herz leichter zu machen. Der Mond war aufgegangen und schien auf ein ödes Küstenland. Das Meer rollte heran, spülte an schwarze trostlose Klippen. Nirgends leuchtete ein Licht, kein Weg oder Pfad war zu sehen.

Wie Parcival so dasaß und nicht wusste, was er tun sollte, hörte er auf einmal Hufschlag. Ein Reiter kam auf ihn zu. Es war Ritter Bors.

Bors war damals, als die große Fahrt nach dem Gral begann, in einem einfachen Gewand aus Leder und ohne Rüstung ausgezogen, nur mit einem Schwert umgürtet. Jemand, der den Gral suchte, durfte sich seiner Meinung nach nicht mit weltlichen Kämpfen oder nichts sagendem Streit abgeben.

Einmal kam er auf seiner Fahrt zu einer einsamen, halb verfallenen Burg. Dort lebte die Tochter eines Königs, die nach dem Tod ihres Vaters von ihrer Stiefmutter vom Hof vertrieben worden war. Das Fräulein hieß Leisette und war so freundlich und hübsch, dass Bors seinen Vorsatz vergaß. Er besorgte sich eine alte Rüstung, zog ganz allein gegen die unrechtmäßige Königin und ihre Ritter aus, jagte nacheinander alle in die Flucht und setzte Leisette wieder in ihre Rechte ein. Nachdem er das getan hatte und alles wieder zum Besten stand, hätte er weiterziehen können, aber da merkte er, dass es nicht mehr so war wie vorher. Er hatte sich in Leisette verliebt. Und weil ihr Land einen König brauchte, fragte er sie, ob sie seine Frau werden wolle. Leisette sagte Ja. Die beiden bestimmten den Tag, an dem sie Hochzeit feiern wollten, und waren glücklich.

In der nächsten Nacht träumte Bors, dass ein weißer Ritter an sein Bett trat und fragte: »Herr Bors, was wollt Ihr tun?« Im Traum antwortete Bors: »Ich werde hier bleiben und das Land gerecht regieren.« Daraufhin fragte der weiße Ritter: »Wie kommt das? Habt Ihr den Heiligen Gral vergessen?«

Bors wachte auf, Reue erfasste ihn und er rief: »Nein, ich habe ihn nicht vergessen!«

Am Morgen bat er Leisette um Urlaub, versprach aber sofort zurückzukommen, sobald der Heilige Gral gefunden sei.

Leisette brach in Tränen aus. »Oh, ich kenne euch Männer!«, rief sie. »Ihr jagt den Dingen nach, die ihr nicht erreichen könnt, und was ihr haben könntet, lasst ihr beiseite liegen. Du wirst den Gral finden und mich vergessen. Wenn du mich liebst, dann bleib bei mir. Wenn du fortgehst, dann weiß ich, dass du mich nicht liebst.«

Bors mochte reden, so viel er wollte, Leisette ließ sich nicht überzeugen. Schließlich musste er sich heimlich in der Nacht fortstehlen. Leisette beschloss nicht auf ihn zu warten. Es ist sehr fraglich, ob er je zurückkommt, sagte sie sich. Und wenn er zurückkommt, wer weiß, was ihm in ein paar Jahren wieder einfällt, weswegen er mich Hals über Kopf verlassen wird? Sie nahm sich einen tüchtigen und braven Ritter, der noch nie Lust bekommen hatte, auf Abenteuer auszuziehen. Er wurde ein umsichtiger und guter König und Leisette hatte, was sie wollte.

Davon wusste Bors nichts. Vielleicht ahnte er es, aber was half es? Er musste weiter!

Als er seinen Freund am Meeresufer traf, umarmten sie sich und erzählten, was ihnen widerfahren war. Bors gestand, dass ihn seit ein paar Tagen eine Unruhe überfallen habe, die ihn hierher zum Meer geführt habe. Den Weg zurück wisse er beim besten Willen nicht mehr. Die beiden schauten sich ratlos an und überlegten, wie sie aus dieser Einöde wieder herauskommen könnten. Der Mond hatte sich hinter Wolken verborgen, es war ganz finster. Plötzlich trat er wieder hervor und in seinem unwirklichen Licht sahen Parcival und Bors einen weißen Ritter vor sich. Es war der gleiche, der Bors im Traum erschienen war.

»Warum seid Ihr so kleinmütig?«, fragte er. »Wer dazu bestimmt ist, den Gral zu finden, geht in die Irre und kommt doch ans Ziel. Seht! Dort ist das Boot, das Euch nach Sarras bringen wird.« Er wies aufs Meer hinaus. Auf der weiten, einsamen Wasserfläche war am Horizont ein Boot aufgetaucht. Es hatte keine Segel, kein Steuermann lenkte es und doch hielt es sicher auf sie zu. Als es näher kam, sahen sie vorne am Bug Galahad in seiner silbernen Rüstung stehen.

Das Boot landete und Parcival und Bors stiegen ein. »Ihr seid die Gralsritter«, sagte der Fremde. »Einer wird ihn finden, einer wird ihn hüten, einer wird von ihm künden. Das ist Eure Sendung.« Er hob die Hand zum Gruß, einen Augenblick sahen sie ihn noch, dann sahen sie ihn nicht mehr. Die Felsen waren leer, niemand war weit und breit zu sehen.

»Wer war das?«, fragte Parcival.

»Der Geist Balans«, antwortete Galahad.

Das Boot glitt wieder aufs Meer hinaus. Es fuhr die ganze Nacht. Die Ritter spürten keine Müdigkeit und keinen Hunger, sie waren froh beieinander zu sein und warteten mit einem feierlichen Gefühl, was weiter geschehen würde. Gegen Morgen zu, als die Sonne aufging, landete das Boot in einer Bucht, die von einem dichten Wald umgeben war. Sobald die Ritter am Ufer standen, wendete das Boot und nahm Kurs aufs offene Meer. Die drei schauten sich um. Der Wald schien undurchdringlich zu sein. Dorniges Dickicht wucherte zwischen den mächtigen Stämmen, verfilzte Ranken hingen wie ein dichter Vorhang herunter.

Hinter ihnen war nichts als eine weite Wasserwüste, vor ihnen eine weglose Wildnis. »Wie sollen wir die Burg finden?«, fragte Bors niedergeschlagen. »Hier gibt es nicht einmal einen Pfad.«

»Warum verliert Ihr so schnell den Mut, Herr Bors?«, fragte Galahad. »Wir werden Sarras finden. Kommt!«

Das Licht der Morgensonne fiel auf sein Gesicht. Er trat auf das Dickicht zu und dort, wo eine dichte Mauer aus Dornen und Gestrüpp gewesen war, öffnete sich plötzlich ein Pfad. Galahad schritt voran, die zwei anderen folgten. Der Wald nahm sie auf, ein düsterer, unheimlicher Wald, der jeden Eindringling feindlich abzuwehren schien.

Parcival und Bors stapften hinter Galahad drein. Ohne seine Führung hätten sie sich rettungslos verirrt in diesem Labyrinth aus Bäumen, gestürzten, vermoderten Stämmen und wild wuchernden Farnen. Galahad aber ging voraus ohne ein einziges Mal zu zögern oder unsicher zu sein.

Der Wald nahm kein Ende. Als Bors und Parcival schon allen Mut verloren hatten, sahen sie plötzlich auf einem Felsen eine Burg aufragen. Sie blieben stehen. Die Zugbrücke war heruntergelassen, als wüsste man in der Burg von ihrem Kommen und hätte sie erwartet, sonst verriet nichts, dass dort Menschen wohnten. Die mächtigen Mauern waren so abweisend und drohend wie der Wald, der die Burg Sarras umgab.

Wieder war es Galahad, der als Erster die Brücke betrat. Sie gingen in den Hof, der leer und von Menschen verlassen war. Ein großes Tor führte ins Innere der Burg. Als Galahad darauf zuschritt, sahen seine Gefährten, wie sich aus dem Schatten der Mauer zwei Löwen lösten, die sich drohend auf den Hinterpranken aufrichteten und den Rachen aufrissen. Bors und Parcival zogen die Schwerter. Galahad ging jedoch unbehelligt zwischen den Löwen durch, und als die beiden Freunde etwas zaghaft folgten, sahen sie, dass es nur zwei steinerne Wappenlöwen waren.

Sie gingen eine breite Treppe hinauf und kamen in einen Saal. Auch der Saal war öde und verlassen, im Kamin brannte kein Feuer, die Luft war kalt und dumpf. Mitten im Saal stand ein goldener Tisch. Galahad trat hinzu und blieb davor stehen. In diesem Augenblick fiel alle Verzagtheit von Bors und Parcival ab. Sie hatten die Burg Sarras gefunden, weil ihnen Galahads Vertrauen in seine Sendung den Weg gewiesen hatte. Er hatte erfüllt, was ihm aufgetragen worden war. Nun mussten auch sie tun, was man von ihnen erwartete.

Galahad hatte den Blick in die Höhe gerichtet. »Wir sind in Sarras«, sagte er. »Mehr kann ich nicht tun. Jetzt liegt alles in deiner Macht, Herr!«

Im gleichen Augenblick wurde es strahlend hell. Das Licht ging von einer Schale aus, die sich langsam zu Galahad heruntersenkte. Er hob die Hände, ergriff die Schale und stellte sie auf den Tisch. Dann kniete er davor nieder.

Der Fischerkönig richtete sich mühsam auf. »Jetzt kann ich in Frieden sterben«, sagte er. »Du hast deine Aufgabe erfüllt, Galahad.«

»Ja, ich habe sie erfüllt«, sagte Galahad. Dann sank er langsam in sich zusammen. Er war tot, eingegangen in das ewige Licht, das er gesucht hatte.

Alle Türen sprangen auf, Ritter und Damen strömten herein. Im Kamin flackerte ein Feuer auf. Licht und Wärme erfüllten den Saal. Pagen brachten ein Ruhebett, auf dem ein magerer Mann mit einem totenähnlichen, bleichen Gesicht lag. Es war der Fischerkönig, der viele Jahre vergeblich auf den Tod gewartet hatte, der ihn so lange mied, bis der Gral auf die Erde zurückgekehrt war.

Der Fischerkönig lebte noch ein paar Tage. Dann starb er friedlich. Parcival wurde zum Gralskönig ausgerufen, Bors aber wusste, dass er in die Welt zurückkehren musste. Er konnte sich lange nicht dazu entschließen. Eines Nachts träumte er, dass das Boot wartend am Ufer für ihn bereitläge. Da wusste er, dass die Zeit der Trennung gekommen war.

Die beiden Freunde standen ein letztes Mal auf den Mauern der Burg beisammen. Ringsum dehnte sich der Wald aus, der jeden Schrecken verloren hatte. Sarras war kaum wieder zu erkennen, seitdem der Gral in der Kapelle stand. Alles war licht und freundlich hier. Die Menschen waren heiter und im Hof fanden keine Tjoste, keine blutigen Turnierspiele statt. Die Gralsritter kämpften nicht um der Freude am Kampf willen wie die Ritter von Camelot, sondern nur dann, wenn ihre Hilfe gebraucht wurde.

»Ich habe eine andere Welt kennen gelernt, Parcival«, sagte Bors. »Ich wollte, ich dürfte bei dir bleiben. Wie soll ich jetzt das Leben draußen wieder ertragen?«

»Jeder von uns hat eine andere Aufgabe«, antwortete Parcival. »Galahad fand den Gral und hat sein Leben dafür gegeben. Ich bleibe hier und hüte den Gral. Und das heißt, dass ich meine Freunde nie wieder sehen werde. Und du musst den Gral verlassen, weil du der Welt zu sagen hast, dass es ihn gibt.«

Parcival begleitete Bors bis ans Ufer. Als sie dort ankamen, lag das Boot bereit. Sie umarmten und küssten sich, dann stieg Bors ein. Und während das Boot aufs Meer hinausfuhr, verhüllte er sein Gesicht mit dem Mantel, denn er konnte es nicht ertragen, die Burg Sarras über den Wipfeln der Bäume zu sehen und zu wissen, dass er sie für immer verlor.

Ein Jahr und einen Tag nach dem Aufbruch der Ritter kam er nach Camelot und berichtete, was geschehen war. Allen aber, die ihm zuhörten, schien es, als wären sie, wenn auch nur für einen kurzen Augenblick, in jene bessere Welt versetzt, von der er sprach.

Nach und nach kehrten auch die anderen Ritter zurück, bis auf jene, die auf der Suche ihr Leben gelassen hatten. Nur Lanzelot fehlte. Seine Freunde suchten ihn in der Einsiedelei auf und baten ihn an den Hof zu kommen. Er wollte davon nichts wissen. Als er hörte, dass Gwinever auf dem Weg zu ihm sei, um ihn nach Camelot zu holen, zog er sich tiefer in die Einsamkeit zurück, an einen Platz, den niemand außer Bors kannte.

Wie Gawain vergiftet werden sollte, wie die Königin angeklagt wurde und Lanzelot für sie kämpfte

Als Gwinever erfuhr, dass Lanzelot in die Wildnis geflohen war, grämte sie sich halb zu Tode, zeigte sich aber nach außen hin fröhlicher denn je. Sie nahm an allen Vergnügungen teil und bereitete für die Ritter der Tafelrunde ein Fest vor. Gawain und seine Brüder waren eingeladen, ferner Ektor und Lionel, Bors und Kay, Mador de la

Porte, ein Ritter aus Irland, der Patrice hieß, und noch viele andere. Einer der Gäste war ein Ritter namens Pinal, den alle den »Wilden« nannten.

Vor einiger Zeit hatte Gawain einen Vetter Pinals im Zweikampf getötet. Pinal hegte schwarze Rachegedanken, wagte aber nicht Gawain zu fordern. Das Festmahl der Königin kam ihm gerade recht. Jedermann in Camelot wusste, dass Gawain nichts lieber als Äpfel aß und nach jeder Mahlzeit sofort nach einem griff. Pinal vergiftete daher einen wunderschönen Apfel, schlich in die Festhalle und legte ihn heimlich in die Obstschale, die Gwinever vor Gawains Platz hatte stellen lassen. Einer der Diener beobachtete ihn dabei, dachte aber nichts Böses.

Als das Mahl zu Ende war, nahm nicht Gawain den vergifteten Apfel, sondern Herr Patrice aus Irland, der neben ihm saß. Kaum hatte er einen Bissen geschluckt, schrie er auf, stürzte zu Boden und wand sich vor Schmerzen. »Ich bin vergiftet worden«, stöhnte er, »Freunde, rächt mich!« Schaum trat vor seinen Mund. Nach wenigen Augenblicken war er tot.

Gawain sprang auf, totenblass im Gesicht. »Herrin, was soll das? Dieser Apfel war vergiftet. Für wen habt Ihr ihn bereitgelegt? Wem war er zugedacht?«

Gwinever war nicht weniger bleich als Gawain geworden. »Ich wusste nicht, dass er vergiftet war«, rief sie entsetzt. »Ich weiß nicht, wie das geschehen konnte!«

»Ihr wusstet es sehr wohl«, antwortete Gawain bitter. »Dieser Apfel war für mich bestimmt und nicht für diesen unglückseligen Fremden. Ihr habt mir Eure Feindschaft oft genug gezeigt, aber ich hätte nie gedacht, dass es so weit mit Euch kommen könnte. Hasst Ihr mich so sehr?«

»Gawain«, rief die Königin leidenschaftlich, »Ihr und ich, wir waren niemals Freunde, aber ich würde mir lieber die rechte Hand abschneiden als Euch vergiften wollen. Und das müsstet Ihr eigentlich wissen!« Gawain sah sie nur lange an und gab keine Antwort. Dann setzte er sich. Die Königin blieb schwer atmend stehen, während die Blicke aller im Saal auf sie gerichtet waren. Schließlich stand Mador de la Porte auf, der ein Vetter des vergifteten Ritters war. »Herr Patrice gehörte zu meiner Sippe, Herrin«, sagte er. »Redet nur, so viel Ihr wollt! Vielleicht könnt Ihr damit manche von uns täuschen, mich aber führt Ihr nicht in die Irre. Ich habe immer gewusst, dass Ihr schlecht und böse seid. Ihr habt ihn ermordet! Ihr seid Herrn Patrices Mörderin!«

Er verließ die Halle. Einer nach dem anderen der Ritter folgte ihm schweigend.

Am nächsten Tag, als Arthur zu Rate saß, kam Mador de la Porte und klagte die Königin des Mordes an.

»Das ist eine schwere Beschuldigung«, sagte Arthur. »Lady Gwinever ist unschuldig, ich will es beschwören. Warum hätte sie Herrn Gawain vergiften sollen – von dem unglückseligen Herrn Patrice ganz zu schweigen!«

»Warum sie es getan hat, kümmert mich nicht«, antwortete Mador. »Nur sie kann es gewesen sein! Darum klage ich sie an und ich bin bereit für meine Anklage mit dem Leben einzustehen. Ruft ein Gottesgericht aus, Herr!«

Hierauf ließ Arthur die Königin holen; sie kam, das Gesicht hinter einem dichten Schleier verborgen. Viele der versammelten Herren und Damen hatten Mitleid mit ihr, manche aber warfen ihr schadenfrohe Blicke zu.

»Herrin«, sagte Arthur mit tonloser Stimme, »dieser Ritter, Herr Mador de la Porte, klagt Euch des Mordes an und fordert ein Gottesgericht. Was habt Ihr dazu zu sagen?«

Gwinever schlug den Schleier zurück. Obwohl sie blass wie der Tod war, hielt sie sich aufrecht und stolz und schaute ohne Angst die Versammelten an. »Mein Herr und König«, sagte sie, »niemand kennt mich besser als Ihr. Ihr kennt meine Fehler und Schwächen, aber Ihr wisst auch, dass ich niemals so etwas Schändliches tun würde. Ich nehme das Gottesgericht an und vertraue, dass einer der Ritter meine Unschuld verteidigen wird. Wie es auch kommen mag, ob es Leben oder Tod für mich heißt, ich bin bereit.«

Arthur stöhnte. »Gwinever, Ihr seid die Liebe meiner Jugend. Nun bin ich älter geworden, aber trotzdem würde ich selbst für Euch einstehen und kämpfen. Das kann aber nicht sein, ich bin König und Richter und darf nicht Partei ergreifen. Sollte jedoch keiner meiner Ritter für Euch einstehen, dann werdet Ihr mich bereit finden.«

Noch am gleichen Abend sandte Gwinever nach Bors und bat ihn für sie zu kämpfen.

»Herrin, es wäre mir lieber, wenn es ein anderer Ritter täte«, erwiderte Bors.

Gwinever schaute ihn stolz an. »Wie? Glaubt auch Ihr, dass ich so niedrig bin einen Gast zu vergiften? Hätte ich das gewusst, ich hätte Euch nie um diesen Dienst gebeten.«

»Ich glaube an Eure Unschuld, aber ich war selbst bei diesem Mahl. Wenn ich für Euch kämpfe, werden alle glauben, dass ich mit Euch im Bund stand und wir gemeinsam Herrn Gawain vergiften wollten.«

»Wo sind die Zeiten«, antwortete die Königin bitter, »da ich viele Ritter hatte, die bereit waren ihr Leben für mich zu geben! Früher hätte ich nicht bitten müssen, um einen zu finden, der für mich einsteht. O Lanzelot! Lanzelot! Wärest du doch hier!« Sie wandte ihr Gesicht ab und weinte.

»Herrin, weint nicht!«, rief Bors. »Es gibt noch genug Ritter, die Euch treu ergeben sind. Ich werde für Euch kämpfen, wenn sich nicht ein besserer an meiner Stelle findet.«

Gwinever wischte sich die Tränen ab. »Herr Bors, Ihr seid ein guter Mensch. Ich wollte, ich wäre so gut wie Ihr. Aber eines kann ich feierlich schwören – in dieser Sache bin ich unschuldig. Mehr noch, ich glaube zu wissen, wer es getan hat. In der Halle war ein Diener, der einen Ritter kommen sah, bevor die anderen eintraten. Ich kann ihn aber nicht anklagen, weil ich selbst angeklagt bin und alle sagen würden, ich täte es nur, um mich zu schützen.«

Sobald der Morgen dämmerte, brach Bors heimlich auf und ritt zu der versteckten Lichtung, wo Lanzelot sich eine einfache Hütte gebaut hatte. Auf der kleinen Waldwiese weidete Lanzelots Pferd. Bors stieg ab und schaute das friedliche Bild nicht ohne Bedauern an. Sein Freund hatte ihn kommen hören, trat aus der Hütte und begrüßte ihn.

»Lanzelot, ich bin gekommen, um dich nach Camelot zu holen«, sagte Bors.

»Warum willst du, dass ich hier weggehe?«, fragte Lanzelot. »Ich dachte, du verstündest mich. Ich habe nie gewusst, was es heißt, in Frieden zu leben. Jetzt weiß ich es. Nein, Bors, ich bleibe hier.«

»Ich wollte auch nicht von Sarras fort und doch musste ich das Boot besteigen, das mich übers Meer führte, so dass ich nie mehr den Weg zurückfinde. Parcival durfte dort bleiben. Aber wir beide, Lanzelot, wir gehören in die Welt, die die unsere ist, ob sie uns nun gefällt oder nicht.«

Er erzählte, was in Camelot geschehen war. Als er geendet hatte, schwieg Lanzelot. Ein Haher schrie irgendwo im Wald. Meisen kamen zutraulich herbeigeflattert. »Bors, ich wollte nie mehr fortgehen«, sagte er endlich, »aber ich sehe, dass Gott mir dieses Leben hier nicht zugedacht hat. Ich wurde zum Ritter erzogen und will es wieder sein, mag kommen, was da wolle. Reite nach Camelot und sage niemandem, dass du bei mir warst. Am Tag des Gottesgerichtes werde ich da sein und an deiner Stelle kämpfen. Davon soll aber Mador nichts wissen, sonst könnte es sein, dass er Angst bekommt und zurücktritt, und Gwinever würde weiter verdächtigt. Mador will ein Gottesgericht – er soll es haben!«

Am Tag des Gottesgerichtes, um die elfte Vormittagsstunde, kamen der König, die Königin und das ganze Gefolge zu der Wiese vor der Burg. Ein großer Holzstoß wartete schon, auf dem Gwinever verbrannt werden sollte, wenn Mador siegte.

Nicht einer war auf dem Platz, der nicht verstohlene Blicke auf die Königin geworfen hätte, sie aber hielt den Kopf hoch und lächelte, als sie um sich schaute. Nur ihr Gesicht war bleich und ohne jede Farbe. Sie trug ein langes, weißes Gewand und als einzigen Schmuck einen silberbeschlagenen Gürtel. Es gab viele, die sie mitleidig und traurig ansahen, es gab aber auch solche, die kaum ihren Triumph über das Elend der Königin verbergen konnten. Vor allem Mordred, der Bruder Gawains, hatte Mühe, seine Freude nicht allzu offen zu zeigen.

Nachdem der ganze Hof versammelt war und der König Ruhe geboten hatte, trat Mador de la Porte vor und schwor einen heiligen Eid, dass die Königin seinem Vetter Patrice mit einem vergifteten Apfel das Leben genommen habe. Er sei bereit diesen Eid im Kampf zu verteidigen.

»Herr Mador«, fragte Arthur, »habt Ihr auch

genau nachgeforscht, ob Eure Anklage berechtigt ist? Es ist ein großes Verbrechen und schändlich, jemanden zu vergiften, aber es ist nicht weniger verbrecherisch und schändlich, wenn Ihr Eure Königin ungerecht anklagt.«

»Ich brauche niemanden zu fragen«, antwortete Mador. »Ich glaube das, was meine eigenen Augen gesehen haben!«

Als Nächster trat Bors vor und legte einen Eid ab, dass er Gwinever für unschuldig halte und ebenso wie Herr Mador bereit sei dafür mit seinem Leben einzustehen, es sei denn, es käme ein besserer Ritter, der die Sache ausfechten wolle. Mador lächelte verächtlich. »Wozu diese Ausflüchte, Herr?«, fragte er. »Man könnte glauben, Ihr seid entweder ein Feigling oder Eurer Sache nicht sicher.«

Bors gab keine Antwort, ging in sein Zelt und wappnete sich. Zwischendurch sah er immer wieder zu dem Wäldchen am Rande der Wiese hin. Als er fertig war und der Knappe schon das Pferd bereithielt, tauchte endlich ein Reiter am Waldrand auf und kam in vollem Galopp heran. Es war Lanzelot. Er hatte das Visier geschlossen und trug einen Schild ohne Wappen. Bors atmete auf und führte seinen Vetter vor Arthur. »Herr«, bat er, »erlaubt diesem Ritter, dass er statt meiner kämpft.«

»Ich schlage es Euch nicht ab. Es war Eure Bedingung«, antwortete Arthur. »Wer ist der Fremde?«

»Das kann ich Euch nicht sagen. Er ist ein besserer Ritter als ich. Ich trete ihm gern mein Recht in diesem Streit ab.«

»Dann soll sein Name nicht wichtig sein«, sagte Arthur. »Gott wird sein Urteil sprechen.«

Er gab das Zeichen zum Beginn. Mador und Lanzelot ritten gegeneinander an. Beim ersten Treffen splitterte Madors Lanze. Sein Pferd stürzte schwer, aber er stand im nächsten Augenblick schon wieder auf den Beinen und zog das Schwert. Lanzelot glitt leichtfüßig aus dem Sattel, hielt den Schild abwehrbereit und zog ebenfalls.

Sie fochten über eine Stunde lang. Mador war ein kräftiger Mann, und da er wirklich an die Schuld der Königin glaubte, verdoppelte die gerechte Empörung seine Kräfte. Schließlich stellten sich aber die ersten Anzeichen der Erschöpfung ein. Er konnte kaum noch den Schild hoch heben und wich immer mehr zurück. Als er schon ganz gegen die Barriere gedrängt war, streckte ihn Lanzelot mit einem mächtigen Hieb zu Boden. Bevor er aber zum letzten Schlag ausholen konnte, richtete sich Mador auf den Knien auf und schlug zu. Seine Klinge schnitt durch die Panzerschuppen, die Lanzelots Hüfte schützten.

Lanzelot verbiss den heftigen Schmerz, wich zurück und wartete, bis sein Gegner wieder auf den Beinen stand und ihn angriff. Er parierte, holte mächtig aus und traf Mador so wuchtig auf den Helm, dass er die Eisenhaube spaltete. Mador wankte und fiel bewusstlos nieder. Lanzelot bückte sich, zog den Dolch, schnitt die Riemen durch und riss den Helm herunter. Die frische Luft brachte Mador wieder zu sich, er sah das Schwert des Gegners drohend über sich. Todesangst packte ihn. »Schont mein Leben, Herr Ritter!«, rief er.

»Ich werde Euch nur dann schonen, wenn Ihr Euren Eid widerruft. Die Königin ist unschuldig und Ihr habt sie ungerecht angeklagt.«

So groß war Madors Angst um sein Leben, dass er antwortete: »Ja, sie ist unschuldig. Ich bekenne es!«

Lanzelot trat vor den König und die Königin und wollte mühsam das Knie beugen, aber Arthur kam rasch von seinem erhöhten Sitz herunter, nahm ihn an der Hand und zog ihn in die Höhe. »Kniet nicht vor mir!«, bat er. »Wir beide haben Euch zu danken. Mir habt Ihr meine Königin erhalten, ihr habt Ihr das Leben gerettet. Trinkt einen Becher Wein! Ihr seid verwundet und erschöpft. Der Wein wird Euch stärken.«

Der Becher Wein wurde gebracht und Lanzelot nahm den Helm ab. Viele der anwesenden Ritter hatten geahnt, wer der unbekannte Streiter der Königin war, und brachen nun in Freudenrufe aus. Auch Mordred stellte sich freudig erstaunt, in Wirklichkeit war er wütend und bitter enttäuscht.

Arthur rief: »Lanzelot! Ich habe gewusst, dass Ihr es seid, als Bors von einem besseren Ritter als er selbst sprach. Jetzt, da wir Euch wieder in Camelot haben, werden wir Euch nicht mehr fortlassen.«

»Mein Herr und mein König«, antwortete Lanzelot, »ich bleibe gern, es sei denn, Ihr befehlt mir einmal fortzugehen. Hier kann ich am besten Eure Ehre und die Ehre der Königin verteidigen. Als ich jung war und noch keinen Namen hatte, habt Ihr mich zum Ritter geschlagen. Ich werde immer für Euch kämpfen. Der Königin aber bin ich verpflichtet, weil ich von allem Anfang an ihr Ritter war.« Er hob den Becher und rief so laut, dass es alle hören konnten: »Ich trinke auf die Unschuld der Königin!«

Mador de la Porte wollte nicht länger in Camelot bleiben; er reiste noch am gleichen Tag in aller Eile und verstohlen ab. Arthur hielt eine Ratssitzung ab, an der alle Ritter und Fürsten teilnahmen. Jener Diener, der gesehen hatte, wie Pinal vor dem Festmahl den Apfel auf den Tisch gelegt hatte, beschwor vor allen versammelten Herren seine Aussage. Als man Pinal aufrief, war er nirgends zu finden. Er hatte Camelot fluchtartig verlassen.

Die Unschuld der Königin war erwiesen. Trotzdem gab es einige, die nicht an die Aussage des Dieners glaubten und sich zuflüsterten: »Man sieht ja, wie es steht! Zuerst rufen sie Lanzelot herbei, dass er Herrn Mador besiege. Welchen Ritter gibt es schon, der gegen Lanzelot bestehen könnte? Dann jagen sie Herrn Mador fort und bestechen einen Diener, damit die Schuld auf den armen Herrn Pinal abgewälzt wird. Wer weiß, was ihm widerfahren ist. Er ist spurlos verschwunden und kann sich nicht mehr verteidigen. Glaube, wer da will, an die Unschuld der Königin!«

Wie Gwinever verbrannt werden sollte und Lanzelot sie rettete und wie Gareth und Gaheris erschlagen wurden

Mit dem Frieden in Camelot war es vorbei. Zwei Parteien bildeten sich und jede glaubte im Recht zu sein. Die einen sagten, der Königin sei großes Unrecht widerfahren, die anderen waren fest davon überzeugt, dass Gwinever eine schwarze Seele habe und Lanzelot ihr Liebhaber sei. Auch zwei Brüder Gawains – Mordred und Agrawain – standen auf der Seite jener, die sich gegen die Königin und Lanzelot verschworen hatten. Agrawain glaubte, die Ehre des Königs stünde auf dem Spiel, und war aus diesem Grund gegen Gwinever. Mordred glaubte gar nichts und die Ehre des Königs war ihm gleichgültig. Alle diese Jahre hatte er seinen Neid und Hass verbergen müssen; auch jetzt wagte er nicht offen aufzutreten, aber er hetzte die Ritter im Geheimen auf, wann immer sich eine Gelegenheit dazu bot.

Eines Tages rief er seine Brüder zusammen, setzte eine betrübte Miene auf und sagte, es sei höchste Zeit, dass etwas geschehe, sonst würde noch die ganze Welt über Arthur spotten. »Natürlich ist Lanzelot der größte Ritter«, erklärte er, »aber er ist nicht so stark wie ein paar Ritter zusammen. Wir müssen die Ehre des Königs rächen. Überfallen wir ihn gemeinsam, sobald er das nächste Mal Gwinever besucht!«

Gawain zog die Brauen zusammen und starrte Mordred finster an. »Ich habe nichts übrig für Verrat und Niedertracht«, sagte er.

»Wie? Du nennst es Niedertracht, wenn Arthur endlich die Augen geöffnet werden? Oder liebst du Gwinever etwa auch, guter Bruder?«

Gawain fuhr auf. »Gott weiß und ganz Camelot weiß es, die Königin und ich waren immer Feinde. Aber wenn ich mich gegen sie stelle, dann werde ich es offen und vor den Augen aller tun. Und was Lanzelot betrifft, so ist er mein Freund. Soll ich ihn hinterrücks verraten? Bruder, dein Rat taugt nichts!«

Gareth war so wütend geworden, dass er Mordred beinahe geohrfeigt hätte und nur mit Mühe von Gaheris davon abgehalten wurde. Dann erteilten sie zu dritt Mordred eine Belehrung, was sie von feigen und hinterhältigen Plänen dachten, rieten ihm die Hände davon zu lassen und stapften empört fort.

»Manche Menschen muss man zu ihrem Glück zwingen«, sagte Mordred, als er mit Agrawain allein zurückgeblieben war. »Von Gareth habe ich nichts anderes erwartet. Sein Herz ist noch immer weich, als wäre er ein milchgesichtiger Junge, und jedermann weiß, dass er Lanzelot verehrt, nur weil dieser ihn zufällig zum Ritter geschlagen hat. Aber Gawain hätte ich mehr Vernunft zugetraut. Nun, dann müssen wir eben Schicksal spielen, Agrawain! Wenn wir es nicht tun, wird dieses feine Paar nie aufhören unseren König zu betrügen. Ich habe einen guten Plan. Wir wollen Lanzelot unter einem Vorwand zu Gwinever locken, ihn dort überfallen und erschlagen. Ist er einmal tot, wird der König uns endlich glauben, dass Gwinever ihn betrügt.«

Als Arthur mit Gawain und einigen anderen Rittern auf der Jagd war, nahm Mordred einen Pagen der Königin beiseite. »Ich habe eine Botschaft für Herrn Lanzelot«, sagte er. »Die Königin erwartet ihn in ihren Gemächern und will ihn sprechen. Beeil dich, mein Junge, es ist dringend!«

Der Page dachte sich nichts Böses. Lanzelot eilte sofort in die Frauengemächer und traf Gwinever allein in ihrer Kemenate an.

»Herrin, was hast du mir zu sagen?«, fragte er, nachdem er eingetreten war.

Gwinever schaute erstaunt auf. »Lanzelot, ich habe dich nicht rufen lassen.«

»Was soll das, Gwinever? Dein Page kam zu mir und sagte, du wolltest mich sprechen.«

»Ich habe keinen Pagen zu dir gesandt«, antwortete Gwinever. »Aber ich bin froh, dass du gekommen bist. Es ist so lange her, dass du bei mir warst. Habe ich dich gekränkt, Lanzelot? Bist du böse auf mich?«

»Nein, Herrin! Ich bleibe um deinetwillen von

dir fern. Weißt du nicht, was man sich in Camelot zuflüstert? Es ist auch besser, wenn ich jetzt wieder gehe. Hinter dieser Botschaft, die du mir nicht geschickt hast, kann nichts Gutes stecken. Du hast Feinde am Hof, Gwinever! Wir wollen ihnen keine Handhabe geben.«

Lanzelot kam nicht mehr dazu, die Kemenate der Königin zu verlassen. Mordred hatte nur auf diese Gelegenheit gewartet und drang mit dreizehn ihm ergebenen Rittern in die Frauengemächer ein. In seiner Begleitung befanden sich Agrawain und zwei Söhne Gawains, Florence und Lovel. Sobald die Frauen der Königin die schwer gewappneten und bewaffneten Ritter daherkommen sahen, rannten sie schreiend zur Tür und schoben die Riegel vor. Dann stürzten sie in das Zimmer der Königin, sahen Lanzelot drinnen stehen und fingen laut zu jammern an, weil sie alles für verloren hielten. Mordred und seine Genossen hämmerten mit ihren Eisenhandschuhen an die Tür, dass man es durch die ganze Burg hallen hörte. Sie nannten Lanzelot einen Verräter und forderten ihn auf sich zu ergeben. Gwinever wurde totenblass. »Jetzt ist es so weit«, flüsterte sie. »Sie werden dich erschlagen und mich auf den Scheiterhaufen bringen.«

Auch Lanzelot war bleich geworden. »Herrin«, stieß er hervor, »gibt es hier irgendwo eine Rüstung?«

Gwinever schüttelte hilflos den Kopf.

»Dann muss ich es eben ohne Rüstung versuchen«, sagte er bitter. »Diesen Herren ergebe ich mich nicht. Ich weiß, was sie wollen. Sie denken nicht daran, mich dem König als Gefangenen zu übergeben.«

»Geh nicht, Lanzelot!«, rief Gwinever. »Mit dem Schwert allein bist du verloren.«

»Ich habe keine andere Wahl, Gwinever. Wenn ich sterben sollte, gibt es noch immer Bors und Ektor und Lionel und alle die anderen Männer meiner Sippe. Sie werden dich auf Joyousgard bringen. Dort bist du sicher.«

»Geh nicht, Lanzelot!«, rief Gwinever noch einmal.

Inzwischen hatten Mordred und seine Ritter eine schwere Sitzbank aus der Halle geholt, benützten sie als Rammbock und rannten damit gegen die Tür an. Die Balken splitterten und die Riegel ächzten. Lanzelot wickelte seinen Mantel fest um den Arm, hob das Schwert, schob die Riegel beiseite und öffnete die Tür einen kleinen Spalt. So groß war aber die Angst der Ritter vor ihm, dass sie unwillkürlich zurückwichen. Erst als sie sahen, dass er keine Rüstung trug, kam ihr Mut wieder zurück und alle dreizehn wollten sich auf einmal auf ihn stürzen. Lanzelot streckte den ersten der Angreifer blitzschnell nieder, packte ihn an der Schulter und zog ihn in die Kammer hinein. Dann schlug er die Tür zu und verriegelte sie.

Die Königin und ihre Frauen zogen dem Toten in fliegender Hast die Rüstung aus und Lanzelot wappnete sich. Als der letzte Panzerriemen geschlossen war, ging er zur Tür, bat um freien Abzug und versprach sich freiwillig dem Gericht des Königs zu stellen.

»Wir trauen Euch nicht, Herr Lanzelot«, rief Mordred. »Ergebt Euch oder wir erschlagen Euch!«

»Wie Ihr wollt!«, antwortete er, riss die Tür auf und fiel über sie her, als wären sie ein Pack feiger Hunde. Er tötete Agrawain, verwundete Mordred und erschlug Florence und Lovel. Die Übrigen flohen.

»Das ist ein übler Tag«, sagte Lanzelot. »Ach, Gwinever, unsere Liebe ist ein Fluch für uns beide. Nun habe ich den Neffen des Königs erschlagen und zwei Söhne Gawains. So weit ist es mit mir gekommen! Ich muss Camelot verlassen und weiß nicht, ob ich je zurückkehren kann. Komm mit mir! Hier hast du niemanden, der dich verteidigt.«

Gwinever starrte vor sich hin. Nach einer langen Pause sagte sie: »Wenn ich mit dir gehe, Lanzelot, werden alle darin ein Eingeständnis meiner Schuld sehen. Ich bleibe hier. Verurteilt man mich, dann weiß ich, dass du mich retten wirst.«

»Herrin, ich verspreche es«, antwortete Lanzelot und wandte sich zum Gehen.

Sie hielt ihn noch einmal zurück. »Lanzelot! Ist das wirklich das Ende?«

»Ja, Gwinever.«

Er sammelte die Männer seiner Sippe. Sie verließen sofort Camelot, zogen sich in einen nahen Wald zurück und warteten in ihrem Versteck ab, was weiter geschehen würde.

Mordred hatte nicht gewagt Lanzelots Schar aufzuhalten. Kaum waren sie fort, warf er sich aufs Pferd und ritt Arthur nach, der nicht weit von Camelot mit Gawain, Gareth und Gaheris und anderen Rittern jagte. Er traf sie auf einer Lichtung, sprang vom Pferd, kniete vor Arthur nieder und zeigte auf seine blutbefleckte Rüstung, die er vorsorglich angelassen hatte. »Herr, seht! Das hat Lanzelot getan!« Dann berichtete er, was sich in Camelot zugetragen hatte. Als Arthur hörte, dass Agrawain, Florence und Lovel nicht mehr lebten, stöhnte er laut auf. Gawain senkte den Kopf.

Keiner wagte ein Wort zu sprechen. In den Büschen und Bäumen ringsum huschten die Vögel zwitschernd umher. Der Wind flüsterte im Laub. Eine Wolke schob sich vor die Sonne und der Schatten der Wolke wanderte über den König und seine Ritter.

Schließlich hob Arthur den Kopf. Es war, als schauten seine Augen in weite Ferne. »Merlin, du hast es geweissagt«, flüsterte er. »Die Tafelrunde wird zu Grunde gehen. Jetzt ist es so weit. Lanzelot, was hast du getan! Nun muss ich meine Königin vor Gericht stellen.«

Er stand müde auf, bestieg sein Pferd und ritt nach Camelot. Dort zog er sich in seine Kammer zurück und duldete nur Gawain, Gareth und Gaheris bei sich.

»Gott weiß, ich würde mein halbes Leben darum geben, könnte ich es ungeschehen machen«, sagte er. »Aber ein König ist Richter. Wie kann mir mein Volk weiter vertrauen, wenn ich meine Pflicht vergesse, nur weil es um mein eigenes Glück geht. Gawain, mein Sohn, nimm die Königin gefangen und bringe sie vor Gericht.«

Gawain kniete nieder. »Herr«, bat er, »erlasst mir diese Aufgabe. Ich kann es nicht tun.«

»Warum?«

»Weil ich Lanzelot die Treue geschworen habe. Und was die Königin betrifft – ich war nie ihr Freund, aber ich habe keine Freude an ihrem Elend. Ich will einem Gericht, das sie verurteilt, nicht angehören.«

»Und Agrawain? Und deine Söhne? Hast du vergessen, dass sie getötet wurden?«

Gawains Schultern sanken tiefer, seine Hände hingen schlaff herab. »Ich habe ihnen gesagt, dass sie nichts damit zu tun haben sollen. Sie waren vierzehn! Vierzehn gegen einen, der keine Rüstung trug. Wie kann ich Lanzelot deswegen hassen?«

»Und du, Gareth? Und du, Gaheris?«, fragte Arthur. »Wollt auch ihr mir nicht diesen Dienst erweisen?«

Gareth schloss die Faust so fest um den Griff des Schwertes, dass seine Knöchel weiß wurden. »Herr, Ihr verlangt viel von mir und Gaheris«, antwortete er mühsam. »Aber ich habe Euch Gehorsam geschworen. Wenn Ihr es befehlt, dann werden wir es tun. Gestattet uns aber, dass wir die Königin waffenlos und ohne Rüstung vor Gericht führen. Wir glauben nicht an ihre Schuld und alle sollen es wissen.«

Am nächsten Morgen gingen Gareth und Gaheris und mit ihnen eine große Schar Ritter zu den Gemächern der Königin. Die beiden Brüder waren in einfache Leinenkittel gekleidet. Die Schwerter an ihren Gürteln hatten sie ebenfalls daheim gelassen, denn in jenen Zeiten war es Brauch, dass nur der eine Rüstung und Waffen trug, der an die Schuld des Angeklagten glaubte. Gleich Gareth und Gaheris gab es viele Ritter, die ebenfalls waffenlos und ungewappnet erschienen. Gwinever hatte sich durch ihren Stolz manche Feinde gemacht, aber es waren doch nur wenige, die ihr und Lanzelot Böses wünschten. Viele glaubten nicht daran, dass die beiden die Ehre des Königs verraten hätten.

Arthur hatte eine schlimme Nacht hinter sich. Mit der Schlaflosigkeit und der Finsternis kommen dunkle Gedanken und niemand ist so bitter enttäuscht wie jener, der vertraut hat und sich hintergangen fühlt. Der König glaubte, er werde Gwinever nie verzeihen und erst dann wieder Ruhe finden, wenn sie tot wäre. Die ganze Nacht schritt er ruhelos in seiner Kammer auf und ab. Als der Morgen dämmerte, befahl er, dass Gwinever im Büßerhemd, ohne Gürtel und barfuß vor Gericht zu erscheinen habe, als wäre sie ihrer Schuld schon überführt. Gleich danach bereute er es und sandte Gareth einen Boten nach. Der Bote kam jedoch zu spät.

Als Gwinever der Befehl des Königs überbracht wurde, weinte sie und sagte: »Mein Herr, der König, hat mich in seinem Herzen bereits schuldig gesprochen. Das Urteil steht fest, bevor das Gericht zusammentritt. Ich werde sterben müssen.«

Ihre Fräulein und Damen fingen laut zu jammern an. Gwinever zog das Büßergewand an. »Seid nicht traurig«, sagte sie. »Ich habe in meinem Leben vieles getan, das nicht gut war. In dieser Sache bin ich mir aber keiner Schuld bewusst. Es ist keine Schande, unschuldig verurteilt zu werden, nur eine Schande für den, der Richter ist.«

Lanzelot und seine Getreuen waren in aller Heimlichkeit nach Camelot zurückgezogen und lagerten ganz in der Nähe. Als ein Page, der Gwinever ergeben war, die Nachricht überbrachte, dass die Königin barfuß und im Büßerhemd vor Gericht geführt wurde, wusste Lanzelot, dass sie keine Gnade erwarten durfte, und beschloss sie sofort zu befreien.

Er brach mit allen seinen Leuten aus dem nahen Wald hervor. Sie fegten wie ein Wirbelwind auf die Burg zu und fielen über die Ritter her, in deren Mitte Gwinever zur Gerichtshalle schritt.

Als Lanzelot sie barfuß und im Büßerhemd sah, wusste er nicht mehr, was er tat. Er bemerkte nicht einmal, dass fast alle Ritter unbewaffnet waren. Mit gezogenen Schwertern kämpften sich seine Freunde und er den Weg zu Gwinever durch. Er teilte wie rasend nach rechts und links Hiebe aus und erschlug in seiner blinden Wut Gareth, der neben der Königin ging, ohne zu sehen, wen er tötete. Als Gaheris seinem Bruder zu Hilfe kommen wollte, versetzte er auch ihm einen tödlichen Streich, wieder ohne zu wissen, dass er einen seiner besten Freunde erschlug. Er sah nur Gwinever und sonst nichts und niemanden. Er packte sie, riss sie vor sich aufs Pferd, stürmte mit seinen Getreuen wieder davon und zog sich nach Joyousgard zurück.

Gwinever war gerettet, aber sechsunddreißig Ritter hatten es mit ihrem Leben bezahlt. Unter den Toten befanden sich Gareth, Gaheris und Kay, der Seneschall, und sie alle waren waffenlos und ohne Rüstung gewesen.

Wie Gawain Rache schwor und mit Arthur nach Joyousgard zog

An jenem Morgen hatte sich Gawain in seine Kammer eingeschlossen. Er wusste, dass man Gwinever verurteilen würde, und wollte nichts damit zu tun haben. Einer seiner Pagen aber wurde Zeuge, wie Lanzelot Gwinever befreite; er lief verstört zu seinem Herrn und stammelte, die Königin sei geflohen und auf dem Weg nach Joyousgard.

Gawain fuhr auf. »Das kann ich nicht verstehen. Haben nicht Gareth und Gaheris die Königin bewacht?«

»Herr, Eure Brüder sind tot. Lanzelot hat sie erschlagen.«

Da verhüllte Gawain sein Gesicht mit dem Mantel. Lange Zeit saß er reglos da, nur manchmal hörte ihn der Page stöhnen: »Fünf von uns sind tot!« Der Junge bekam Angst und wollte sich davonschleichen, als er aber die Tür öffnete, ließ Gawain den Mantel fallen, starrte ihn an und sagte tonlos: »Drei starben gerüstet und gewappnet und es ist unser aller Los, dass wir einmal auf diese Weise sterben müssen. Das ist ein Trost. Aber diese zwei Letzten trugen keine Rüstung und waren waffenlos und einen von ihnen hat Lanzelot zum Ritter geschlagen. Und dieser eine liebte Lanzelot mehr als seine eigenen Söhne und seine eigenen Brüder. O Gareth! Gareth! Alles könnte ich Lanzelot verzeihen, nur deinen Tod nicht. Ich weiß nicht, wen ich mehr liebte, dich oder Lanzelot. Du bist tot und er hat dich getötet. In dieser Welt gibt es kein Licht mehr, nur noch Dunkelheit.«

Dann stand er auf und ging zu Arthur. »Herr, was willst du jetzt tun?«, fragte er.

»Ich weiß es nicht! Ich weiß nicht, was ich tun soll!«, antwortete Arthur.

»Hast du nicht gehört, dass meine zwei Brüder getötet wurden?«

»Ja, ich habe es gehört«, antwortete Arthur und sah Gawain nicht an.

»Dann werde ich dir sagen, was du tun musst. Lanzelot muss sterben. Er hat deine Neffen getötet. Er hat Kay erschlagen, deinen Ziehbruder. Er ist schuld am Tod so vieler Brüder der Tafelrunde. Rufe die Ritter zusammen, die Könige und Fürsten und brenne Joyousgard nieder. Sie sind Verräter und Mörder, die dort sind!«

Arthur stöhnte und rief: »Mein Sohn, du weißt nicht, was du redest! Das ist das Ende der Tafelrunde. Wenn Lanzelot mir die Königin ausliefert, werde ich ihm und seiner Sippe verzeihen. Und wenn ich verzeihe, kannst du es dann nicht auch tun?«

»Nein, Herr. Er hat meine unschuldigen Brüder erschlagen. Solange ich atme, werde ich ihm nicht vergeben. Entweder er muss sterben oder ich. Ich werde keinen Frieden finden, bis er tot ist.«

König Arthur nannte den Kampf gegen Lanzelot einen Bruderkrieg und es dauerte lange, bis Gawain ihn dazu überreden konnte. Selbst dann zog er nur mit halbem Herzen gegen Joyousgard. Die Übermacht war so groß, dass nicht viel Hoffnung für Lanzelot und die Seinen blieb. Am Abend des Tages, an dem das Heer des Königs die Burg eingeschlossen hatte, kam Gwinever zu Lanzelot. »Liefere mich aus!«, bat sie. »In diesem Krieg werden viele sterben. Ist mein Leben mehr wert als das Leben so vieler guter Ritter? Warum sollen andere für mich leiden!«

»Nein, Gwinever! Wir werden nicht zusehen, wie man dich verbrennt. Ich lasse dich erst dann zu Arthur, wenn deine Sicherheit verbürgt ist.« Gwinever weinte. »Gott straft mich für meine Sünden«, sagte sie.

Drei Tage lang rannte das Heer des Königs gegen die Burg an. Sie schlugen Breschen in die Mauern, aber Nacht für Nacht besserten die Belagerten die Wälle aus und Arthur und seinen Rittern gelang es nicht, in die Burg einzudringen. Auf beiden Seiten starben viele. Die Verluste im Heer des Königs waren größer, doch in Lanzelots kleiner Schar zählte jeder Tote doppelt. Ektor und Lionel rieten daher Lanzelot einen Ausfall zu machen, die Ritter des Königs in die Flucht zu schlagen und nachher mit der Königin nach Frankreich zu fliehen.

»Sie sind unsere Freunde«, wandte Lanzelot ein. »Ich will nicht mit ihnen kämpfen.«

»Freunde, die uns mit Freuden töten würden!«, antwortete Lionel finster.

Lanzelot konnte sich lange nicht entschließen dem Rat seines Bruders zu folgen und gab erst nach, als die Lage in der Burg immer schwieriger wurde. Vorher bat er Arthur um eine Unterredung; er wollte nichts unversucht lassen und hoffte den König zu einem friedlichen Vergleich zu bewegen.

Arthur kam mit Gawain vor die Burg, Lanzelot stand oben auf der Mauer und erwartete sie. Eine Weile schauten sie sich schweigend an. Dann fragte Arthur: »Was wollt Ihr von mir, Herr Lanzelot? Wollt Ihr Euch ergeben?«

»Nein, Herr. Ich bitte Euch nur diesen Streit zu beenden. Hier in dieser Burg sind viele Ritter, die Ihr vor nicht langer Zeit Eure Freunde genannt habt und die Euch treu dienten. Einige von ihnen habt Ihr zum Ritter geschlagen – wie Ihr auch mich zum Ritter geschlagen habt. Welche Ehre kann es Euch einbringen, wenn Ihr jene tötet, die früher so oft ihr Leben für Euch eingesetzt haben? Sie waren Euch ergeben und werden es wieder sein, wenn Ihr sie in Frieden leben lasst!«

»Lanzelot, Ihr redet von Ehre? Es ist leicht, ritterliche Worte zu sprechen und anders zu handeln. Und doch, bei meinem Leben, auch ich will diesen Streit nicht. Gebt die Königin heraus und dann rede ich mit Euch weiter.«

»Gwinever wird in Joyousgard behandelt, wie es ihrem Stand und Rang entspricht. Hier ist sie vor Verfolgung und Ehrlosigkeit geschützt. Wäre sie das auch, wenn sie bei Euch ist? Versprecht mir erst, dass Ihr für das Leben der Königin und ihre Sicherheit bürgt, dann werde ich sie Euch übergeben.«

»Lanzelot!«, schrie Arthur auf. »Gäbe es Euch nicht, ich lebte in Frieden mit meiner Königin. Steht es Euch da an, Forderungen an mich zu stellen?«

»Du vergisst etwas, Lanzelot!«, sagte Gawain finster. »Was ist mit Gareth und Gaheris? Ich rede nicht von Agrawain und meinen Söhnen. Sie haben dich angegriffen und du musstest dich verteidigen. Aber Gareth und Gaheris trugen keine Waffen und waren deine Freunde. Verlangst du von mir, dass ich dir das verzeihe?«

»Gawain, ich wollte sie nicht töten. Gott weiß es.«

»Das glaube ich nicht! Ich werde dir nie vergeben.«

»Gott sei uns Sündern gnädig! Er sei auch dir gnädig und vergebe dir diesen unchristlichen Hass«, antwortete Lanzelot und verließ die Mauer.

Am nächsten Tag machte er mit seinen Rittern einen Ausfall. Zuerst gelang es ihnen, die Belagerer zurückzutreiben, aber Lanzelots Schar war zahlenmäßig so sehr unterlegen, dass bald darauf der Kampf unentschieden stand. Gawain und Arthur versuchten an Lanzelot heranzukommen, aber er wich ihnen aus, weil er nicht gegen einen der beiden das Schwert erheben wollte. Gawain erschlug Lionel. Er kämpfte wie ein Verrückter, teilte rechts und links Hiebe aus und schrie immer wieder: »Das ist für Lanzelot! Und das! Und das!« Mitten im Gewühl der Streitenden stieß Ektor auf Arthur und schlug ihn vom Pferd. Im nächsten Augenblick war Ektor abgesprungen, riss Arthur den Helm vom Kopf und hob das Schwert. Lanzelot kämpfte nicht weit davon. Er sah den König stürzen und schrie auf: »Bruder! Was tust du? Willst du unseren König töten? Willst du sein Mörder werden?«

Da kam Ektor zu sich und steckte das Schwert in die Scheide. Die beiden halfen dem König in den Sattel, als wären sie nicht seine Feinde, die er zu vernichten suchte, sondern seine treuen

Gefolgsleute. Arthur kamen die Tränen und er sagte: »Ach, Lanzelot, warum musste es so weit mit uns kommen?«

Hierauf ließ er den Kampf abbrechen und hinderte Lanzelot nicht daran, sich mit seinen Getreuen in die Burg zurückzuziehen. Am nächsten Tag kam der Bischof von Rochester, um Frieden zu vermitteln, denn die Nachricht vom Bruderkampf der Tafelrunde hatte sich in ganz England verbreitet. Arthur versprach die Königin wieder in Ehren aufzunehmen. Lanzelot und die Seinen wurden aus England verbannt, erhielten aber freies Geleit nach Frankreich, wo Lanzelot die Burg Chillion besaß.

Arthur hatte sich mit Gwinever versöhnt, aber es war nicht mehr wie früher. Sie lebten in Camelot nebeneinander wie Fremde, die höflich sind, aber sich sonst nichts zu sagen haben. Nicht lange danach zog sich Gwinever in ein Kloster zurück. In Camelot gab es keine Königin mehr, nur einen alternden König, die Tafelrunde hatte ihren Glanz verloren und am Hof, wo einst Fröhlichkeit und Heiterkeit geherrscht hatten, gingen die Tage eintönig und freudlos vorüber.

Wie Arthur wieder gegen Lanzelot zog und Gawain starb

Waren die Menschen in Camelot nicht fröhlich, so konnte man das auch nicht von den Verbannten in Frankreich behaupten. Gewiss, die Burg Chillion war ebenso stolz und prächtig wie Joyousgard und das Land fruchtbar und lieblich, aber es war eben nicht England. Sie sehnten sich nach den Wäldern, durch die sie früher gestreift waren, sie wünschten sich, über die düsteren Moore zu reiten oder das Meer an Englands einsame Küsten branden zu hören. Lanzelot und die Seinen plagte das Heimweh, aber sie hielten sich tapfer, ließen sich nichts anmerken und lebten ruhig und friedlich. Niemals wäre es Lanzelot eingefallen, ein Heer zu rüsten und gegen Camelot zu ziehen. Streit und Unglück konnte zwar die Ritter der Tafelrunde entzweien und auseinander bringen, aber sie blieben doch Brüder des Runden Tisches und waren dem König treu, mochte er sie auch verbannt haben.

In Camelot gelang es jedoch Mordred, Arthur immer mehr gegen die Ritter in Frankreich aufzubringen. Er machte einmal diese dunkle Anspielung, dann jene, und eines Tages behauptete er, er habe Nachricht erhalten, dass Lanzelot in Chillion zum Feldzug rüste. So geschickt wusste er es vorzubringen, dass Arthur ihm glaubte. Bei seinem Bruder hatte Mordred leichtes Spiel. Seit dem Tode Gareths und Gaheris hasste Gawain seinen früheren Freund und war weder für Vernunft noch Mitgefühl zugänglich. Dabei brachte ihm dieser Hass keine Freude, denn er liebte Lanzelot noch immer.

Obwohl Gawain wusste, dass sein Bruder der geschickteste Ränkespinner in ganz England war, dass er nichts Gutes im Sinne hatte und nur dann etwas tat, wenn es zu seinem Vorteil und zum Schaden anderer gereichte, schloss er sich ihm jetzt an. Mordred überredete den König Lanzelot zu überfallen und zu vernichten, bevor die Verbannten fertig gerüstet hätten. Von der Gralssuche war so mancher Ritter nicht heimgekehrt und mit Lanzelot hatten seine ganze Sippe und die meisten seiner Freunde das Land verlassen. Arthur fühlte sich schwach und hielt daher Mordreds Rat für gut. Er stellte in aller Eile ein Heer auf, setzte Mordred zum Regenten über England ein und segelte nach Frankreich. Sofort nach der Landung zog er nach Chillion, begann die Belagerung und lehnte es ab, als Lanzelot mit ihm verhandeln wollte.

»Hasst der König uns so sehr?«, fragte Lanzelot seine Freunde. »Gibt er sich erst dann zufrieden, wenn wir alle tot sind? Wir müssen kämpfen, auch wenn wir nicht wollen. Das ist wahrhaft das Ende der Tafelrunde.«

Mit dem Heer des Königs war auch ein gelehrter und zauberkundiger Arzt nach Frankreich gekommen, der um eines früheren Dienstes willen Gawain treu ergeben war. Als er erfuhr, dass Gawain Lanzelot zum Zweikampf auffordern wollte, ging er zu ihm und sagte: »Herr, Ihr werdet Lanzelot nie besiegen können. Er ist stärker als Ihr.«

»Dann wird er mich töten«, antwortete Gawain. »Auch das ist besser als so, wie es jetzt ist.«

»Noch besser wäre es, wenn Ihr ihn tötet. Nehmt vor dem Zweikampf diesen Trank zu Euch, den ich für Euch zubereitet habe.«

Gawain schaute den Arzt an. »Was soll das?«, fragte er.

»Ihr werdet es sehen«, antwortete der Arzt.

Dieser Trank war ein Mittel, das einem Mann die Kraft von zehn Männern verlieh; es wirkte von Sonnenaufgang bis um die Mittagsstunde, wenn die Sonne den höchsten Punkt am Himmel erreicht hatte. Gawain ritt vor die Mauern der Burg und forderte Lanzelot zum Zweikampf heraus. Lanzelot weigerte sich. Am nächsten Morgen erschien Gawain wieder pünktlich vor den Mauern und wieder brachte es Lanzelot nicht über sich, die Forderung anzunehmen. So ging es ein paar Tage, bis Ektor es nicht mehr aushielt. Er bat Lanzelot ihn an seiner Stelle die Herausforderung annehmen zu lassen.

»Ich will es nicht«, antwortete Lanzelot. »Hast du vergessen, dass ich Gawain einst so liebte, als wäre er mein Bruder? Ich habe seine Brüder erschlagen – Gott verzeihe es mir! Ich will nicht auch noch schuld an seinem Tod sein. Und wenn er dich im Zweikampf tötet, verliere ich meinen

Bruder. Nein, Ektor, es hat schon genug Tote gegeben.«

»Gawain bringt Schande über die Ritter von Chillion«, antwortete Ektor. »Unsere Männer werden den Mut verlieren, wenn keiner von uns seine Herausforderung annimmt.« Er drang so lange in Lanzelot, bis dieser ihn ziehen ließ.

Gawain hatte, dem Rat des Arztes folgend, das Mittel getrunken und besaß nun die Kraft von zehn Männern. Ektor konnte ihm nicht standhalten und lag schon nach kurzer Zeit schwer verwundet am Boden. Gawain schaute ihn vom Pferd herunter finster an und fragte: »Nun, wie geht es Euch, Herr?«

»Gawain, ich muss sterben«, antwortete Ektor.

Da lachte Gawain bitter und sagte: »So ist es recht! Lanzelot erschlägt seine Freunde und ich töte meine Freunde.«

Bei Sonnenaufgang war Gawain wieder vor den Mauern. Diesmal nahm Bors den Zweikampf auf sich. Als Gawain erkannte, wer sein Gegner war, erschrak er und bat Bors in die Burg zurückzukehren. »Ich werde nur dann in die Burg reiten, wenn du die Herausforderung an Lanzelot zurücknimmst«, erklärte Bors.

»Das werde ich niemals tun!«

»Dann musst du eben mit mir kämpfen«, antwortete Bors ruhig.

»Du zwingst mich dazu«, antwortete Gawain traurig. Sie ritten gegeneinander an. Ihre Lanzen splitterten, sie zogen die Schwerter und kämpften zu Fuß weiter. Und wieder war es wie am

Tag vorher. Gawain besaß die Kraft von zehn Männern, und sosehr sich auch sein Gegner wehrte, er konnte ihm nicht standhalten. Bors wich immer weiter zurück. Schließlich versetzte ihm Gawain einen mächtigen Schlag auf die Schulter. Die Klinge durchschnitt den Panzer, der sich sofort rot färbte. Bors wankte, das Schwert fiel ihm aus der Hand, er konnte sich nicht länger aufrecht halten und sank ins Gras. Gawain setzte den Fuß auf das Schwert.

»Ich bin schwer verwundet«, sagte Bors mit schwacher Stimme. »Du kannst mich töten, Gawain, aber ich bitte dich an die alten Zeiten zu denken und mich leben zu lassen.«

»Du hast mir nichts Böses getan, Bors«, antwortete Gawain. »Ich wollte nicht mit dir kämpfen. Warum soll ich dich töten? Ich schone dein Leben, damit Gott sich meiner erbarme, wenn ich einmal in Not bin.«

Dann wandte er sich ab und ritt fort. Lanzelot und die Seinen kamen aus der Burg, trugen Bors hinein und versorgten seine Wunden. Lanzelot wusste, dass es nun an ihm war, mit Gawain zu kämpfen. Er konnte nicht tatenlos zusehen, wie einer seiner Freunde nach dem anderen besiegt, verwundet oder getötet wurde.

Am nächsten Tag wappnete er sich, bestieg sein Pferd und ritt hinaus auf die Wiese, wo Gawain wartete.

»Kommst du endlich?«, rief Gawain.

»Gawain, es ist *dein* Wille, dass wir kämpfen, nicht meiner«, antwortete Lanzelot. »Ich habe eine Freundschaft nicht vergessen, die so lange währte. Es ist schwer, das Schwert gegen einen zu heben, den man liebt.«

»Was redest du von Liebe? Ich habe dich mehr geliebt als jeden anderen Ritter, das weißt du. Aber Liebe kann zu Hass werden. Du hast mir eine Wunde geschlagen, die nicht heilen kann, solange du am Leben bist. Was du mir angetan hast, ist mehr, als ein Mann ertragen kann.«

Lanzelot stöhnte. »Dein Bruder Agrawain und deine zwei Söhne griffen mich an, als ich ohne Waffen war. Und deine zwei anderen Brüder? Glaubst du, ich habe Gareth mit Absicht und kalter Berechnung getötet? Du weißt doch selbst, wie es in einem Kampf zugeht, bei dem man nicht nur einem Mann gegenübersteht. Ich habe sie nicht erkannt, ich wusste nicht, wer es war, den meine Streiche trafen. Mein halbes Leben gäbe ich darum, könnte ich es ungeschehen machen.«

»Lanzelot, was du getan hast, kannst du nicht mit Worten wieder gutmachen. Du musst mir dafür bezahlen. Rede nicht länger! Bereite dich auf den Kampf vor.«

Sie schlossen die Visiere und nahmen ihre Plätze ein. Im Lager des Königs traten alle Ritter vor ihre Zelte und in Chillion waren die Lücken zwischen den Zinnen schwarz von Menschen. Die Sonne stand am wolkenlosen Himmel. Der Wind vom Meer strich durch das Laub der Bäume, der Fluss vor den Mauern der Burg kräuselte sich und blitzte wie Silber. Schilf und Riedgras beugten sich raschelnd über die Wellen. Und Lanzelot und Gawain ritten gegeneinander an.

Sie kämpften viele Stunden. Die Männer des Königs und die Männer in Chillion standen reglos und wie gebannt da. Arthur war totenbleich, ihm war, als sähe er nicht den Bruderkampf seiner Ritter, sondern das Ende der Tafelrunde und sein eigenes.

Es war aber so, dass Lanzelot kaum standhalten konnte. Gawain trieb ihn in immer engeren Kreisen herum. Lanzelot fand keine Gelegenheit, auch nur einmal einen Hieb anzubringen, er hatte genug damit zu tun, mit dem Schild die

Streiche seines Gegners abzufangen. Die Männer in Chillion sahen es mit Entsetzen und konnten es sich nicht erklären. Sobald jedoch die Sonne den höchsten Punkt am Himmel überschritten hatte, ließen Gawains Kräfte nach. Jetzt war er es, der sich nur mit Mühe decken konnte. Als Lanzelot merkte, dass Gawain zurückwich, griff er wütend an. Seine Schläge fielen hageldicht nieder. Schließlich konnte Gawain vor Erschöpfung den Schild nicht mehr hoch heben. Lanzelot beendete mit einem Schlag auf den Helm seines Gegners den Zweikampf. Gawain sank in die Knie, ihm wurde schwarz vor den Augen und er wehrte sich nicht, als ihm Lanzelot den Helm vom Kopf riss.

»Ergib dich, Gawain!«, schrie Lanzelot.

Gawain hob den Kopf und sah Lanzelot an, als fiele es ihm schwer, den anderen wahrzunehmen. »Dir werde ich mich nie ergeben«, stöhnte er. »Töte mich!«

Lanzelot hob das Schwert nicht. Er starrte seinen Freund an, die Kampfeswut verließ ihn, er kam wieder zur Besinnung.

»Ich kann dich nicht töten, Gawain«, sagte er.

»Du bist töricht, Lanzelot. Wenn du mich nicht erschlägst, werde ich dich wieder fordern, so lange, bis einer von uns nicht mehr aufsteht.«

Lanzelot aber wiederholte nur: »Gawain, ich kann dich nicht töten.«

Wochen vergingen, bis die Wunden der beiden Ritter verheilt waren.

Kaum fühlte sich Gawain bei Kräften, ritt er

vor die Mauer und forderte Lanzelot wieder heraus. Als Lanzelot die Rüstung anlegte, glich er einem alten müden Mann und nicht einem Ritter, der zum Zweikampf auszieht. Wieder war es wie beim ersten Kampf. Solange die Sonne nicht den höchsten Punkt am Himmel erreicht hatte, stritt Gawain mit der Kraft von zehn Männern, so dass Lanzelot nur wie durch ein Wunder standhalten konnte. Nach der Mittagsstunde wendete sich das Blatt. Gawain mochte sich noch so tapfer zur Wehr setzen, seine Rüstung färbte sich rot, die Arme wurden ihm kraftlos und er hob mit immer größerer Anstrengung den Schild, um die Streiche abzufangen. Das Ende des Kampfes kam. Lanzelots Schwert durchschnitt den Brustpanzer und traf Gawain nahe am Herzen. Gawain fiel zu Boden. Vor seinen Augen lag ein Nebel; er konnte Lanzelot kaum mehr sehen.

»Ergib dich, Gawain«, sagte Lanzelot.

»Ich brauche mich nicht zu ergeben«, antwortete Gawain mit brechender Stimme. »Ich sterbe.«

»Gawain, das wollte ich nicht!«, schrie Lanzelot auf. »Vergib mir, was ich dir angetan habe!«

»Ich kann dir nicht vergeben, Lanzelot.«

Da kniete Lanzelot neben Gawain nieder und weinte. Gawain aber sagte: »Geh nach Chillion, Lanzelot. Meine Freunde kommen.«

Lanzelot erhob sich schwerfällig, bestieg sein Pferd und ritt in die Burg zurück. Seine Männer kamen und wollten ihn beglückwünschen, aber als sie sein Gesicht sahen, verstummten sie. Er ging in seine Kammer, schloss sich ein, verhüllte das Gesicht und saß dort eine Nacht und einen Tag und niemand wagte ihn zu stören.

Gawain war von seinen Freunden in sein Zelt gebracht worden. Er hatte das Bewusstsein verloren und wachte erst spät in der Nacht wieder auf. An seinem Lager saß Arthur. Als Arthur sah, dass Gawain die Augen öffnete, fragte er: »Gawain, mein Sohn, wie geht es dir?«

Und Gawain lächelte und antwortete: »Herr, das ist meine Todeswunde.«

»Du wirst leben, Gawain!«

»Nein, Herr, ich weiß es besser. Ich werde sterben.«

»Gawain, gib dich nicht selbst auf!«

»Herr, sei getrost! Der Tod kann auch freundlich sein, ich habe keine Angst davor. Nur um deinetwillen fällt mir das Sterben schwer. Bleib nicht hier, Onkel, kehre nach England zurück. Ich fürchte, dass Mordred Böses im Sinn hat, wenn ich nicht mehr da bin, um dich vor ihm zu beschützen.«

»Warum sollte mich Mordred verraten?«, fragte Arthur. »Er hat mir Treue geschworen, er ist der Sohn meiner Schwester.«

»Herr, ich liege im Sterben und meine Augen sehen dich nicht mehr klar, aber mir scheint, als erkennte ich alles besser als früher. Jetzt kann ich auch Lanzelot verzeihen. Schicke einen Boten nach Chillion und sage es ihm. Auch ich bitte um Vergebung für alles, was ich ihm angetan habe.

Mein Hass hat uns allen nur Leid gebracht. Es sind genug getötet worden. Herr, versöhne dich mit Lanzelot und segle nach England!«

Gawain starb noch in der gleichen Nacht, um die zweite Stunde nach Mitternacht. Als er den letzten Atemzug getan hatte und tot war, weinte Arthur und rief: »Gawain! Du warst der Freund meiner Jugend, niemand liebte ich so sehr wie dich. Nun bist du von mir gegangen und hast mich allein gelassen. Ich gleiche einem Baum, den der Blitzschlag getroffen hat und dessen Laub verdorrt ist. Es wird nie mehr so werden wie früher. Meine Königin ist mir entfremdet, Lanzelot hat mich verlassen, die Tafelrunde ist zerbrochen und so viele der besten Ritter sind tot. Solange du noch lebtest, konnte ich alles ertragen. Jetzt ist mein Leben sinnlos geworden. Wenn der Tod kommt, werde ich ihn einen Freund nennen.«

Am nächsten Morgen erschien ein Bote im Lager und brachte die Nachricht, dass Mordred sich erhoben und die Krone Englands widerrechtlich an sich gerissen habe. König Arthur brach sofort die Belagerung von Chillion ab. Vor dem Rückzug ließ er Gawain begraben. Als der Begräbniszug an den Mauern der Burg vorüberging, knieten alle in Chillion nieder und beteten. Mit dem Tod Gawains war der Hass zwischen den beiden Parteien erloschen.

Wie Iwain starb und Arthur nach Avalon entrückt wurde

In England hatte Mordred das Gerücht verbreiten lassen, dass Arthur in Frankreich gefallen sei. Als er erfuhr, dass sein Onkel mit dem Heer auf dem Rückweg nach England war, bekam er Angst und befahl dem Erzbischof von Canterbury ihn in aller Eile zum König zu krönen. Er versprach dem Volk ewigen Frieden und goldene Berge für jedermann, wenn man ihm die Treue hielte und Arthur verjagte. Der Erzbischof von Canterbury weigerte sich jedoch ihn zu krönen und musste in aller Heimlichkeit fliehen, weil Mordred ihn ermorden lassen wollte. Mordred zog mit seinem ganzen Heer nach Dover und erwartete dort die Landung des Königs.

Als die Schiffe landeten, sprangen die Ritter gewappnet ins Wasser und wateten ans Ufer. Ein erbitterter Kampf folgte. Obwohl Mordred mehr Truppen und den Vorteil der besseren Stellung hatte, musste er den Platz räumen und sich zurückziehen. Arthur nahm sofort die Verfolgung auf. Bei Baremdown kam es wieder zur Schlacht. Auch diesmal konnte Mordred nicht standhalten. Er floh bis in die Nähe von Salisbury und verschanzte sich dort in der Nähe der Küste.

Arthur konnte seines Sieges nicht froh werden. Zu viele seiner Ritter waren tot oder schwer verwundet, unter ihnen auch sein Neffe Iwain.

Er eilte zu ihm ins Zelt und kniete neben dem Lager nieder. Iwains Gesicht war weiß und eingefallen, der Todesschweiß stand ihm auf der Stirn. »Seid Ihr es, mein König?«, fragte er mit schwacher Stimme. »Ich kann Euch nicht sehen.«

»Iwain, ich bin es.«

»Herr, schickt nach Lanzelot! Er ist Euch treu geblieben, ich weiß es. Wenn er bei Euch ist, werden alle jene Ritter, die seine Freunde sind und nun auf der anderen Seite stehen, zu Euch kommen und Mordreds Sache wird verloren sein.«

»Ich habe kein Recht, Lanzelot um Hilfe zu bitten«, antwortete Arthur.

»Er ist Euch treu geblieben«, wiederholte Iwain. Dann diktierte er flüsternd und von immer größeren Pausen unterbrochen, denn der Schatten des Todes lag bereits über ihm, seinem Schreiber einen Brief. Er flehte Lanzelot an nach England zurückzukehren.

Die letzten Kräfte verließen ihn. »Herr, seid Ihr noch hier?«, flüsterte er. Seine Augen hatten sich getrübt, er konnte nichts mehr sehen.

»Ja, ich bin bei dir, Iwain«, antwortete Arthur und nahm seine Hand.

»Haltet mich fest!«, bat Iwain.

Und Arthur hielt die Hand des Sterbenden. Als Iwain tot war, verhüllte der König das Gesicht und klagte, dass alle von ihm gingen, die er geliebt habe. Er schwor noch am nächsten Tag Mordred anzugreifen und nicht eher zu ruhen, bis dieser Verräter tot sei. In der Nacht hatte er ein Traumgesicht. Gawain erschien ihm, warnte ihn und bat so lange zu warten, bis Lanzelot aus Frankreich gekommen sei. Am nächsten Morgen beriet sich Arthur mit seinen Rittern und dem Erzbischof von Canterbury. Auch sie baten ihn den Kampf aufzuschieben, mit Mordred zu verhandeln und einen Waffenstillstand zu erreichen. Mordred erklärte sich dazu bereit, verlangte aber sofort Cornwall und Kent und nach dem Tod des Königs ganz England.

Als Arthur diese Botschaft erhielt, zog er die Brauen zusammen, bis die Augen fast darunter verschwanden. »Dieser Schuft verlangt viel«, sagte er. »Er sollte dankbar sein, wenn er statt aller dieser Länder sechs Fuß Erde erhält, in der er liegen kann.«

Da er aber keinen Ausweg sah und sein Heer ohne Verstärkung aus Frankreich zu geschwächt war, stimmte er schließlich zu. Mordred und Arthur beschlossen sich in der Mitte der kampfbereiten Heere zu treffen und den Vertrag abzuschließen. Sowohl den König wie auch Mordred sollten je sechs Ritter begleiten, die aber unter keinen Umständen das Schwert oder den Dolch ziehen durften. Jeder der beiden Gegner misstraute dem anderen. »Dieser Mann ist voller Verrat und Tücke«, sagte König Arthur. »Wenn nur einer seiner Ritter das Schwert zieht, dann greift sofort an.«

Mordred wiederum sagte zu seinen Herren: »Der König ist alt und weiß sehr gut, dass er sein Reich verliert, auch wenn ich ihm jetzt Aufschub gebe. In einer solchen Lage ist ein kleiner Wortbruch sehr verlockend. Zieht einer seiner Ritter das Schwert, fallt über sie her und seht zu, dass ihr zuerst Arthur erschlagt.«

Während der Besprechung trat einer der Ritter Mordreds auf eine Natter, die ihn in den Knöchel biss. Er zog sein Schwert und wollte sie töten. Als die Klinge in der Sonne blitzte, glaubten die Männer des Königs sich hintergangen und zogen ebenfalls die Schwerter. Im nächsten Augenblick senkten sich in beiden Schlachtreihen die Lanzen. Der Boden erbebte unter den Hufen vieler tausend Pferde, der Hufschlag dröhnte wie Donner, Staub stieg in Wolken auf und verdüsterte den Himmel. Es war zur Mittagsstunde, wenn sich sonst über die Heide schläfrige Ruhe senkte und die Tiere den Schatten aufsuchten und schliefen.

Die Schlacht dauerte den ganzen Nachmittag, bis die Dämmerung einfiel und es Abend wurde. Mordreds Heer war geschlagen, aber es war ein zu teuer erkaufter Sieg. An diesem Tag starben zwölftausend Ritter, Bauern und Gefolgsleute. Als der Mond am wolkenlosen Himmel aufging und alles klar und deutlich zu sehen war wie bei hellem Tageslicht, ritt König Arthur über das Schlachtfeld, nur von zwei seiner Getreuen begleitet, Herrn Lukan, dem Kellermeister, und dessen Bruder Bedivere. Lukan war schwer verwundet und konnte sich nur mit Mühe auf dem Pferd halten.

König Arthur sah auf die Toten nieder, die seine Ritter und Gefolgsmänner gewesen waren, er sah auf die Toten nieder, die ihm einstmals gedient und nun gegen ihn gekämpft hatten. Er rief die Namen seiner Freunde, aber niemand antwortete.

»Nur wir drei!«, stöhnte er. »Nur wir drei sind noch am Leben.«

Als sie weiterritten, sahen sie einen Ritter, der allein unter vielen Toten stand und sich schwankend auf sein Schwert stützte. Es war Mordred.

»Herr Lukan, gebt mir Eure Lanze!«, rief Arthur. »Dort steht jener, der alles Unglück verschuldet hat. Er darf nicht am Leben bleiben.«

»Tut das nicht, Herr!«, bat Lukan. »Es war ein Unglückstag. Denkt daran, dass Euch Gawain im Traum gewarnt hat.«

»Was habe ich noch zu verlieren?«, antwortete Arthur. »Mein Leben und meine Krone bedeuten mir nichts mehr.«

Er nahm die Lanze, ritt auf seinen falschen Neffen zu und durchbohrte den gesplitterten Schild mit der Lanze. Dann rannte er ihm das Eisen in die Brust. Bevor Mordred zusammenbrach, hob er mit letzter verzweifelter Kraft das Schwert und ließ es auf Arthurs Helm fallen. Die Schneide durchschnitt die Helmhaube, König Arthur wankte im Sattel und wäre vom Pferd gestürzt, hätte ihn nicht Bedivere festgehalten.

»Herr, Ihr seid verwundet!«, rief Lukan.

Arthur lächelte schmerzlich. »Ich habe meine

Todeswunde empfangen«, antwortete er und bat die beiden Ritter ihn in eine kleine Kapelle zu bringen, die in der Nähe stand.

Als Lukan und Bedivere ihn zur Kapelle gebracht und auf den kalten Boden gebettet hatten, war es mit Lukans Kraft zu Ende. Er starb. Der König und Bedivere blieben allein zurück.

Arthur lag mit geschlossenen Augen da. Nach langer Zeit öffnete er sie und schaute den Ritter neben sich an. »Weint nicht, Bedivere«, sagte er, »wir sind alle in Gottes Hand. Ich habe nur noch eine Bitte! Nehmt mein Schwert Excalibur, tragt es zum Ufer und werft es ins Meer. Dann kommt wieder und sagt mir, was Ihr gesehen habt.«

Bedivere löste die Riemen des Gürtels, nahm das Schwert und ging zum Ufer. Als er die blanke Schneide und die Edelsteine am Knauf im Mondlicht glänzen sah, dachte er, es wäre jammerschade, ein solches Schwert zu vernichten. »Arthur ist nicht bei sich, sondern in Fieberträumen. Ich werde das Schwert aufheben, damit spätere Geschlechter daran die Größe meines Königs erkennen können«, sagte er sich, verbarg Excalibur in einem hohlen Baum und kehrte zur Kapelle zurück.

»Ist es geschehen?«, fragte Arthur.

»Ja, Herr.«

»Was habt Ihr gesehen?«

»Was soll ich gesehen haben? Die Wellen schlugen ans Ufer und der Mond schien auf das Meer.«

Arthur schüttelte den Kopf. »Bedivere, Ihr

habt meinen Befehl nicht ausgeführt. Geht nochmals ans Ufer und werft das Schwert ins Meer. Meine Zeit ist nahe und ich habe nicht mehr lange zu leben. Beeilt Euch!«

Also ging Bedivere ein zweites Mal ans Ufer, aber wieder brachte er es nicht über sich, die kostbare Waffe zu versenken. Auf die Frage des Königs antwortete er: »Ich habe dunkles Wasser gesehen und ein paar helle Schaumkronen.«

»Wenn ein Feind mich betrügt, wundert es mich nicht«, antwortete Arthur. »Ich hätte aber nicht geglaubt, dass es einer meiner Freunde tun würde. Warum belügt Ihr einen Sterbenden, Bedivere? Sind ein paar Edelsteine an einem Schwertgriff so verlockend?«

Da schämte sich Bedivere und ging zum dritten Mal an den Strand. Als er das Schwert ins Meer geworfen hatte, tauchte ein weißer Arm auf, ergriff das Schwert mit der Hand und verschwand in den Wellen. Bedivere kehrte zurück und erzählte, was er gesehen hatte.

»Ihr habt mir treu gedient«, sagte Arthur.

Der Ritter setzte sich neben den sterbenden König. Eine Weile lag Arthur wie schlafend da, dann hob er den Kopf, stützte sich auf den Arm und lauschte. »Bedivere, habt Ihr es auch gehört?«

»Was, Herr?«

»Sie rufen mich! Ich muss an den Strand. Nehmt mich auf den Rücken und tragt mich hin.«

»Herr, es wäre besser …«

»Tut, was ich sage!«

Bedivere hob den König auf und trug ihn zum Strand. Der Mond stand hoch über dem schwarzen Wasser und legte einen hellen Pfad darüber. Mitten auf dem glitzernden Mondpfad kam ein Boot mit einem roten Segel ans einsame Ufer herangefahren. In dem Boot saßen zwei Frauen, die eine in einem roten Kleid, die andere in einem grünen. Es waren die Fee Morgana und Nymue, die Dame vom See.

Nachdem sie gelandet waren, stiegen sie an Land, trugen Arthur in das Boot und betteten ihn auf ein Lager. Bedivere sank in die Knie und rief: »Herr, verlasst mich nicht!«

»Klagt nicht, Bedivere«, antwortete Arthur. »Der Krieg ist vorbei und es wird wieder Friede sein. Meine Zeit aber ist um. Ich gehe nach Avalon.«

Lautlos und ohne Ruderschlag glitt das Boot hinaus aufs Meer. Bedivere sah es noch eine kleine Weile, dann nicht mehr.

Er ging nach Canterbury, wo er dem Erzbischof alles berichtete. Hierauf wurde ein Neffe Gawains, Constantine von Cornwall, in Camelot zum König von England gekrönt.

Das Volk von England aber wollte nicht glauben, dass Arthur gestorben sei. Es sagte, er lebe in Avalon weiter, auf jener wunderbaren Insel, von der niemand weiß, wo sie liegt, und die kein Sterblicher sehen kann, es sei denn im Traum. Eines Tages, so glaubte es, werde Arthur zurückkehren, die Tafelrunde wieder gründen, und für ganz England werde dann eine Zeit ewigen Friedens, der Eintracht und des Glückes beginnen.

Nun muss nur noch erzählt werden, was mit Lanzelot und Gwinever geschah. Als Lanzelot in Chillion den Brief Iwains erhielt, brach er sofort auf und nicht einer seiner Ritter blieb zurück. Sie kamen zu spät. Lanzelot wollte lange niemanden sehen, er zog sich nach Joyousgard zurück und lebte dort wie ein Einsiedler. Schließlich ritt er aber doch nach Rochester, wo Gwinever im Kloster der heiligen Bridget Äbtissin geworden war. Als er vor sie hintrat, wurde sie totenblass.

»Lanzelot, du bist es?«, rief sie.

»Ja, Gwinever. Komm mit mir!«

Sie lächelte traurig. »Nein, Lanzelot. Es ist zu spät. Ich bleibe hier. Du aber geh nach Joyousgard und nimm dir eine Frau, die deiner würdig ist. Gott wird dir vielleicht Kinder schenken statt deines Sohnes Galahad.«

»Gwinever, ich werde niemals eine andere Frau nehmen«, antwortete Lanzelot.

Er zog mit Bors und sechs seiner getreuesten Ritter zu jenem Einsiedler im Wald, bei dem er schon so oft Zuflucht gefunden hatte. Sie legten ihre Rüstungen und ihre Waffen ab. Das einfache Volk kam zu ihnen, wenn es Hilfe brauchte oder in Not war. Sie schlugen keine Bitte ab, die sie erfüllen konnten, und ihr Ruf verbreitete sich bald im ganzen Land.

Einmal träumte Lanzelot, er sähe Gwinever im Paradies. Bald danach erhielt er die Nachricht, dass sie gestorben sei. Er selbst lebte noch ein paar Jahre. Eines Morgens fand Bors ihn tot auf seinem Lager. Durch das offene Fenster waren die Vögel des Waldes hereingeflogen und huschten zutraulich umher. Lanzelot war in Frieden mit sich und der Welt gestorben.

Bors brachte mit seinen Getreuen den Toten nach Joyousgard und bestattete ihn dort. Ritter Bors wurde sehr alt. Er überlebte alle seine Freunde. Endlich starb auch er, der zu Lebzeiten auserwählt worden war den Gral zu schauen, das Licht der Erkenntnis.